W9-BZV-642

8/n

LA PERLA NEGRA

LA PERLA NEGRA

Una aventura de la cofradía de los ladrones

Claudia Casanova

GRUPO ZETA

Barcelona • Madrid • Bogotá • Buenos Aires • Caracas • México D.F. • Miami • Montevideo • Santiago de Chile

1.ª edición: abril 2017

© Claudia Casanova, 2017
© Ediciones B, S. A., 2017
   Consell de Cent, 425-427 - 08009 Barcelona (España)
   www.edicionesb.com

Publicado por acuerdo con Cristina Mora Literary & Film Agency

Printed in Spain
ISBN: 978-84-666-6157-7
DL B 4536-2017

Impreso por Unigraf, S. L.
Avda. Cámara de la Industria, 38
Pol. Ind. Arroyomolinos n.º 1,
28938 - Móstoles (Madrid)

A mi hermana y a JER, siempre.

Prólogo

Muerte de una bruja

El primer rayo de sol tocó la fría pared de piedra del castillo, cuya imponente masa se elevaba sobre una colina y un valle repleto de verdes campos. Frente al camino que conducía a las puertas del recinto, en la ladera, tres soldados y dos criadas apilaban leña al pie de las tres piras que se erigían, implacables, hacia el cielo rosáceo del amanecer. Las brasas llevaban una hora ardiendo. Un montón de antorchas empapadas en aceite y grasa esperaban a un lado. Un puñado de habitantes del pueblo había madrugado para estar allí, y llevaban un buen rato esperando, armados de verdura podrida y piedras. El sudor de los cuerpos, la paja húmeda y maloliente y los desechos hacían que el aire de la mañana, habitualmente fresco y limpio, fuera casi irrespirable. Frente a las tres piras los obreros del castillo habían levantado una rudimentaria tarima donde había cuatro butacas de madera, cubiertas de pieles de oso y de zorro. A su alrededor había diez soldados apostados, todos armados con hachas y picas. Sus cascos y armaduras relucían ahora que el sol empezaba a asomar.

Un joven soldado con un tambor dio un paso adelante y empezó a tocar. Del castillo emergió un jinete a caballo: era el señor del castillo, montado en un soberbio caballo árabe y con una inmensa capa de color negro, ribeteada con pieles blancas. Llevaba guantes de piel también negra. Detrás de él, tres potrillos cargaban con sus tres vástagos, dos varones a cuál más distinto y una niña de mirada asustada. El hijo mayor era blando y tenía el pelo lacio y rubio, y la expresión soñolienta. En cambio, el más joven no se perdía detalle de la escena y sus inquietos ojos iban de la tarima a las piras, y de allí al gentío convocado para las ejecuciones. Llevaba un pequeño gorro bajo el cual asomaban dos rizos negros como sus ojos. La niña, enfundada en un lindo vestido de color azul claro, no se atrevía a levantar la vista y parecía a punto de echarse a llorar. El señor subió a la tarima y se acomodó en la butaca central y los tres ocuparon los asientos restantes.

Al otro lado del estrado, frente a las hogueras, otra niña contemplaba a los recién llegados. Tendría unos doce años, y sus ropas eran de sencillo algodón y tenía la falda sucia de barro porque había dormido en el bosque esa noche. Tenía el pelo rojo, cubierto cuidadosamente con un pañuelo de color marrón. Observó a los ocupantes de la tarima sin ocultar su odio y su desprecio. El señor del castillo se quitó los guantes e hizo una seña al capitán de su tropa, que a su vez ordenó algo a otros dos soldados, que se arrodillaron en el suelo como si fueran a rezar. En su mano resplandeció el brillo de una joya, negra como el resto de su atuendo. La niña del vestido sucio siguió con avidez los movimientos de los soldados y vio cómo de repente izaban dos manos, sendos brazos y una mujer entera salía vomitada del suelo, como si la Tierra rechazara su cuerpo porque aún no había muerto; luego apareció un hombre y finalmente el tercer prisionero, otra mujer. La niña miró a las tres figuras, sorprendida; nunca había oído hablar de una mazmorra subterránea, al estilo de las antiguas cárceles romanas. Pronto, su cara se iluminó brevemente al ver el rostro de la tercera cautiva y ya no le importó de dónde había salido. La mujer tenía el pelo rojo, de un tono parecido a la tierra preñada de sangre, y sus cálidos ojos marrones buscaron entre las caras demacradas y hostiles de los campesinos que la rodeaban hasta encontrar a la niña. Se miraron por un instante, como si una casualidad las hubiera reunido allí, y después la mujer se enderezó y se dio la vuelta. Al girarse, la niña reparó en que llevaba las manos atadas a la espalda. Entonces, y solo entonces, sus ojos se anegaron en las lágrimas que había prometido no derramar. Como si tuviera la capacidad de ver a través de ella, el hombre que estaba de pie a su lado le puso una mano en el hombro y susurró, inclinándose:

—¡Ahora es cuando tienes que cumplir lo que me prometiste cuando me pediste que te trajera hoy hasta aquí! Si quieres vivir, no puedes llorar aquí y ahora. Ya habrá tiempo después para eso.

Su voz era firme, y a pesar de que solo hacía unas pocas horas que lo conocía, la niña supo que debía obedecerle. En ese instante, el señor del castillo se levantó y declaró, dirigiéndose a los presentes:

—¡Así se castiga en mis tierras la mendacidad y la brujería!

Tenía los ojos de color azul, tan puro como el vestido de su hija, pero eran fríos y duros. La niña se estremeció. Los soldados empujaron a los tres prisioneros hasta las piras y los ataron a los postes, sujetándolos por el cuello, el tórax, los muslos y los tobillos para que no pudieran zafarse del tormento que les esperaba. El señor del castillo, después de su intervención, contemplaba los preparativos distraídamente, pero sus dos hijos los seguían fascinados: el mayor, con una mueca de absorto disgusto y el más pequeño con la mandíbula apretada y los ojos clavados en las siniestras antorchas que apestaban a grasa de animal. Ahora la niña del vestido marrón tampoco apartaba la vista de la pira central, donde habían atado a la mujer del pelo rojo. Los ojos marrones la acariciaron por última vez y la prisionera esbozó una ligera sonrisa, suave y confiada, como si todo fuera un juego. Tres soldados tomaron sendas antorchas, las prendieron en las brasas y encendieron las piras, que empezaron a arder como si el propio Satán hubiera soplado sobre ellas. La gente empezó a arrojar las piedras y legumbres podridas contra las piras, y descargó una lluvia de insultos sobre los que pronto iban a morir, como si la crueldad diera sentido a sus vidas miserables. Las llamas jugaron al escondite y se deslizaron hacia arriba, lamiendo los pies del hombre y las dos mujeres. Poco a poco altas lenguas de fuego azotaron los postes y envolvieron las figuras que se retorcían inútilmente contra sus ataduras. Empezaron a llegar gemidos desde los postes, ahogados por el humo y las llamas que se habían adueñado ya de las tres piras. La niña seguía mirando, y al notar el sabor de la sangre en la lengua se dio cuenta de que se había mordido el labio para no gritar. El hombre deslizó su mano hasta la cara de la niña, tapándole los ojos.

—Vamos, muchacha. Aquí ya no hay nada que hacer.

La niña se dio la vuelta y tomó la mano que el otro le ofrecía. Solo su ceño fruncido delataba que acababa de formular un juramento y que no descansaría hasta cumplirlo.

1

La posada de la Oca Roja

—¡Mira por dónde andas, borracho! —exclamó Isabeau, pegando un empujón al hombre que casi la había derribado, al salir como una exhalación de la Posada de la Oca Roja, la taberna más bulliciosa de Narbona. Estaba su entrada en el callejón de la Luna Menguante, así llamado porque a medida que el desprevenido viajero se internaba de noche por él, dejaba de estar bajo la protección de la luz nocturna, y la oscuridad terminaba por devorarle, de modo que quedaba indefenso y expuesto al ataque de los facinerosos que pueblan la noche de todas las ciudades. Sucedía que los que allí se encaminaban no ignoraban el peligro que acechaba detrás de cada puerta y ventana de aquel estrecho paso: uno no terminaba dos veces en el callejón de la Luna Menguante por casualidad. Los otros, los incautos que empezaban a comprender que solo saldrían indemnes si entregaban su bolsa de monedas, andaban encogidos

como si quisieran pasar desapercibidos. La misma vaci-
lación en sus rostros les señalaba como presas apeteci-
bles, y para evitar convertirse en una víctima, había que
avanzar con paso decidido y hasta desafiante, y ni por
asomo rehuir las reyertas: por eso Isabeau no había dudado en encararse con el desconocido que había salido
como si se lo llevara el diablo de la Oca Roja, y también
por eso, él se detuvo al instante cuando oyó la impreca-
ción de Isabeau y se giró como si le hubieran escaldado
con aceite hirviendo. Miró la menuda figura de la joven
de arriba abajo y replicó, con los ojos centelleantes:

—Cuidado. No soy amigo de perder el tiempo, pero
puedo hacerte un hueco. Además, hace mucho que no
me las veo con una pelirroja —añadió.

Que era alto y fuerte, Isabeau ya lo había visto; ahora se dio cuenta de que estaba armado, con una cimitarra, y sendos puñales atados a sus altas botas. Eso sin
contar lo que llevara oculto bajo la camisola y la capa.
Las campanas de la cercana iglesia de Nuestra Señora la
Mayor tañeron, llamando a los fieles a la misa de maiti-
nes. En el callejón no se movieron ni los gatos. Isabeau
contestó, sin arrugarse:

—A mí tampoco me sobran horas, así que decídete
o sigue tu camino.

—Hace mucho que no acepto mandatos, y menos
de una mujer —dijo el extraño, su cara oculta en la oscuridad. Se cruzó de brazos. La luna salió de golpe y
sus rayos se reflejaron en la hoja curva de su cimitarra.
La joven replicó:

—Tampoco yo suelo recibir órdenes, y menos de patanes. Haber vigilado por dónde ibas.

—No empieces algo a menos que estés dispuesta a terminarlo —repuso él.

Isabeau creyó adivinar una sonrisa lobuna en la cara del hombre, mientras este se bajaba el embozo, y vio su mano deslizándose hacia la empuñadura de la cimitarra. No era extraño ver armas moras en Narbona, que era el refugio de mil mercaderes y otros tantos mercenarios, pero Isabeau se sintió intrigada. ¿Con cuál de los sinvergüenzas de la Oca Roja tendría tratos el extranjero? La hoja del flexible acero moro brilló, burlona. Sin perder más tiempo en cavilaciones, Isabeau sacó del lado izquierdo de su cinto una daga afilada y, tomándola de la punta, la arrojó contra el otro. Este se apartó con agilidad felina, lo suficiente como para evitar la hoja, que se clavó certera en el dintel de la puerta, a dos dedos de su cabeza. El hombre se irguió con la cimitarra en alto, con expresión sorprendida y una sombra de diversión en su rostro. Exclamó:

—¡Prepárate, deslenguada! Te voy a trocear como una ternera.

—Hablas mucho y haces poco, como casi todos los hombres —gritó Isabeau, saltando hacia atrás y buscando la protección de uno de los portales cercanos a la entrada de la Oca Roja. Mientras, la trifulca había atraído a los curiosos: unos salidos de la propia posada, sostenían sus jarras de vino mientras jaleaban, entre eructos y codazos; otros, venidos de los rincones más oscuros del barrio de la Mayor, se arracimaban como cucarachas entre despojos. El hombre avanzó hacia donde estaba Isabeau, esgrimiendo la cimitarra amenazadoramente. Isabeau no dejó que la tensión del ataque inminente la alterara: con suma destreza, procedió a desenrollar el látigo toledano que Íñiguez le había regalado cuando robó su primer denario de plata. «Aunque no sea de oro, te mereces un premio. Y así te entretienes con algo», había añadido con su peculiar sarcasmo. Era de cuero recio, con un mango trenzado que medía casi un codo y una correa de casi cuatro pies de largo. Isabeau solía llevarlo con el extremo duro colgando a un lado, como una espada, y la correa atada a su cintura, por debajo de la camisa. En un instante el látigo chasqueó a los pies de su contrincante, que retrocedió de un salto y estuvo a punto de caer de espaldas. El corro de testigos aplaudió, y las risotadas de burla rebotaron por todos los recovecos del callejón de la Luna Menguante.

—Esa bagatela no te sacará de apuros —dijo él, levantándose y señalando con la punta de la cimitarra el látigo que Isabeau sostenía firmemente en su mano derecha. Por toda respuesta, Isabeau volteó el mango e hizo chasquear el látigo de nuevo, aunque sabía perfectamente que el otro tenía razón. «Armas parejas o muerte desigual», era lo que solía decir Íñiguez. Miró a su alrededor, en busca de una salida honrosa y, sobre todo, rápida. El hombre avanzó en dos zancadas hacia ella. Isabeau hincó el cuero de su látigo en su brazo izquierdo, pero él siguió adelante como si no lo hubiera sentido. Con el canto plano de la cimitarra, descargó un golpe en el brazo de Isabeau y la desarmó, sin herirla. El látigo cayó a dos pies de distancia. La joven levantó la cabeza, furiosa.

—Te dejaré marchar viva con una condición —exclamó él, para regocijo de los asistentes.

Isabeau lo miró hoscamente sin despegar los labios. A pesar de que no le había abierto tajo en la carne, el golpe de la cimitarra había sido fuerte. El antebrazo y la mano le ardían. Trató de no pensar en el dolor. No era la primera vez que estaba en el suelo hediondo en una ciudad cualquiera, doblada sobre sí, rodeada de caras alimentadas por el vicio y el desdén. Tampoco sería la última. Inspiró profundamente e introdujo la mano en su capa.

—¿No quieres saber qué te voy a pedir a cambio de no matarte? —preguntó el hombre, acercándose. La cogió por la nuca para mirarla a los ojos, y se inclinó sobre ella hasta que su aliento se mezcló con el suyo. En el breve instante que Isabeau empleó para hacerse con su otra daga, la que pendía en el lado derecho de su cinturón, y levantarse como un resorte hasta clavar ligeramente la punta del arma contra el cuello de su oponente, comprobó que su boca no olía a vino ni aguardiente, ni siquiera a cerveza. El olor era fresco y áspero, como las especias que solamente se encontraban en los puestos de los comerciantes venidos de Oriente, en los grandes mercados a los que ella e Íñiguez solían acudir cada año para hacerse con la bolsa de los desprevenidos.

—No me interesa —espetó Isabeau, entre dientes. Sentía que le estallaba el pecho con la alegría del vencedor, y algo más. El otro no dio muestras de miedo, sino que su boca se abrió en una sonrisa ancha como el mar. Parecía tener una confianza inagotable en su propia supervivencia, como si ya fuera viejo conocido de la Muerte y esta le hubiera dejado en prenda alguna que otra vida de más. De repente, se oyó un rumor entre los que presenciaban la pelea, que dejó paso a la figura encorvada de un anciano, envuelto en un gastado *tallit* que probablemente jamás había conocido tiempos mejores. Se hizo el silencio en el callejón de la Luna Menguante y el judío graznó:

—No me gusta que me hagan esperar, muchacha. «Mano indolente empobrece.»

—«De nada te servirán las riquezas el día de la ira» —citó el adversario de Isabeau, con la daga de la chica aún apuntando a su yugular. Lentamente, trató de levantarse.

—¿Quién te ha dicho que puedes moverte? —dijo Isabeau, apretando la daga y doblegándolo de nuevo hasta el suelo.

—Bien dicho —replicó el viejo, en tono mordaz.

—Si no soy bien recibido, me voy —dijo el otro.

—Eso será si te dejo marchar. Eres mi prisionero —dijo Isabeau.

—¡Prisionero! ¿Y qué vas a hacer conmigo? —preguntó él, enarcando una ceja y bailándole una sonrisa en los labios mientras deslizaba un dedo por el filo de la daga que le amenazaba. Isabeau retiró la daga y se levantó.

—Si no tuviera prisa, te vendería al mejor postor.

—Basta de tonterías. Suéltalo de una vez. —Salomón se dirigió al otro y dijo—: Guerrejat, seguidme, que no tenemos toda la noche.

Isabeau dijo sorprendida, limpiándose la ropa de la suciedad del callejón:

—¿Es que lo conoces?

El viejo los miró con ojillos brillantes y sonrisa desdentada y contestó:

—Por supuesto que sí. Yo conozco a todo el mundo.

La joven recogió el látigo y se lo colgó de la cintura, mientras el otro envainaba la cimitarra. Isabeau se quedó mirando al hombre, que hizo una aparatosa reverencia y exclamó:

—Te debo una ronda, mi dueña. —Sin esperar respuesta, procedió a entrar en la posada de la Oca Roja. Isabeau miró al judío y Salomón señaló la puerta de la taberna, instándola a entrar. El bullicio del establecimiento era ensordecedor: el ruido de cazuelas, platos, borrachos y gemidos era un canto obsceno a la vida. Fuera, la noche sin luna solo complacía a las alimañas de la oscuridad. La joven se envolvió en su capa, y obedeció al anciano, frunciendo el ceño.

Nadie recordaba el año en que Salomón ben Judah había llegado a Narbona. Si las gentes de la ciudad hubieran reparado en ello, unos habrían quedado admirados de la velocidad con la que pasó de estar instalado en un taburete frente a una humilde tabla de madera en la plaza episcopal vendiendo alhajas y fruslerías, a poseer cinco flamantes parcelas y sus sendos alquileres en los nuevos burgos que se habían construido al otro lado del río para ampliar las parroquias del arzobispado. Otros, quizá los más, habrían mirado con muy malos ojos que un judío fuera tan afortunado, y más en una ciudad como Narbona, orgullosa de ser un baluarte de cristiandad entre herejes. Y por eso cuando alguien mencionaba ese detalle, con el tono distraído en que suelen hacerse las preguntas de vida o muerte, Salomón juntaba las cejas como si le costara mucho acordarse del día en que cruzó el Puente Viejo desde la *Via Domitia*, y al cabo de un rato del más absoluto silencio, solo se oían suaves ronquidos, como si el esfuerzo le hubiera sumido en un profundo sueño del que, claro, nadie osaba despertarle en atención a su provecta edad. Aparte de sus negocios de alquiler, era de todos sabido que Salomón invertía su dinero en asuntos de muy diverso pelaje, aunque nunca prestaba. Ni una sola vez, ni siquiera al arzobispo Pons, o a la mismísima vizcondesa Ermengarda. Tenía muy frescas las acusaciones de usura que de repente, un día, solían esgrimir los *goy* para echar a los judíos de sus tierras, con buen cuidado de apropiarse de sus bienes. Luego solo quedaba salir huyendo a uña de caballo y sin un mal denario encima. Precisamente por eso, el astuto Salomón caminaba con la cerviz baja aunque no le dolía la espalda, citaba la Biblia porque eso complacía a los clérigos cristianos —y por suerte, casi siempre también a Yahvé— y jamás, jamás, jamás cargaba intereses en sus negocios. Media Narbona, mayormente la mitad respetable, tenía tratos con el viejo Salomón y le apreciaba como uno más de la creciente y poderosa comunidad judía que había venido a refugiarse en la ciudad, huyendo de las persecuciones sufridas bien al norte, al sur, al este o al oeste. Mientras, la otra mitad de la cristiana villa, aquellos que jamás pisaban una iglesia o pedían la presencia de un cura si no era borrachos o para pedir la extremaunción, y todos los que el día de la matanza del cerdo preferían mojar sus cuchillos en sangre humana en lugar de degollar gorrinos, le temían como a una maldición bíblica, pues no había trapicheo ni pillaje ni afanamiento que no pasara por sus manos, y de no ser así pronto se encargaba Salomón de hacer saber al desgraciado de turno que todos los ladrones de Narbona debían pagarle su tasa. Tanta era su influencia que la parte del botín que le correspondía se conocía en todas las tabernas de mala muerte y peor vida como «el diezmo hebreo». Pero eso sí, solo se mentaba en voz baja, porque en Narbona hasta las ratas, pozos y ventanas estaban a sueldo del viejo Salomón. ¿Cómo se había hecho aquel anciano con tanto poder? Nadie lo sabía, pero lo cierto era que de todos los que se habían enfrentado a él, ninguno quedaba en Narbona para contarlo, y a quien no mandaba echar de la villa (porque, eso sí, no se le conocían venganzas de sangre) se ocupaba de persuadir o sobornar. Y con el transcurso del tiempo, cuando la prosperidad inundó la bolsa de los ladrones igual que florecían las rentas de los talleres y molinos alquilados a Salomón, a nadie le importó el cómo ni el cuándo. Así fue como Salomón se convirtió en el jefe de la cofradía de ladrones de Narbona. Pues al fin y al cabo la única verdad era que se obtenían pingües beneficios con el viejo judío, y también era cierto el dicho de que el dinero no tiene prejuicios de fe.

Ninguno de los clientes de la posada de la Oca Roja sabía leer, escribir o deletrear la palabra «prejuicio», pero todos eran capaces de rebanar dos cuellos y robar cuatro bolsas en menos del tiempo que llevaba pronunciarla. Isabeau y Guerrejat habían cruzado la gran sala de la planta baja, donde, bajo la tutela vigilante del tabernero, cinco mozas servían cerveza y vino a buen precio, comida aún más barata y por un estipendio similar atendían las necesidades carnales de los parroquianos. Los dos recién llegados habían seguido a Salomón hasta su sanctasanctórum, el escritorio desde donde manejaba laboriosamente los hilos de sus negocios. Había una butaca cerca del fuego, pero Salomón no tomó asiento, sino que abrió uno de los cinco cofres que tenía dispuestos al lado de la mesa y guardó una bolsa de monedas en él. Isabeau se instaló en un banco de madera bajo el estrecho ventanuco que daba al callejón, desde donde podía vigilar la entrada de la posada, y Guerrejat se quedó donde estaba y se recostó en la jamba de la puerta. A pesar del cansancio de la pelea y de los rasguños que cada uno de ellos había dejado en el otro, al cruzarse la mirada intercambiaron una expresión de sorpresa. Instintivamente se habían colocado de la manera más estratégica para controlar las entradas y salidas de la habitación, como si aún estuvieran en modo de combate, esta vez contra un adversario común. La expresión de Isabeau se suavizó durante un brevísimo instante al mirarlo, pero no había venido a Narbona para distraerse. Dijo, tajante:

—Salomón, quiero hablar contigo. En privado.

De repente, Guerrejat hizo una señal de advertencia, e Isabeau desenrolló su látigo. Dos alguaciles con el escudo de armas de Narbona irrumpieron en la sala. Sin dudarlo, Guerrejat tomó a uno de los alguaciles por el cuello y le aplicó una leve presión con la hoja de su alfanje, mientras Isabeau lanzaba la punta de su látigo contra el cuello del otro y dibujaba una fina línea roja en la blanda carne del alguacil, arrancándole incluso unas gotas de sangre. Salomón alzó sus callosas manos y exclamó:

—¡Tranquilos! Estos alguaciles no vienen a por vosotros.

—Maldita sea, judío.... —exclamó el de la herida superficial en el cuello, que parecía el jefe.

Guerrejat e Isabeau aflojaron sus armas y los alguaciles se desasieron. Con una rapidez sorprendente en un hombre de su edad, Salomón abrió uno de los cofres del escritorio y sacó sendas bolsas de monedas. La visión del dinero calmó un poco a los magullados alguaciles. El judío les arrojó las bolsas, que los alguaciles cazaron al vuelo. Tuvo Salomón buen cuidado de no tocarles. Sabía que a los gentiles no les gustaba rozarse con judíos, ni siquiera los que aceptaban sus sobornos. Entonces, uno de ellos extrajo un pergamino estrecho de su jubón y lo dejó encima de la mesa de Salomón. La duda bailaba en su mirada mezquina. Si la humillación que le habían infligido vencía a su codicia, quizá todos terminarían pasando la noche en las mazmorras de Narbona. Salomón exclamó con la mejor de sus sonrisas y fingiendo que no reparaba en la mirada furibunda del alguacil herido:

—Esta noche la posada de la Oca Roja no acepta vuestro oro, señores. Sois mis invitados. Y por favor, disculpad a estos dos. Acaban de llegar de Ultramar y aún tienen la sangre hirviendo por culpa del sol del desierto. —Echó un vistazo lleno de conmiseración y falsa reprobación hacia Guerrejat e Isabeau.

—Aquí en Narbona las mujeres visten como tales. Si sale a la calle disfrazada de hombre, tendremos que detenerla —dijo el alguacil. Tenía una expresión de estupidez malévola que hizo temer al judío que a pesar de todo no lograría apaciguarle. Se apresuró a decir:

—Claro, claro está. «Mujer desvergonzada, caries de los huesos». —Y se volvió hacia Isabeau—: Vergüenza de mi descendencia, deshonra de Judea. ¡No eres Sara, sino Jezabel!

Isabeau bajó la cabeza con expresión compungida. Guerrejat frunció los labios, siguiéndole el cuento a Salomón, y ni corto ni perezoso le dio a Isabeau un suave bofetón en la mejilla. La joven levantó la cabeza veloz como una furia, e iba a abalanzarse contra él cuando el judío la detuvo, mientras Guerrejat aseguraba a los alguaciles, con un gesto obsceno:

—Descuidad, que a esta moza le tengo una buena lección preparada.

Los otros dos se dieron un codazo, satisfechos. Aún entre toses, apretaron el soborno contra sus pechos y desaparecieron escaleras abajo con toda celeridad. Salomón respiró hondo y soltó a la muchacha. Se giró hacia Guerrejat y dijo:

—Haced el favor de pedirme permiso antes de atacar a mis visitantes —espetó Salomón, clavando sus ojillos de color negro en los dos—. Especialmente cuando pueden cargarnos de cadenas a todos con solo levantar un dedo.

—No es cortesía presentarse sin avisar, y solo por eso merecían una buena tunda. Y además eran flojos como un pastel de carne. ¿Qué...? —dijo Guerrejat, antes de doblarse exhalando un quejido de dolor. Isabeau acababa de propinarle un golpe en el vientre con el mango de su látigo. La joven se inclinó hacia la oreja de Guerrejat y susurró:

—La próxima vez que me pongas la mano encima...

—Me tomaré eso como la promesa de otra oportunidad.

Isabeau se echó hacia atrás en la butaca y dijo, señalando a Guerrejat:

—Salomón, dile que se largue. Ya hemos perdido bastante tiempo.

—Querida mía, no eres la única con la que tengo negocios, y da la casualidad que este hombre y yo tenemos cosas que tratar —dijo el judío, y añadió con dureza en la voz—: Además, en mi casa soy yo el que decide quién se queda y quién se va.

—Yo no conozco a este tipo. ¿Cómo sé que no es una rata y que no nos delatará a los alguaciles? —Clavó sus ojos verdes en el otro y dijo con malicia—: ¿Además, qué negocios te traes con él? Tienes a veinte hombres mejores que él a tus órdenes.

Los ojos de Guerrejat la estudiaron con una expresión impenetrable. Eran de color azul mar, claros y limpios. Isabeau apartó la vista, repentinamente molesta. El viejo señaló al otro con su bastón y dijo:

—Eso es asunto mío. Venga, ¿qué traes esta vez?

Isabeau enrojeció y sacó de su faltriquera un puñado de joyas de todos los tamaños y formas: anillos de oro y plata, collares de oro con rubíes engarzados, cinturones de plata, broches con piedras preciosas.

—No es ningún tesoro, pero servirá —dijo el judío, con expresión satisfecha—. Además, en estos tiempos no puedo despreciar nada, o terminaré en la ruina.

Suspiró con tanto dramatismo como si acabara de recordar que un pariente suyo había muerto hacía poco y se encontrara frente a sus despojos. Isabeau hizo una mueca de burla; no era la primera vez, ni la última, que el viejo Salomón ben Judah lloriqueaba a causa de su pretendida pobreza. La joven exclamó:

—Salomón, ¡no me vengas con cuentos! La pobreza y tú hace mucho que no tenéis tratos.

El judío levantó la cabeza, indignado, y dijo:

—¿Qué sabrás tú de mis terribles circunstancias?

—Nada, pero sé que siempre te las arreglas para salir ganando.

—Esta vez no —dijo Salomón, abatido como si el mismo pariente imaginario estuviera acompañándoles allí, en la estrecha habitación en la posada de la Oca Roja. Prosiguió—: ¿Sabéis que el arzobispo quiere ampliar la iglesia del Santo Pastor?

—¿La que se incendió? —dijo Isabeau.

—La misma —asintió el judío—. Mientras la ciudad florece y nuevas casas y mercados brotan por doquier, la vieja basílica es un símbolo del declive del poder del arzobispo. Y claro está, la vizcondesa de Narbona no mueve un dedo por impedir su decadencia.

—¿Qué tiene que ver eso contigo?

—¿A quién creéis que llamó el arzobispo para pedirle fondos para el proyecto? —preguntó Salomón, alzando los brazos al cielo—. ¡Yo, que soy buen judío y ferviente seguidor de Yahvé!

—Y el primer ciudadano de Narbona, con permiso del consejo de gremios —replicó Isabeau, con ironía.

Salomón asintió, resignado.

—El anterior arzobispo, antes de Pons, era el hermano de la vizcondesa, y tras su muerte las donaciones de la nobleza al tesoro catedralicio se espaciaron, hasta dejarlo bastante depauperado. Debí haberme negado a ayudarle la primera vez que vino a buscar mi bolsa. ¡Por Yahvé que la credulidad de los cristianos no conoce fin! —Isabeau y Guerrejat le miraron sin comprenderle, y Salomón prosiguió, bajando un poco la voz—: Le sugerí que la mejor manera de incrementar el patrimonio de la iglesia era encontrar una reliquia y dedicarle una capilla espaciosa, donde los peregrinos pudieran visitarla y dejar una muestra de su respeto. En oro y plata, preferentemente. Le pareció una santa idea, y santo fue también el hallazgo accidental de un hueso de Carlomagno en la cripta de la iglesia. La afluencia de feligreses aumentó, como predije, pero como son pobres de solemnidad, sus donaciones son gallinas, quesos y carne curada. El arzobispo y sus diáconos comen de maravilla en un refectorio con agujeros en el techo.

—¡Viejo manipulador! —exclamó Guerrejat, con una carcajada—. ¿Estás diciendo que te hiciste con un hueso de Carlomagno para vestir la iglesia del Santo Pastor, para beneficio del arzobispo? Así que un ladrón judío es el verdadero hacedor de la reliquia del santo patrón de Narbona. ¡Es lo mejor que he oído desde que me contaron la historia de amor entre el corsario y la monja! Confiesa: el hueso, ¿es de cerdo o de cabra?

—No digas tonterías —replicó Salomón, ligeramente halagado—. No es tan difícil conseguir un hueso humano en este nido de asesinos. Lo difícil fue encontrar un dedo: casi todo lo que me traían mis hombres eran tibias y calaveras, porque como son huesos más largos y grandes, tardan más en desaparecer. Los dedos terminan triturados en las marismas salobres o en el mar.

—Encontrado el hueso, solucionado el problema, ¿no? —dijo Guerrejat.

Salomón sacudió la cabeza y continuó:

—Hace unos días, Su Excelencia el arzobispo vino a darme las gracias, balbuceó que la reliquia de Carlomagno honraba su catedral, y antes de irse no se olvidó de pedirme un préstamo, sabiendo perfectamente que me resulta imposible prestarle a él y no al resto de los nobles arruinados que viven a la sombra de la vizcondesa Ermengarda. Dijo que si le entregaba lo que necesitaba, no se lo contaría a nadie para ahorrarme problemas. Promesas vacías, por supuesto. En cuanto el dinero sale a la luz, todos saben de qué manos viene y a qué manos va. —El tono del viejo cambió a la exasperación—. ¿Qué fue lo que dijo? Ah, sí. Que aceptaba mi donación. Quinientos denarios de oro ahora, y quinientos más tarde. Tuve que hacer el primer pago ese mismo día.

—Toda una fortuna —silbó Guerrejat.

—Si fuera usurero, todos los nobles de esta ciudad estarían llamando a mi puerta, primero para halagarme, y luego para arruinarme y quedarse con lo que es mío. Porque no accedo a arriesgar mi cuello cometiendo el pecado que me piden a gritos, serán los primeros en exprimirme como una naranja.

—¿Y qué esperabas? Somos ladrones y jamás disfrutaremos de los privilegios de la nobleza —dijo Isabeau, con una sombra de furia en la voz. Y añadió, encogiéndose de hombros—: No siento pena por ti. Sabes nadar y guardar la ropa. Además, todos pasamos dificultades.

—Muy cierto —concedio Salomón. Y levantó su bastón en dirección a Guerrejat—: Por ejemplo, hace muchos años que este mercenario, hijo de un asesino y de una ladrona, nieto de asaltacaminos y bisnieto de ratas mentirosas, no deja de recordarme que por un módico precio se pondrá permanentemente a mi servicio. Su ofrecimiento es jugoso y, cosa muy sorprendente, honrado.

—Cuidado, Salomón. Solo te dejo burlarte de mí cinco veces al año —dijo Guerrejat.

—Por las cinco que saqué tu pescuezo del arroyo. Y en cuanto a ti, mi señora de Fuòc...

—No necesito que airees mi nombre frente a desconocidos.

—Después de haber cruzado hierros, ¿sigo siendo un extraño para ti? —dijo Guerrejat sonriendo mientras se inclinaba hacia Isabeau—: Tendremos que pelear de nuevo, pero con espadas de verdad, para considerarnos presentados. Ese látigo no cuenta como arma de caballero.

—Tú no serías un caballero ni aunque empuñaras la mismísima Excalibur —replicó Isabeau.

—Vaya, vaya. Una ladrona cultivada. —Guerrejat

se cruzó de brazos, sentándose frente a la joven. Se volvió a Salomón—: ¿De qué corte la has sacado, anciano?

—¡Cierra la boca! —exclamó Isabeau.

—Ha visto más letras juntas que tú y que yo, y es cierto que no desentonaría en ninguna corte —declaró el judío. Salomón e Isabeau cruzaron una sonrisa y Guerrejat percibió que, a pesar de sus pullas, entre el judío y la ladrona había una corriente de lealtad profunda, de las que se forjan con años y sin traiciones.

Una polilla se acercó demasiado a las llamas del fuego que crepitaba y ardió, con un silbido. Desde el comedor de la posada ascendía el griterío ardiente de los que habían venido a la Oca Roja a olvidar que el mundo estaba hecho de fuego y muerte. Abajo, un grupo de borrachos habían encontrado un músico que acompañaba sus impulsos, y de sus gargantas quemadas por los espíritus infectos —procedentes de la cuba del sótano, donde se destilaba la bebida, y en la que el tabernero echaba todo lo que tuviera visos de añadirle sabor a sus jugos, estuviera vivo, muerto o podrido— surgían las estrofas más apremiantes, los «*veni, veni, domicella*», que iban seguidos de los chillidos complacidos de las mozas. Los golpes y aplausos se apagaron súbitamente, como mueren todos los estallidos de la carne, solo para volver a empezar al cabo de un instante. Isabeau miró pensativa el fuego y se giró. Preguntó, casi con dulzura:

—¿Y dónde está ahora tu dinero, Salomón?

—¿Qué sé yo? —dijo el viejo, encogiéndose de hombros.

—Tú siempre te preocupas de seguirle los pasos a tu dinero, especialmente cuando se aleja de ti.

El judío sonrió enigmáticamente y dijo:

—No soy el único a quien el arzobispo ha pedido dinero. La vizcondesa Ermengarda puede que no tenga a Pons en la misma estima que a su tío, pero no están mal avenidos. Se reparten el señorío de la ciudad: uno posee el derecho de paso de las puertas de entrada, y la otra es responsable de patrullar sus muros. Están obligados a entenderse. Y la vizcondesa también ha colaborado en la reconstrucción de la iglesia del Santo Pastor, especialmente ahora que hay nuevo papa y es bueno caer en su gracia.

—Entonces, ¿tu dinero yace al lado del de la vizcondesa? —preguntó Isabeau.

—Así es, y como Ermengarda no es ninguna tonta, y sabe cubrirse las espaldas, ha obligado al arzobispo a entregarle la custodia del dinero recaudado, arguyendo que no hay lugar más seguro que su castillo. Todo descansa en una cámara del palacio de la vizcondesa de Narbona.

—¿Cómo puedes estar tan seguro? —inquirió Guerrejat, curioso.

—Hace varias semanas, la vizcondesa Ermengarda encargó diez arcones especiales, dos veces más grandes que el tamaño mayor del que habitualmente se ofrece, con cerraduras laterales y frontales, y dos cadenas de hierro de cinco codos para cada cofre. Los herreros y los carpinteros que han fabricado esos cofres me pagan un buen alquiler, un porcentaje de sus ganancias y, a cambio de mi inestimable protección, me cuentan todo cuanto hacen. Y no creo que fuera para guardar sus vestidos, ni sus pieles de invierno. Ahí están mis quinientos denarios, la parte de la vizcondesa, lo que haya conseguido ese pedigüeño de Pons, y todas las riquezas que estén en ese momento en el castillo.

—Un tesoro digno de un príncipe de los ladrones —dijo suavemente Isabeau.

Hubo una breve pausa, durante la cual ninguno de los tres dijo nada. Salomón elevó las comisuras de sus labios, roídas por el tiempo y el sol, como las de una hiena hambrienta, pero sus ojos no sonreían.

—No veo a ningún príncipe por aquí —dijo el judío. Estudió la expresión de la joven, repentinamente alerta, como si fuera un rompecabezas que no podía resolver—. Pero te escucho.

—La ciudad hierve desde hace una semana con la noticia de que van a organizarse celebraciones en el castillo —empezó Isabeau—. La vizcondesa Ermengarda ha dado orden de convocar saltimbanquis, bailarinas, poetas y bufones de toda la comarca, y se ha corrido la voz, como si el viento hablara de lo bien que paga. Todos los vividores y trotamillas de Narbona acamparán frente al palacio esperando su oportunidad de ser admitidos en la corte y ganarse unas monedas.

—Lo sé, mis telares no dan abasto para los pedidos de tapices con que engalanar los salones. Es por lo del concilio del nuevo papa, que pronto mandará a su legado a Narbona.

Isabeau asintió y continuó:

—Y las puertas del castillo se abrirán de par en par, y recibirán a juglares y poetas, siempre que sean buenos. Para una *trobairitz* y su banda de juglares y músicos será fácil introducirse en el castillo, entrar y salir y pasar desapercibidos entre los demás. Hablamos de un botín suficiente para retirarnos y empezar una nueva vida, aquí o a cien leguas. Probablemente, en los cofres de la vizcondesa haya más de treinta mil denarios de oro. Eso sin contar las vajillas de plata, las joyas, los candelabros... ¿Quién sabe lo que esconden sus arcones?

—Robar a la vizcondesa de Narbona... —dijo Salomón, pensativo—. Somos la cofradía de los ladrones, muchacha, pero aquí jamás se ha intentado nada parecido. El cuello de quien lo intente y sea descubierto colgará del torreón más alto del castillo.

—Hay tesoros que bien valen jugarse el todo por el todo —replicó Isabeau.

—Tendré que pensarlo. Es demasiado peligroso.

—¿Qué tienes que pensar? Es un botín enorme, grande y pesado, cajas y cajas llenas de oro... Necesitamos a la cofradía para ayudarnos a sacarlo del castillo. —dijo con voz seductora, como si quisiera concitar la imagen del tesoro.

Salomón se hizo el loco, negando con la cabeza:

—Pides demasiado. Puedo sobornar a un alguacil

o dos, pero no tengo manera de entrar y salir del castillo con la libertad necesaria para vaciar las arcas de Narbona.

Isabeau se mordió el labio inferior. Dijo:

—Si te garantizo que yo sí puedo facilitarnos el camino, ¿qué me dices?

—¿Cómo? —preguntó Salomón.

—No puedo decírtelo. Tendrás que confiar en mí.

Isabeau apretó los labios en una firme y silenciosa línea. El judío clavó su mirada en la muchacha.

—¿En qué andas, criatura? Esto no me gusta nada.

—Me importa una pezuña de jabalí si te gusta o no. ¿Estás conmigo o no?

Salomón ben Judah se rascó la cabeza y tomó una decisión rápida, como todas las que le habían hecho rico.

—Eres una cría obstinada e inconsciente. Cuenta conmigo. ¡De lo contrario, acabarás empalada en las almenas del castillo de Narbona! —Reflexionó unos instantes y dijo—: De la panda de rufianes que manejo, creo que los mejores serán el Tuerto y Joachim. Y Guerrejat también te servirá.

Isabeau chasqueó la lengua, disgustada.

—Salomón, lo siento pero no confío en él. ¿Cómo sé que este tipo no huirá chillando como una rata en el peor momento? —Clavó sus ojos verdes en el otro, que hasta ahora había permanecido en silencio. Guerrejat le devolvió la mirada con una expresión impenetrable. Tenía los ojos de color azul mar, claros y limpios. Isabeau apartó la vista, y esperó la respuesta de Salomón, que no tardó en llegar:

—Ya me has oído.

—No me gusta.

—Jamás me has desobedecido. ¿Vas a empezar ahora?

—Haré lo que me plazca, por supuesto —dijo Isabeau, desafiante.

Salomón la miró durante un momento. El judío exhaló un largo suspiro.

—¡Criatura imposible! Si vas a dar con las cuadrillas de ladrones de segunda con los que ni yo quiero ensuciarme las manos, colgarás de la horca en menos que canta un gallo. Dame unos días, maldita mula. Pero tendrá que ser con él, ¡te guste o no!

Isabeau consideró sus posibilidades. Sin la ayuda de Salomón, a pesar de sus bravatas, todo sería mucho más difícil. Y con el judío en su contra, no podría dar un paso en Narbona. Asintió lentamente y dijo:

—Está bien. Nos vemos dentro de una semana. Tengo un asunto pendiente que debo resolver.

Salomón enarcó las cejas pero guardó silencio. Guerrejat dijo, inclinándose burlón:

—Entonces tenemos una cita.

Isabeau se volvió hacia él y dio rienda suelta a su frustración. Tendría que cargar con un extraño en el golpe más importante de su vida. Exclamó:

—¡Has tenido mucha suerte! Si Salomón no te hubiera salvado hace un rato, tu lengua ya se habría despedido de tu cuerpo. No me hagas perder el tiempo, Guerrejat. Te advierto que no serías la primera muesca de mi daga.

Guerrejat contempló a la ladrona. Su pelo rojo enmarcaba la expresión desafiante de sus ojos verdes, y a pesar de su menuda figura, la muchacha se erguía firme como una torre. Parecía un leopardo a punto de saltar. Salomón intervino, golpeando el suelo con su bastón:

—¡Basta ya! Está decidido y no quiero disputas entre mis ladrones, ¿entendido?

Isabeau se dio la vuelta bruscamente. Se alejó hasta el banco de madera que había debajo de la ventana. Se sentó y la abrió. El aire fresco de la madrugada empezaba a mezclarse con el rocío, que no hacía distingos entre vivos ni muertos y caía sobre todos por igual. El golpe de frío la tranquilizó. Su helada crueldad le recordaba que las amenazas acechaban en cada vuelta del camino. Había pasado muchas noches bajo la única protección de la luna, o en la más negra oscuridad, y el aire nocturno tenía la virtud de calmarla. No habría podido sobrevivir de otra forma; la ira solo engendraba errores. Mientras cerraba la ventana y se daba la vuelta, oyó que Guerrejat decía:

—Bueno, Salomón, hasta mañana. Voy a apostar mi cuello a cambio del bonito tesoro de la vizcondesa, si es que consigues reunir a suficientes ladrones para acometer la empresa. —Luego añadió, dándole un suave golpe en el hombro a Isabeau—: Quizá nos juguemos la vida y quizá la perdamos, pero ojalá que salgamos vivos y con la bolsa del arzobispo debajo del brazo, porque tú y yo tenemos algo pendiente.

—¿Ah, sí? ¿Qué? —preguntó Isabeau, encogiéndose de hombros.

—Que me aspen si lo sé, pero no pienso dejar la cuenta sin pagar.

—Sería la primera vez —apuntó Salomón con sarcasmo.

—Sí que lo sería —dijo Guerrejat, pensativo.

El ladrón se giró, envolviéndose en su capa, y descendió las escaleras hacia la sala con la mano ostensiblemente puesta en la empuñadura de su cimitarra. Al bajar, salió por la puerta de la Oca Roja como una exhalación. Tenía prisa por dejar atrás la posada, y al mismo tiempo hubiera dado más de lo que creía posible por no alejarse. Al cruzar el callejón de la Media Luna, casi topó con un individuo que caminaba con igual determinación que él, pero en dirección contraria. «Nada de bravuconadas esta vez», pensó Guerrejat sin siquiera mirarle. Una pelea era suficiente por esa noche; sería una velada que tardaría en borrarse de su memoria. Además, a fuer de ser sincero, no estaba muy seguro de que quisiera olvidarla fácilmente. Entre estas y otras reflexiones, recorrió sin más encontronazos el camino desde la Oca Roja hasta el puerto.

Salomón y la muchacha quedaron solos. El anciano se acercó al fuego, que acababa de consumir un tronco grueso como el brazo de un hombre. Tomó otro, con gran esfuerzo, y lo arrojó al centro de las brasas. Luego, con un pesado atizador, dispuso la madera para que quemara bien. Se irguió trabajosamente y se volvió hacia Isabeau, que no había dejado de mirarle durante ese rato.

—Eres uno de mis mejores ladrones, pero a veces... —dijo el judío.

—Lo sé. Perdóname, Salomón —dijo Isabeau, con voz apagada.

Salomón se acercó a ella y puso su mano en el hombro de la joven. Tenía la piel veteada de venas y arrugas, y mordida por el sol de dulces veranos y por la escarcha de demasiados inviernos. Isabeau hundió el mentón en el pecho.

—¿Qué dije la primera vez que Íñiguez te trajo?

Sonrió a su pesar Isabeau, con la cabeza aún gacha.

—Que una mocosa no podía robar tan bien como un hombre.

—¿Y qué me dijo él?

Isabeau levantó la mirada, sin responder. Salomón continuó:

—Que no robarías tan bien como un hombre. Que lo harías mejor. Tenía razón. Esa sabandija toledana me ha tomado el pelo con eso todos estos años desde ese día.

Isabeau se limpió las lágrimas que habían brotado de sus ojos verdes.

—Tengo algo para ti —dijo el judío. Su tono de voz era amable y, al sonreír, su expresión avinagrada se transformaba en un mapa de piel arrugada en donde se podía leer la humanidad que, por lo general, jamás desvelaba a ningún ser viviente.

Rebuscó bajo el escritorio y sacó un objeto envuelto en un retazo de terciopelo verde esmeralda. Apartó la tela. Los ojos verdes de Isabeau se iluminaron, y su pálida piel cobró una luz inesperada. Estiró la mano hacia la madera brillante, y acarició con sus dedos la tapa del códice, cuya superficie estaba incrustada con diminutos cuadrados de marfil y ónix negro. En el centro había un lapislázuli de vivo color azul. Isabeau tomó el volumen, pasando los dedos por sus páginas de pergamino iluminadas con hermosas letras de oro, verde y rojo.

Salomón indicó:

—Me dijo que era el último que le quedaba.

Isabeau acarició con delicadeza las quebradizas hebras de lino que mantenían las páginas cosidas. Levantó la cabeza y dijo:

—¿Cuánto?

—Digamos que tu última escapada bastará, y aún te sobrarán unos diez sueldos —dijo Salomón, mostrando el montón de anillos que Isabeau había depositado encima de la mesa. Sacó una pequeña bolsa y la dejó al lado del códice. Luego bajó la voz y prosiguió—: El mismo tratante me habló de un salterio que estaba a punto de llegarle desde Constantinopla.

—Los artesanos de Oriente hacen piezas maravillosas, pero ya sabes que los libros de salmos no me interesan. Solo las obras de poesía o de sabiduría de los Antiguos —dijo Isabeau con una voz preñada de dulzura.

El judío se acarició la barbilla y dijo, sarcástico:

—La mayoría de mis ladrones se beben su dinero. Otros se lo gastan en mujeres, en hombres, o se lo juegan estúpidamente, como hacen con su vida. Pero creo que tú has encontrado la forma más hermosa de malgastarlo: dime, ¿de qué demonios te sirven estos libros? Ni siquiera te los quedas. Vives a caballo entre robo y robo, y apenas los gozas unos días, el tiempo de volver a venderlos.

—Pero al mejor postor, anciano. Siempre al mejor postor —dijo Isabeau, ladeando la cabeza afectuosamente.

—Joyas. Telas. Especies. Tienen un margen mucho más alto, niña insolente. ¿Me tomas el pelo? Hablas con Salomón, no con uno de los monjes que te encargan rebuscar entre huesos y piedras para desenterrar estas reliquias —dijo el anciano, señalando al objeto que Isabeau aún sostenía entre sus manos.

—Son encargos, simples trabajos. Así trabajan los ladrones de la cofradía —replicó ella mientras acariciaba con las yemas de los dedos la madera noble de las tapas del códice.

—Con lo que tú sabes, podrías acudir a una biblioteca monástica o trabajar para un artesano y ganarte la vida decentemente. Ni siquiera el hecho de que seas una mujer les importaría, si vieran tu pulso firme y la belleza de las copias manuscritas que les entregarías. Podrías olvidarte de mí y de la cofradía. Piensa que el próximo robo no será como los demás, pequeña ladrona —dijo el judío con voz más grave.

—No se me da bien hornear pasteles, Salomón, ni la vida decente. Tampoco pienso olvidarme de la cofradía, pero no me tientes —cortó Isabeau. No le gustaba la nota de preocupación en la voz de Salomón porque era un eco de sus propias dudas. Cambió de tema y preguntó—: ¿Sabes algo de Íñiguez?

—Cualquier día de estos se dejará caer por aquí. Ya sabes que el Toledano hace lo que le viene en gana. De alguien tuviste que aprender tus malos modos, pues no fue de mí —replicó Salomón, echándose hacia atrás.

Isabeau se limitó a esbozar una sonrisa, cansada. Se frotó los ojos y dijo:

—Hoy me quedaré aquí arriba. Así me ahorro el paseo de la cerveza.

Llamaban de ese modo los ladrones de la cofradía, y todos los que frecuentaban la Oca Roja, a la fila de mesas y banquetas pobladas de borrachos que había que superar para llegar a la salida de la posada o a las habitaciones que se alquilaban por horas a los que querían dormir, y también a los que no, en la parte de atrás del local.

—Hay un catre en la habitación de al lado, y creo que sin chinches —indicó el judío.

—Los echaste porque no te pagaban el alquiler puntualmente, ¿verdad? —dijo Isabeau, irónica. Estaba cansada y mañana tenía mucho que hacer. La joven se estiró y se acurrucó en la cama, tapándose con la primera manta que encontró. Olía a cerveza y a pan enmohecido. Cerró los ojos y se durmió al momento, agotada. Al cabo de poco, soñó que ardía en una pira, donde lenguas de infierno altas como montañas se la tragaban, y en la base se fundían montones de alhajas y monedas de oro.

2

La perla de Montlaurèl

La carreta estaba encallada. Los sirvientes la empujaban con todas sus fuerzas mientras los bueyes, que tensaban el cuero y el cáñamo de las colleras, resoplaban hacia delante azuzados por la garrocha del guía. Las ruedas se hundieron aún más en el fango y uno de los soldados frunció el ceño. Así no habría forma de preparar el camino que ascendía hasta el castillo. Habían aprovechado una pausa en la cortina de agua para esparcir la mezcla de arena y paja que permitiría a los invitados ascender hasta el interior del patio sin rebozarse los bajos de su ropa en porquería. Dos semanas llevaba el país de Corbières castigado por las lluvias que habían embarrado caminos y anegado los campos. Era la fiesta de San Benito, el veintiuno de marzo del año del Señor de 1179, y los campesinos de Lengadòc levantaban los ojos hacia el cielo, preocupados por sus cosechas de trigo. Si el agua no daba tregua, las espigas se pudrirían en los surcos, el invierno sería duro y el hambre sería la única compañera de los humildes.

Así que los habitantes de la región recibieron alborozados la noticia de que los señores de Montlaurèl, dueños del castillo, habían decidido dar una fiesta para celebrar el final de la témpora de primavera, aunque la Cuaresma apenas había terminado. Los ricos gozarían de una noche de buenas viandas, y al día siguiente se repartirían las sobras entre los pobres y los necesitados que esperasen a las puertas del castillo. Bienvenido sería el alivio del ayuno. Más de una comadre había enarcado las cejas, porque faltaban todavía cuatro días para el Domingo de Ramos y no se recibía la Pascua con música ni con banquetes. Pero tuvieron que morderse la lengua, pues al fin y al cabo los Montlaurèl eran siervos del Señor y sabrían ellos si a Cristo le ofendería una pierna de cordero de más o menos durante las penitencias de la Resurrección.

—¡Maldita sea, movedlo, haraganes! —gritó el soldado, impaciente. Tenía prisa por volver al castillo: el sol empezaba a ponerse y el fresco del anochecer se le metía en los huesos. El cielo replicó su enfado con un trueno, y pronto las gotas de lluvia volvieron a caer y se multiplicaron, insolentes. Exasperado, desenrolló el látigo que pendía de su cinto. Los sirvientes se afanaron. El cuero se hincó en los lomos de los bueyes y de los criados que no podían protegerse. El sudor y la sangre se mezclaron con el agua, y el barro, arenoso porque estaban en tierra de estanques y lagos, se tiñó de rosa pálido. Una silueta encapuchada, montada a caballo, apareció desde el sendero que llevaba al pueblo, bautizado con el mismo nombre que la familia, y se acercó sin prisas al grupo. El jinete se detuvo y contempló la escena. El soldado lo miró hoscamente, pero no distinguió más que dos ojos negros, como la capa y el embozo que le protegían.

—¿El castillo de Montlaurèl?

—¿Quién pregunta?

—Mi dueña viene de lejos. Vengo a asegurarme del buen camino para que no trasiegue en vano por estos pasos endemoniados, con la que está cayendo. Esta noche tiene que estar en las fiestas de Montlaurèl. —El jinete se inclinó sobre el cuello de su montura y guiñó un ojo cómplice, bajándose el embozo. Era una mujer de piel blanca, como si el sol apenas la hubiera tocado. El soldado sintió la garganta seca, muy seca: sed de hembra, así lo llamaban los que venían de ultramar. La miró con desconfianza, aunque en el fondo ya había olvidado el cansancio, el barro y la carreta repleta de las antorchas coronadas por mechas de esparto y sebo, que a lo largo de las cien yardas del camino que llevaba a las torres de Montlaurèl alumbrarían el recorrido de los huéspedes del castillo. Todo lo había olvidado porque pensaba en la piel suave de un cuello de mujer, en las promesas de la noche. La mesnada gustaba de fiestas: se come y se bebe con holgura, se baila y se folga más y mejor, y no había mejor pasatiempo en tiempo de paz. La doncella le miraba, tentadora.

—¿Quién es esa dueña? —inquirió el soldado.

—Una gran dama. ¿Habéis oído hablar de la *trobairitz* Isabeau de Fuòc?

El otro negó con la cabeza, decepcionado. La mujer prosiguió:

—Pues no la llaman de fuego por nada. Díselo a tus camaradas. Esta noche ya podrán caer chuzos de punta, que no habrá frío en el castillo después de que mi dueña cante y baile para tus amos. —Hablaba en voz baja, incitante—. Y después, ¿quién sabe? Todos somos buenos cristianos, y las damas eligen a placer. Y las que no lo son, también. Dime tu nombre y quizá te busque. —Se echó a reír y el sonido de su risa era una caricia. Sus ojos brillaban. El hombre también se rio, hechizado.

—Me dicen Bernat. ¿Cómo te llamas tú?

—Esta noche te lo diré —replicó ella.

—Eso será si me das el santo y seña —dijo Bernat, mostrando dientes pequeños y negruzcos—. Si no, tendré que encerrarte en nuestras mazmorras, y solamente yo tengo las llaves. —Señaló con la cabeza hacia el imponente castillo que se erigía en lo alto de la colina.

—No ha llegado aún ese día —replicó la muchacha—. El santo y seña es «*Lateranus*».

Bernat asintió satisfecho, y dejó pasar a jinete y montura. La joven espoleó su caballo, una hermosa yegua blanca, sabedora de que los ojos del soldado le recorrían la espalda como hormigas espantadas por el fuego. Solo cuando estuvo segura de que su silueta se había perdido en la curva del camino, se dio la vuelta. Soldado y criados seguían atareados pugnando por desencajar la carreta. Una sonrisa de triunfo y desprecio bailó en sus labios. Todo acababa de empezar, y el resto tampoco sería difícil. «Cuando el zorro se confía, las gallinas bailan a su alrededor.» Cerró los ojos y dejó que la sabia voz de Íñiguez la envolviera. Era cierto. Aún tenía mucho trabajo por delante. Miró a ambos lados del camino. A la derecha había una enorme encina cuyas ramas parecían serpientes. Acercó el caballo al árbol y se ocultó tras el tronco. Allí, la joven se desembarazó de la capa de sencilla lana negra con la que viajaba y de las alforjas extrajo la otra, de terciopelo bermejo y ribetes de piel de zorro, que le había costado casi cinco sueldos de plata. Se la puso con mucho cuidado, mientras deshacía el tocado de lino y dejaba suelta su melena de pelo rojo. Guardó el velo en la alforja y sacó un peine de marfil, de púas finas como pinceles, y se arregló el cabello en una trenza. Se calzó los guantes de piel de cabrito y volvió a montar. Miró hacia la montaña y distinguió las hogueras que rodeaban el castillo y sus firmes muros. Estaba cansada y llevaba dos días de viaje a cuestas. Miró a sus espaldas. La encina se hundía en el techo de estrellas. Era fuerte y nudosa, como la que escogería un verdugo para colgar a los ajusticiados.

—Hoy empieza todo, y hoy termina todo también —susurró. Y emprendió la carrera hacia Montlaurèl, mientras el aire de la noche le cortaba el rostro como un latigazo de rabia y libertad.

—¿Estás seguro de que tienes que partir precisamente ahora? —suspiró el arzobispo de Aix, mientras mordisqueaba una almendra—. Yo no pienso ir. Aún hace demasiado frío.

—Tienes la fortuna de ser arzobispo, puedes pedirle a nuestro padre que te permita hacer caso omiso de tus responsabilidades de primogénito y te deje en paz —exclamó el obispo Rotger de Montlaurèl, impaciente—. En mi caso, no me queda más remedio que obedecer y ponerme en camino.

—Nuestro padre está demasiado débil como para obligarte a nada que no sea de tu gusto, querido hermano.

Ambos miraron a la silla que presidía la sala, donde Hug de Montlaurèl dormitaba, o eso parecía, porque de vez en cuando entreabría los ojos y su mirada aguileña destripaba a la concurrencia como si fuera un buitre en busca de alimentos. Un paje lo seguía a todas partes con una jarra de vino y un cuenco con uvas, prácticamente lo único que el viejo Montlaurèl ingería desde que perdiera sus incisivos en una caída particularmente desgraciada. Rotger se rascó la barbilla y dijo:

—No te engañes, Gregorio. Aun si estuviera ciego e inválido, que no lo está, nuestro padre conserva suficiente fuerza de espíritu como para domar a cuatro caballos salvajes a cabezazos. Y créeme, no hago por gusto cuatro jornadas de marchas forzadas hasta Narbona —añadió entre dientes, procurando que no le oyera el legado papal, que estaba sentado a escasa distancia de los dos hermanos. Echó un vistazo al perfil inmóvil de Walter Map, el monje inglés que se hospedaba esa noche en su castillo después de asistir al concilio de Letrán, mientras volvía por Lengadòc a su patria. Map parecía un tipo callado e inofensivo, que observaba con interés cuanto acontecía a su alrededor, como si quisiera recordarlo todo. Sin embargo, a Rotger no le parecía un simple legado de regreso a su país; por su actitud alerta, parecía como si su misión fuera eterna y aún estuviera cumpliendo órdenes. Del Señor, probablemente, pensó Rotger con desprecio. Así debían ser los clérigos que seguían la verdadera llamada de la fe.

—Sigo sin entender por qué no te quedas. Bastaría con que una escolta de nuestros soldados acompañara a Narbona a ese monje —respondió Gregorio, absorto en el cuenco de frutos secos y dulces que tenía en la mano—. Al fin y al cabo, nuestra hermana no se casa todos los días.

Hizo un gesto con la cabeza, señalando la sala principal, repleta de gente como si fuera un día de mercado, y al otro extremo de la larga mesa de madera, la rolliza Garsenda, con las mejillas pintadas por el vino y su prometido, Bertrand de Cirac, sentado a su lado con expresión taciturna.

Rotger de Montlaurèl miró exasperado a su hermano. Aunque lo habían bautizado con el cristiano nombre de un Padre de la Iglesia laborioso y enérgico, Gregorio no tenía más aptitudes ni intereses que la comida, la bebida y el lecho, y este último solo para dormir. Estos rasgos de su carácter habían sido un golpe de fortuna para Rotger: después de muchas decepciones, su padre, Hug, había comprendido que Gregorio, aun siendo el primogénito, jamás podría defender como debía las tierras de la familia, y se había resignado a mandarlo a la escuela catedralicia para que hiciera carrera en la Iglesia. Y unos meses después convocó a su hijo más joven y le dijo que las tierras y los honores de primogénito serían para él, si se los ganaba.

Para entonces, Rotger ya se había visto forzado a la vía eclesiástica, como habría hecho cualquier segundo hermano de una pequeña familia de terratenientes de Lengadòc, aunque él gozaba más cuando estaba de caza que en la misa. Por eso, no dudó un instante en aceptar la propuesta de su padre, para defender a Montlaurèl de sus enemigos. La única condición había sido que no le obligara a dejar los hábitos, pues poseía buenas rentas como obispo y si algo había aprendido Rotger era que tenía que valerse por sí mismo. Cualquier día su padre podía cambiar de idea y arrancarle las riendas de Montlaurèl, y él no quería volver a quedarse en la calle. Hug había aceptado, aunque eso significase que no tendría descendencia directa legítima de sus hijos varones. Pero Rotger le había demostrado a su padre que la sotana no estaba reñida con las cabalgadas de vigilancia, y no le temblaba la mano si debía ordenar un castigo. Cualquier día engendraría un bastardo fuerte y luchador como él, al que darían su apellido y las tierras de Montlaurèl. Hug ya podía morir tranquilo, aunque llevaba mucho tiempo resistiéndose a las garras de la Parca.

—Tampoco nos visita un legado papal cada día —dijo Rotger—. Y menos después de un concilio, el primero que organiza el papa después de haber firmado la paz con el emperador Federico.

Gregorio enarcó las cejas, como si todos esos nombres pertenecieran a un mundo distinto. Rotger chasqueó la lengua, impaciente:

—No entiendo cómo puedes haber estudiado y vivido en la corte de Narbona y ser tan ignorante acerca de los asuntos políticos de estas tierras.

—No estuve en la corte: me pasaba todo el día en la escuela de la catedral.

Su tono era tan plañidero que Rotger se apiadó de él. Pedirle a Gregorio que fuera agudo era como esperar que una vaca supiera contar hasta diez. Dijo, más calmado:

—Además, hoy solo celebramos esponsales de Garsenda; la boda será en otoño.

Rotger no pudo evitar una mueca de desagrado al pronunciar estas palabras. No le faltaban ganas de hacer las paces con los Cirac, pero esperaba que Bertrand no viniera buscando jaleo. Comprendió que había dicho en voz alta esto último, cuando su hermano replicó:

—No creo que se atreva a hacer nada desagradable, y menos esta noche.

—Tienes razón —asintió Rotger—. Lo importante es que Garsenda esté contenta.

Aunque eso era lo de menos, se dijo a sí mismo, mirando a su padre Hug, el verdadero ganador del enlace, porque de una vez por todas los Cirac, la otra gran familia de la comarca, se había sometido a los Montlaurèl. Eso era lo que significaba la boda entre Garsenda y Bertrand; eso y un buen puñado de monedas, un molino y derecho a recibir un tercio de los ingresos de los estanques de sal de los Cirac.

—No me gusta ese muchacho. Esa cicatriz tan horrenda... —dijo su hermano, con un estremecimiento—. Aunque por fortuna no perdió la lengua.

—Sí, qué misericordioso fue el Señor.

—Rotger, si no recuerdo mal, fuiste tú quien le hizo ese tajo, y no Dios —señaló Gregorio en un extraño arranque de ironía.

—Es cierto —dijo Rotger, recordando la ocasión en que le había infligido a Bertrand de Cirac el enorme corte que ostentaba desde la base del cuello hasta la oreja, o lo que le quedaba de ella. Era cierto que no era estampa agradable a los ojos. En su descargo cabía decir que cuando le arrimó el hierro al rostro pretendía cortarle el cuello, y no decorarle la cara. Bastante suerte había tenido el muchacho salvando la vida.

—¿Tengo que hacer algo durante tu ausencia? —suspiró Gregorio, tragándose otra almendra.

—Esta noche, poca cosa. Solo si padre se retira y no despide a los invitados personalmente —dijo Rotger, echando un vistazo hacia Hug, cuya cabeza estaba inclinada sobre su pecho. Los ligeros ronquidos de su padre quedaban ahogados por la algarabía general—. Te levantas, brindas por la buena nueva, felicitas a los futuros novios y sanseacabó. ¿Crees que podrás hacerlo?

—Claro que sí, Rotger —afirmó su hermano obedientemente. ¿Y después?

—Después, todavía tendrás que hacer menos, hermano. Volveré en menos de una semana, y no quiero que pongas las rentas de Montlaurèl patas arriba —espetó Rotger, afectuosamente.

Gregorio sonrió bonachón, y Rotger le miró de buen humor. Quería a su hermano y, sobre todo, sentía alivio porque jamás le había reprochado que ocupase su lugar en la familia. Lo primero que hizo Hug después del equivalente a entregar la primogenitura a Rotger, fue conseguirle a su hijo mayor la archidiócesis de Aix-en-Provence, y su buen precio le había costado. Gregorio quizá no era muy listo, pero sabía muy bien quién le daba de comer, y no era el Espíritu Santo. Los dos hermanos observaron a su padre, que abrió los ojos, y se despertó con una mueca de descontento. A Hug de Montlaurèl hacía tiempo que la Muerte le había perdonado muchas citas, pero a cambio cada una de sus noches era una tortura: tenía reuma en manos, codos y piernas y una incipiente gota. Rotger esperaba que su padre le cediera el puesto como acompañante y escolta del legado papal en su trayecto a Narbona, pero aún no lo había hecho. Lo atribuía a la obstinación y al orgullo del que una vez fuera el señor más poderoso de la comarca. Vio cómo su padre se levantaba y avanzaba lentamente hacia la parte de la mesa donde estaban los dos hermanos. Parecía cansado, y viejo como mil noches. Rotger observó a su padre con tranquilidad y un punto de expectación. Frente a él, no podía bajar la guardia. El anciano se acercó y se inclinó hacia ellos. Sus ojos despedían el mismo azul despiadado de cuando ellos eran unos niños y Hug un gigante, solo que velado por los años. Dijo:

—Estoy agotado. Me temo que tendrás que acompañar tú solo al hermano Map a Narbona. Mis excusas, señor —añadió, dirigiéndose a Map, quien replicó cortésmente:

—Mi señor de Montlaurèl, estoy en las mejores manos.

—En eso no os equivocáis.

—Buenas noches, padre. No te preocupes, en unos días estaré de regreso.

El obispo besó la mano apergaminada que su padre le tendía. Estaba fría a pesar del calor del fuego.

Rotger hizo una seña y un criado se acercó.

—Prepara mi caballo y una mula con víveres para una semana. Déjalo listo en el patio y reúne dos soldados de mi guardia para que me acompañen a Narbona. —Luego se dirigió a Walter Map y dijo, levantando la voz para hacerse oír—: Hermano Map, partiremos en un par de horas. Viajaremos de noche, una ligera incomodidad que nos permitirá ganar tiempo.

—Os agradezco la buena disposición que desplegáis. Ojalá todos los prelados de estas tierras fueran tan leales al papa —añadió Walter, escrutando el rostro de

Rotger. Este fingió que solo había oído el agradecimiento del legado, y nada más, y respondió con una pregunta cortés:

—¿Fue agradable vuestra travesía? Nuestro mar es dócil, pero en ocasiones sus olas se tragan a los hombres con la voracidad de un león.

—Es cierto, pero costeamos sin percances. El viaje fue una delicia, en verdad.

—Me alegro.

Ambos guardaron un silencio aliviado después del breve y trivial intercambio de frases. Luego, Rotger de Montlaurèl se recostó en la butaca. La sala hervía de risas, chillidos escandalizados y criados acarreando bandejas, unas rebosantes y otras ya vaciadas por el apetito de los comensales. Los invitados estaban entretenidos con juegos de dados mientras se contaban el último chisme, sentados en corros, recostados o de pie. Los sirvientes empezaron a apartarlos, a empellones o haciendo uso de la persuasión, a los pocos serenos y los más borrachos, que ocupaban el centro de la sala frente a la mesa de ceremonias. Después de no pocas quejas y ceños fruncidos, y algún que otro puntapié, dos criados arrastraron hasta el centro una tarima de madera y dispusieron a los pies de esta pieles de oso y de zorro que habían visto días mejores. Luego acarrearon una silla de madera y la colocaron encima de la tarima. El rumor de las conversaciones se apagó cuando apareció el poeta armado con su *mandura*. Incluso Hug de Montlaurèl hizo una pausa en su camino hacia sus aposentos para prestar atención. No era muy habitual ver guitarras moriscas en aquella parte del país, ni tampoco mujeres como la que acababa de sentarse, orgullosa y desafiante, en la silla. Los caballeros admiraron la hechura de la mujer, mientras las damas se dedicaron a escudriñar sin disimulos su pelo rojo, imposible de soslayar pese a que estaba púdicamente trenzado. Rotger de Montlaurèl achicó los ojos y por primera vez desde que se había ordenado obispo, no pensó en su carrera ni en sus ambiciones.

—Extraña mujer. Camina como una reina, o como si fuera la dueña de un tesoro —murmuró a su lado Walter Map, dando voz a los pensamientos del obispo.

Cubierta por su capa bermeja, Isabeau empezó su actuación con la precisión minuciosa de muchas veladas similares: echó los hombros hacia atrás y dejó caer la prenda con negligencia, a sus pies. Un murmullo de admiración recorrió la sala. El *bliaut* que llevaba tenía corpiño bordado escarlata sobre plata, y una cintura ceñida de doble vuelta. La seda de la falda caía suave sobre sus rodillas, y los borceguíes dejaban entrever, fugaces, sus finos tobillos. Se inclinó como sabía, consciente de que ningún hombre apartaría la vista, para tomar la *mandura* con firmeza y empezó a rasgar sus cuerdas con un diminuto plectro de marfil. Acompañaba las notas de una melodía compuesta de notas y palabras dulces como *chantar*, *ami*, *beltatz*, que contrastaban con el vino áspero servido en Montlaurèl. Pese a que momentos antes la algarabía ensordecía cualquier conversación, ahora se oía solamente la música, el rumor de las antorchas quemando y las pesadas respiraciones, cargadas por la bebida, la comida y el deseo. Isabeau terminó su pieza y cuando el silencio ocupó el espacio que había abandonado su música, inclinó la cabeza. Hubo aplausos dispersos, exclamaciones entrecortadas por la ebriedad, y las monedas cayeron a los pies de la tarima creando su propia melodía. La *trobairitz* hizo una señal y uno de los criados recogió el dinero y se lo entregó, envuelto en un paño de terciopelo. Walter Map se inclinó hacia el obispo y dijo:

—Os felicito por vuestro buen gusto. ¿Es costumbre el cantar y la poesía de las mujeres, en estas tierras?

—La vizcondesa de Narbona es una buena patrona de la poesía y también de las *trobairitz* —asintió Rotger. Como viera que el monje no le entendía, añadió—: Son damas de noble origen que cantan e interpretan poesías y versos de amor. Creía que conocía a todas las que había en Lengadòc, pero veo que no es así —añadió pensativo.

—Le dicen Isabeau de Fuòc, mi señor —apuntó el paje que servía al obispo.

—«De fuego» —tradujo Rotger para Map.

—¡Apodo bien hallado! —exclamó el monje.

Rotger buscó con la mirada a la *trobairitz*. Hablaba con dos caballeros que no ocultaban su admiración. La joven, por su parte, mantenía la vista baja, pero Rotger hubiera jurado, por la forma en que se erguía y sus movimientos estudiados y elegantes que era consciente de que él la estaba mirando. Se levantó, cediendo a un impulso que aún no entendía, y se dirigió hacia la mesa central. Con el rabillo del ojo vio a Bertrand de Cirac sentado al lado de Garsenda, y le acometió el absurdo y súbito deseo de borrarle su sonrisa malévola de la cara. Su hermana era una simple, contenta por haber conseguido un marido, pero pronto descubriría la verdadera naturaleza del hombre con el que compartiría lecho el resto de su vida. Y la de su hermano, capaz de casarla con Cirac, a pesar de ser consciente de su ralea. «Maldita sea —se dijo el obispo—. Maldita sea esta vida de artimañas, de planes soterrados, de indignas maniobras. La única manera de sobrevivir es perder el alma. Si es que algún día la tuve», pensó con amargura.

Un estrépito sonó al otro lado de la sala y Rotger se volvió para ver una espontánea pelea entre espadachines, inofensiva y fruto del vino caliente y de la inconsciencia. Cuando se giró de nuevo, la muchacha había desaparecido. El obispo se detuvo, entre la irritación y la perplejidad. Una dama vino a rescatarle, con una copa de vino en la mano y paso vacilante. Era dueña de una pequeña lengua de tierras cercana a las de Montlaurèl, y compartían cama cuando la ocasión se presentaba. Como esa noche: la mujer posó la mano sobre el pecho de Rotger, exhibiendo su exquisito cuello blanco y el principio de su garganta, y le susurró algo al oído. El obispo entrecerró los ojos y calculó que contaba con un par de horas antes de partir con el legado papal hacia

Narbona. Rotger se encaminó a sus estancias, seguido más o menos discretamente de la dama. Cuando estuvo a resguardo de las miradas de los asistentes, la tomó de la cintura y le plantó un largo y ardiente beso en los labios. Sabía a vino dulce y él tenía los labios secos. Cogió su mano y subieron las escaleras.

Isabeau contó diez pasos en línea recta desde el principio del corredor, y luego giró a la izquierda mientras avanzaba en la penumbra hacia la puerta de roble. Dio con ella sin dificultad y la empujó. El corazón le latía con fuerza. Una vez dentro, se acercó a los pies de la gran cama. De la faltriquera que ocultaba bajo su *bliaut* sacó una ganzúa de hierro con la punta curva. La introdujo en la cerradura del arcón, y tras un par de intentonas, logró abrirlo. Se detuvo a admirar las bagatelas de los Montlaurèl: una arqueta de roble con placas de cobre y esmalte de Limoges, con marfil y cristal de roca incrustados en la tapa; tres velos de seda y lino para tocados, un libro de horas y un cinto de finas anillas de plata con el que Garsenda debía adornarse los domingos y fiestas del Señor. Y al fondo, envuelto en un paño de damasco, la delicada joya engarzada en un aro de plata que el obispo había mandado hacer y cuya fama había recorrido todo Lengadòc, por extravagante y espléndido: una perla negra para el anillo del señor de Montlaurèl. Carcajadas procedentes de la sala de la planta baja ascendieron por el hueco de la escalera de piedra. No podía perder tiempo. Tomó el cinto de plata y el anillo y se los guardó en la faltriquera. Uno de los velos era de color verde, y le gustó. También se lo llevó, oculto en la manga. Cerró el arcón y salió de la estancia. Cuando se dio la vuelta, se dio cuenta de que alguien la estaba observando.

—¿Qué hacéis aquí? —preguntó la figura entre sombras.

Isabeau calibró sus posibilidades de huir por el otro lado del pasillo. Eran escasas, porque no conocía el castillo y no sabía si podría encontrar la salida por ahí. Dio un paso adelante y dijo, mostrando el velo que llevaba en la manga:

—*Na* Garsenda me ha mandado a buscar esto.

—Lo dudo —dijo el hombre, con una risotada burlona y avanzando a su vez hacia la luz de la antorcha—. Mi hija es estúpida, pero no tanto como para confiar en una extraña.

El corazón de Isabeau latió desbocado al reconocerle: era Hug de Montlaurèl. La bilis ascendió por su garganta y sintió la fría daga pegada a su muslo como una invitación.

—Mi señor —dijo, haciendo una reverencia para ganar tiempo. «Aprende a pensar antes de robar, o perderás dos veces si te atrapan: tu botín, y la libertad», decía siempre Íñiguez. Maldijo la hora en que había puesto pie en Montlaurèl. Hubiera maldecido cien veces más pero no tenía tiempo que perder. Sabía muy bien que, a pesar de que el señor de Montlaurèl tuviera la piel arrugada y caminara con dificultad, su vida corría tanto peligro como si se encontrara frente a un soldado de la guardia del castillo.

—Vamos, pequeño jilguero, habla —dijo Hug, acercándose. De repente ya no parecía un anciano. Sus ojos azules brillaban, crueles como el filo de una espada—. ¿Debo llamar a la guardia?

Isabeau se echó a reír y dijo, acercándose:

—¿Para qué los necesitáis, señor? Solamente perseguía el frescor de la noche y un rincón para descansar.

Los desagradables ojos vacíos de sentimientos del de Montlaurèl la examinaron con una mezcla de interés y apetito que hizo que Isabeau se estremeciera. Hug respondió fríamente:

—Desde las escaleras que tenéis a vuestra espalda solo se va a los dormitorios del castillo, señora. —Y añadió sin dar señales de reparar en los labios curvados de Isabeau ni en el brillo de sus ojos que, a la luz de las lámparas de aceite se descubrían verdes como las esmeraldas—. ¿Es de allí de donde venís? Juraría que no tenéis permiso para eso. Al menos, no el mío.

—No sabía que fuera necesario pedir permiso a nadie —dijo Isabeau, aún sonriendo, para ganar tiempo. Estiró la mano hacia la daga. Su corazón latía furiosamente.

—Desde luego que sí. ¿Qué hacíais allí?

—Quizás os buscaba a vos.

—Señora, esa es una halagadora mentira. Soy un viejo repugnante. Seríais una zorra o una prostituta si os avenís a yacer conmigo —añadió, estirando su mano hacia la muñeca de Isabeau y atrayéndola hacia sí. Sus dientes eran amarillos y curvados, como los de un murciélago—: A lo cual, si así es, no opongo ninguna objeción, claro.

—Me ofendéis. Dejadme marchar —dijo Isabeau. Estaba temblando. Un movimiento y todo habría terminado, pero no era así como lo había planeado.

—¡Pequeña estúpida! —dijo el viejo, que se irguió con inesperado vigor, como si le hubieran dado a beber el elixir de la eterna juventud. Quizá la mera cercanía de la piel joven de Isabeau bastó para insuflarle fuerzas. Sea como fuere, con el dorso de la mano cruzó la cara de la joven de un bofetón seco. Isabeau gritó y trató de zafarse, pero Hug se lo impidió, sujetándola con fuerza. Acercó su rostro apergaminado al de la muchacha, y clavó sus ojos y sus dedos en su piel blanca y su pelo rojo. De repente, Isabeau vio una duda en su mirada. El anciano frunció el ceño y alargó la mano, de largas uñas y dedos huesudos, y rozó su pelo rojo, como si la reconociera. Murmuró:

—Tú...

—¡Soltadme! —gritó Isabeau, agarrando por fin la daga que pendía de su cintura. No tuvo ocasión de usarla. La puerta de enfrente se abrió de par en par y un hombre apareció en el umbral.

—¿Qué pasa aquí? —Era Rotger, con expresión pétrea, aunque no cabía duda de que había presenciado la bofetada. El viejo Montlaurèl se apartó, furioso. Isabeau clavó sus ojos en el obispo. La mejilla le palpitaba de dolor y vergüenza. Escondió la daga rápidamente. El obispo de Montlaurèl llevaba una jarra de vino en una mano y con la otra agarraba la cintura de una mujer con el corpiño medio desabrochado, el pelo revuelto y las mejillas encendidas.

—Esta deliciosa criatura me estaba explicando qué hacía en esta recámara, hijo mío. Creo que te esperaba a ti, pero no por eso he dejado de probar fortuna.

El obispo asintió. Soltó a la otra mujer y se acercó a Isabeau sin decir palabra. Tenía los ojos negros, muy distintos de los de su padre, pero quemaban a Isabeau con la misma furia.

—Vamos, Rotger. Deja tranquilo a tu padre con sus... asuntos —dijo la otra, mirando a la *trobairitz*.

Isabeau trató de conservar la sangre fría. Dejó que Rotger se acercara casi hasta respirar su aliento. Con sus labios rozó lentamente el cuello áspero del obispo, que olía a cuero, madera y vino. Lentamente, la joven se separó del obispo y ejecutó una profunda reverencia, inclinándose para que Rotger pudiera gozar a placer del nacimiento de su escote, su cuello y la suave piel blanca de sus senos. Aún sin mirarlo, sabía que el obispo no había despegado la vista de ella, y con eso contaba. Al levantarse, Isabeau alzó la rodilla izquierda con todas sus fuerzas y la descargó contra la entrepierna del obispo, que se dobló de dolor, con un juramento. Al instante, la *trobairitz* echó a correr con todas sus fuerzas y se hundió como una pantera en la oscuridad. Las risas burlonas del anciano Hug de Montlaurèl llenaron hasta el último recoveco del pasadizo.

—Espero que no sea así como piensas luchar por nuestras tierras. Pensé que había escogido un guerrero. ¿Me equivoqué? —espetó a su hijo, dándose la vuelta y desapareciendo por la puerta de sus habitaciones.

El obispo se enderezó con la humillación pintada en la cara. El aire acre del aceite quemado se mezclaba con su alma, que ardía de rabia. Rotger de Montlaurèl se limpió la boca del beso que no había llegado a dar y entró en su dormitorio. Le bastó un momento para confirmar sus sospechas: el arcón estaba abierto, su contenido desparramado. La bolsa de terciopelo con las joyas de la familia Montlaurèl estaba abierta. Rotger la examinó. En algún lugar, una mujer desvergonzada de pelo rojo tenía el anillo: la preciada perla negra de Montlaurèl, y con ella, el sello de su familia.

—¡Ah del castillo! —gritó, con todas sus fuerzas.

El aceite ya no quemaba en las lámparas de la sala del castillo de Montlaurèl. Solo el olor a humo y grasa quemada, y los huesos —tan mondados, que ni los perros les sacaban provecho— eran testigos del festín con que los Montlaurèl habían agasajado a sus huéspedes. Un criado barría el suelo con una escoba de cerdas de jabalí, mientras otro subía y bajaba de la sala a la cocina, recogiendo las copas y los platos sucios para que las muchachas los lavaran antes de que amaneciera. Casi todos los invitados se habían retirado a sus casas o a los rincones del castillo preparados para acogerlos: en las estancias, si eran gentes de rango, o si no lo eran, arracimados alrededor de las brasas vivas de la gran chimenea, que seguiría ardiendo toda la noche. Otros, demasiado bebidos o ahítos, roncaban aún en sus asientos, o acurrucados bajo la mesa. El obispo hacía horas que había partido, acompañado de su invitado el inglés, hacia Narbona. Quedaban en pie solamente los sirvientes. El mozo se pasó la mano por la frente y por un momento detuvo su labor, descansando. Contempló la gran sala, los cuerpos dormidos, el suelo sucio y el trabajo que le quedaba por hacer. Uno de los que ni se había molestado en llegar a su cama era Gregorio, el arzobispo de Aix, pero era costumbre del señor hacer lo que le viniera en gana y a nadie se le ocurriría reconvenirle sus actos, menos aún a los criados. Por eso, porque al hermano del señor de Montlaurèl nadie podía mirarle mal, al criado le llamó singularmente la atención la expresión de otro de los rezagados de la noche: Cirac, el prometido de Garsenda, que seguía sentado en su sillón —también en el lado grande de la larga mesa— pero con los ojos bien abiertos y sin atisbo de sueño ni borrachera. Tampoco el viejo señor del castillo, Hug, había alcanzado su dormitorio: estaba reclinado en su butaca, con el mentón hundido en el flaco pecho, y su piel lechosa brillaba a la luz de las brasas del hogar. Quizá porque estaba oscuro, y la noche hace de las sombras demonios, o quizá por el resplandor rojizo que llegaba de los últimos troncos que ardían en el fuego, y que caía sobre el lado cercenado de la cara del de Cirac, le pareció al mastuerzo que los ojos de Bertrand eran torvas puñaladas, como si con solo mirarle quisiera arrancarle el corazón del pecho. De repente, Cirac se levantó. El criado se estremeció y ejecutó una inclinación de cabeza, con la mirada baja. Oyó los pasos del caballero alejándose de la sala, y respiró aliviado. Siguió barriendo durante un buen rato, hasta que las brasas se apagaron y solamente se oía el rasgar de las cerdas de su escoba y la pesada respiración de Gregorio. Avanzó hacia la mesa. Hug de Montlaurèl estaba inmóvil como si un escultor hubiera arrancado su semblanza a un bloque de piedra, blanca y de vetas azuladas. Tenía los párpados caídos y la boca entreabierta. El muchacho estiró la mano para despertar al anciano, pero se detuvo al vislumbrar un hilo de sangre en la comisura derecha de sus labios. Abrió la boca y gritó con todas sus fuerzas.

3

Narbona

La vía que Cayo Domicio Ahenobarbo había construido para comunicar Roma con sus provincias en la Galia Transalpina ya no era testigo de los triunfales desfiles de los legionarios que regresaban victoriosos a su patria. Hacía siglos que los elefantes, los botines y los prisioneros de guerra se habían desvanecido, y de todo eso solo quedaba el polvo que los bueyes y las mulas levantaban sobre la calzada de piedra que una vez formó parte de la inmensa red de carreteras imperiales. Por los caminos erigidos por los romanos seguían avanzando los pobres, los campesinos, los peregrinos, los comerciantes y los soldados en busca de fortuna y salvación, como si los surcos de arena, cal y piedra que los obreros del imperio habían trazado fueran las venas de la tierra y su sangre, el reguero de hombres y mujeres que las recorrían. Y aunque apenas amanecía, la Via Domitia ya palpitaba de vida: unos la descubrían, doncella, por primera vez, mientras que otros la observaban entre hastiados y aliviados, como a una vieja amante. Pero todos volvían a ella.

Walter Map llevaba diez años lejos de la corte del rey de Inglaterra, y buena parte de ellos los había pasado en misiones por el norte de Francia y los reinos de España. Las piedras nuevas de los caminos desconocidos ya no despertaban ninguna curiosidad en el monje. Aún le quedaban decenios para ser un anciano, pero hacía tiempo que deseaba disfrutar de un retiro apacible. Muchas veces le había pedido al rey que le concediera un obispado, o un cargo en la diócesis, lo suficientemente lejos de la corte como para no sentir el pútrido aliento de los correveidiles, los traidores y los aduladores que tanto le repugnaban. Pero a un rey con el temperamento volátil de Enrique de Plantagenet no se le podían pedir favores: era su prerrogativa concederlos, y su derecho negarlos. «Aún no es hora», repetía el rey, siempre días antes de encomendarle nuevas órdenes. De modo que por enésima vez Walter volvía a estar lejos de su hogar en Gales y de la corte, por decreto real. Su posición actual era notable: Enrique le había nombrado legado de Inglaterra en el Palacio de Letrán, sede y corte del recién confirmado papa de Roma, después de la agotadora guerra del pontífice contra el emperador Federico, que durante años había apoyado a los antipapas contrarios a Alejandro III. A pesar de la profunda amistad que unió al papa Alejandro con Tomás Becket, el mártir de Canterbury, finalmente el papa había levantado la excomunión que pesaba sobre el rey Enrique por el horrendo asesinato de su canciller. La cabeza de un santo contra la corona de un rey: para un papa cuyas energías y tesoro estaban mermados después de años de contiendas, no cabía duda de que le convenía hacer las paces con el rey. A cambio, el inglés le había prometido su apoyo para el undécimo consejo ecuménico que se había celebrado en Letrán ese pasado mes de marzo, y que había significado la consagración en el poder de Alejandro. Y por ese motivo, Walter Map transitaba por las piedras de la Via Domitia, tan cansadas como él, después de cumplir la misión que el papa y el rey le habían encomendado. Volvía con más órdenes bajo el brazo, como siempre. Pero, sobre todo, regresaba con una grave carga sobre sus hombros.

El sol asomaba por el horizonte y la amplia calzada romana serpenteaba hacia él. A su lado, Rotger de Montlaurèl cabalgaba sin despegar los labios, callado como una sombra desde que abandonaron sus tierras. Les seguían dos soldados con las provisiones necesarias para el viaje. El galés rompió el silencio del amanecer y dijo:

—¿Cuánto tardaremos en llegar a Narbona?

—Esta noche acamparemos a cielo abierto, y en un par de días estaremos en Narbona.

—¿No hubiera sido más rápido una ruta por mar, como la que tomé desde Roma?

—No sería más rápido que por tierra y sí mucho más caro. Pensad que encontrar pasaje en alguna nave del puerto de Marsella, que es la ciudad más cercana a Montlaurèl, no es fácil. —Rotger se quedó callado un momento y dijo, con cierta curiosidad—: Jamás he conocido a nadie que haya asistido a un concilio.

Walter Map le miró de reojo. Era la primera vez desde que iniciaron el viaje que el obispo demostraba algo más que cortesía. El monje se sintió obligado a explicar:

—Ha sido breve. El anterior concilio, que tuvo lugar hace casi cincuenta años, duró unos diez días. En cambio, el primer *generale concilium* que hubo en Nicea duró más o menos dos meses.

—¿Dos meses? —repitió Rotger, sorprendido.

—Como os decía, depende. —Walter añadió, con un punto de ironía—: Sobre todo, de la voluntad del papa.

—¿Qué queréis decir?

—No estáis muy versado en el funcionamiento de nuestra Iglesia, ¿verdad? —observó Walter. El de Montlaurèl enarcó las cejas y Map se apresuró a añadir—: No pretendo ofenderos. Me sorprende, aunque no sois el primer obispo que...

—¿Que posee una dignidad eclesiástica sin conocer los rudimentos de la institución a la que pertenece? —dijo Rotger, mordaz—. Palabras impropias de un diplomático, hermano Map.

—Otros también han reparado en mi falta de tacto, si os sirve de consuelo —admitió Walter, con una mueca inocente, mientras recordaba los reproches del arzobispo de Santiago de Compostela cinco años atrás, cuando el monje intervino como enviado del rey Enrique para dirimir la pelea entre Castilla y Navarra y casi desbarató el acuerdo con sus apasionadas imprecaciones.

Rotger de Montlaurèl observó a Walter con atención, pero no se ofendió por lo que había dicho el monje. El obispo no se había convertido en el señor más poderoso de su comarca por azar: siempre había sabido cuándo desenvainar la espada y cuándo convenía escuchar. Y un legado papal tenía derecho a decir y preguntar lo que le viniera en gana. De modo que explicó, cortésmente:

—Cuando mi padre me pidió que volviera a su lado para cuidar de nuestras tierras, abandoné la escuela catedralicia. Era mi deber como hijo. Del mismo modo, la llamada de la Iglesia....

—Fue vuestra forma de hacer carrera al margen de las tierras de vuestra familia. Son muchos los hijos no primogénitos que optan por los hábitos, más por necesidad que por vocación. No tenéis de qué avergonzaros —dijo Walter.

—No me avergüenzo. La gloria de Dios también engrandece a Montlaurèl —dijo Rotger, girando la cabeza y enfrentando sin rodeos la mirada del galés—. Reconozco que estoy más cómodo entre soldados y los campos de trigo de mis campesinos que oficiando la misa, pero respeto los mandatos de la Iglesia y me ocupo lo mejor que sé de las almas de los fieles de mi obispado. Y también recaudo escrupulosamente el diezmo y las tasas que me piden mis superiores eclesiásticos.

—Respeto vuestra franqueza, y os pagaré con la misma moneda —dijo Walter Map.

Rotger lo miró de reojo, y se preguntó si el monje realmente tenía intención de cumplir con esa promesa. No tendría mejor ocasión de comprobarlo que el largo viaje que tenían por delante. Preguntó:

—Habladme del concilio de Letrán.

—¿Qué queréis saber?

—¿Qué ha pasado en el concilio?

Esta vez fue el monje quien miró de reojo a su interlocutor. El perfil de Rotger de Montlaurèl se recortaba contra los plácidos prados de Lengadòc, como si no supiera la importancia de lo que había preguntado. Walter se lanzó a una larga explicación:

—Los concilios tienen muchas razones de ser. Una consiste, por ejemplo, en fijar la doctrina de la Iglesia, en acordar cómo ha de concebirse la práctica de la fe. En Nicea, los padres conciliares debatieron hasta unir todas las corrientes cristianas en una única fe. Pero, para hacerlo, fueron rechazadas muchas tesis, y hubo algunos que no aceptaron la doctrina final, y en consecuencia fueron excomulgados. Más de trescientos obispos expusieron sus posiciones durante dos meses. El emperador Constantino y el papa Silvestre así lo quisieron. Creyeron que era necesario, y se hizo. El resultado fue la condena del arrianismo. —El sonido de los cascos de los caballos sobre la calzada, entre campos y bosques, acompañaba las palabras de Walter Map, como si el pasado encontrara su eco en el rumor de la vida que se despertaba ese amanecer—. En cambio, en otras ocasiones el motivo detrás de un concilio es más concreto, y por eso se disuelve más rápidamente. El caso de la condena de Pedro Abelardo, hará unos cuarenta años, fue fulminante: antes de que pudiera presentarse en Roma, el sínodo de Sens ya le había prohibido enseñar de por vida, y también lo había condenado por hereje. Murió un par de años después. —Walter sonrió y añadió—: Me acuerdo porque yo nací ese año, y porque siempre he sentido una secreta admiración por su figura, a pesar de todo. Yo mismo he incurrido en versos irreverentes, de vez en cuando. Pero claro, una cosa es la poesía y otra muy distinta la blasfemia. —Sonreía con tanta tristeza que Rotger sintió un escalofrío. Quiso atribuirlo a lo temprano de la hora y a que llevaban ya varias horas cabalgando contra la fresca brisa con sabor a sal que, desde el lejano mar, rompía contra la Via Domitia.

—A pesar de todo lo que habéis dicho, aún no me habéis contestado —dijo Rotger, esbozando una sonrisa—. Debe de ser parte de vuestras habilidades como legado papal.

—Disculpadme, me hago viejo y me voy por las ramas —sonrió Walter, educadamente—. ¿Cuál era vuestra pregunta?

—¿Sobre qué ha versado este último concilio?

—El papa llevaba veinte años luchando contra los antipapas, protegidos por el emperador Federico de Hohenstaufen. Ahora eso ha terminado, y Alejandro necesita una Iglesia fuerte y unida, de indiscutible autoridad, como cuando Bernardo de Claraval predicó la Cruzada y el anterior emperador obedeció su proclama, viajando a Tierra Santa para reconquistar la ciudad de Dios —dijo Walter, consciente de que su respuesta volvía a ser ambigua.

Sin embargo, Rotger de Montlaurèl no se andó con rodeos:

—¿Estáis diciendo que el papa quiere convocar otra cruzada?

Walter hizo un gesto negativo.

—El papa Alejandro es un ferviente admirador del legado de San Bernardo. De hecho, solo tres meses después de regresar a Roma impulsó su canonización. Fue todo un símbolo, la primera vez que un monje cisterciense se convertía en santo. San Bernardo es la clave de lo que ha sucedido en este concilio.

—Sigo sin entenderos —dijo Rotger.

El monje galés escrutó el rostro de Rotger de Montlaurèl y explicó:

—No sé si sabíais que San Bernardo viajó por estas tierras, en 1145. Se dedicó a predicar contra la herejía desde Cahors a Albi. Regresó horrorizado a su monasterio de Claraval, pues decía que había descubierto obispos, arzobispos y sacerdotes que profesaban una desviación de la fe cristiana que replicaba exactamente la estructura de la Iglesia y que practicaba abominaciones como el *consolamentum*, un rito al que se sometían los devotos que querían abandonar la vida voluntariamente. Y había otras prácticas igualmente blasfemas. Desafortunadamente, en ese momento las energías de los reyes cristianos estaban volcadas en Jerusalén y, para cuando terminó la cruzada, Bernardo ya había muerto, atormentado por lo que él consideraba uno de sus grandes fracasos. Alejandro jamás lo olvidó, y lleva en su corazón la lucha contra la herejía. Quiere evitar que se reproduzca como una hidra monstruosa por toda la Cristiandad. Teme que estas tierras, y las almas de sus fieles, ya expuestas desde hace años a la putrefacta influencia de los herejes, estén ya perdidas más allá de la salvación. —El rostro de Walter era impenetrable, pero algo hizo que Rotger se sintiera en la obligación de declarar:

—Los monasterios de mis tierras siguen fielmente la *regula sancti benedicti*.

—Y profesan obediencia y lealtad al obispo de Roma, no me cabe duda —asintió Walter—. Pero no todos dan ejemplo.

—¿Entonces?

—En el concilio se han aprobado veintisiete cánones que enuncian la voluntad de la Iglesia: asegurar la obediencia y lealtad de *todos* los servidores de Dios. Juzgad el tiempo que se puede tardar en cerciorarse de ello.

—Os agradezco vuestra explicación, hermano Map —dijo Rotger—. Me habéis ilustrado bien.

—Habremos aprovechado nuestro viaje, entonces —replicó Walter, con la misma ligereza.

Transcurrió un breve silencio al cabo del cual Rotger dijo:

—Aunque vuestra compañía es grata y Narbona una ciudad en la que el tiempo se pierde con placer, ruego a Dios que me permita regresar pronto a mis tierras, con mi familia.

—¿Por qué decís eso?

—He dejado asuntos pendientes en Montlaurèl —dijo el obispo, impulsivamente.

—¿Qué asuntos?

—Ayer, antes de partir, hubo un robo en el castillo.

—¿Un robo? —preguntó Walter, interesado.

Rotger no había olvidado el incidente con la *trobairitz*. Se sorprendió. A pesar de la humillación del incidente, era la boda de su hermana Garsenda o las responsabilidades de su castillo en Montlaurèl lo que debía ocupar su mente, y no una misteriosa ladrona pelirroja. Por supuesto, su padre jamás le permitiría olvidar lo sucedido, pero no era ese el motivo por el cual no podía dejar de pensar en lo sucedido.

—La *trobairitz* resultó ser una vulgar ladrona —replicó entre dientes Rotger, repentinamente incómodo. Aún notaba el dolor en los genitales, que le escocían cada vez que su silla de montar se mecía al ritmo de su montura. La perla negra que adornaba su anillo le había costado una pequeña fortuna; más que eso, era su posesión más preciada. Pero, por encima de todo, era el sello con el que firmaba sus contratos y autorizaba las donaciones y las bodas entre sus campesinos. Podía fundir otro sello, pero se enorgullecía de lo excepcional que era la perla negra y del significado de su primer anillo como heredero de las tierras de Montlaurèl. No consentiría que se la arrebataran.

—¿Qué pensáis hacer? —preguntó Walter—. No ha de ser difícil capturar a una mujer que huye, sola, en vuestras tierras.

—Así se hará —dijo Rotger, tajante. Si por él fuera, habría salido en busca de aquella insolente, para cazarla y abatirla. El hecho de que le hubiera agredido una mujer doblaba su vergüenza, y que lo hubiera hecho frente a su padre era el colmo. No podía decirle al legado papal lo que realmente pensaba hacer cuando volviera a Montlaurèl. Había dado instrucciones tajantes a su capitán de mesnada de que iniciara una búsqueda por toda la región, y confiaba en que, a su regreso, la ladrona estuviera pudriéndose en las mazmorras de Montlaurèl. Entonces tendría tiempo de devolverle con creces la humillación y de enseñarle una buena lección. Añadió, más calmado:

—Daremos ejemplo, descuida. No puedo permitir que la seguridad de mi casa sea violada con impunidad.

—Quizá tenía razones para actuar así —apuntó Walter.

—¿Qué otro motivo puede tener excepto el robo?

—No lo sé, pero os aseguro que para entender los hechos siempre hay que buscar el porqué.

—¿A santo de qué necesito entender lo que ha pasado? Tengo que capturar y castigar al ladrón, y nada más —concluyó Rotger.

Walter Map guardó silencio. No era la primera vez desde que conociera al obispo de Montlaurèl que le oía expresarse con tanta contundencia. Se daba cuenta de que era uno de sus rasgos de carácter: enunciar su posición, sin importarle quién estuviera de acuerdo. Así había hablado la noche anterior, con la misma tranquilidad y franqueza, cuando le había explicado a Walter lo beneficiosa que resultaría la alianza de su hermana Garsenda con los Cirac, una familia de mejor estirpe y peor fortuna que los Montlaurèl. Walter había observado que el novio, Bertrand, estaba a pocos pasos mientras el obispo así hablaba, y no parecía halagado por la cruda descripción de la situación de la familia Cirac. El monje se preguntó si Rotger de Montlaurèl sería capaz de ocultar sus opiniones o sus creencias, si fuera menester. Nadie podría imaginar que no fuera lo que aparentaba: un guerrero trocado en obispo por fuerza de las circunstancias, un señor de comarca preocupado por la pervivencia de su familia y de su fortuna. Y sin embargo, el papa y su cruzada contra los herejes le impelían a desconfiar de todo y de todos. El monje se sintió cansado de repente. No había deseado la misión de Lengadòc. Se pasó la mano por la frente. El suave viento de la mañana había dejado paso a una calina turbia. Empezaba a acalorarse dentro del hábito de gruesa lana que tan bien le había protegido a primera hora del día. Discretamente, se pasó la mano por el cinto de cuero y se aseguró de que la bolsa que había traído desde Roma seguía allí. Luego achicó los ojos para distinguir mejor el horizonte. Preguntó:

—Disculpadme, pero ¿dónde pasaremos la noche cuando lleguemos a Narbona?

—No os preocupéis por eso.

—¿Tenéis casa allí, o nos alojaremos en una posada? —insistió Walter, inquieto. No podía correr riesgos. Buscó una excusa al ver la expresión del obispo—: Llevo muchos días de viaje en los riñones, y la noche que pasé en Montlaurèl fue una agradable excepción, pues tuve una cama cómoda y los pies calientes.

Rotger esbozó una enigmática sonrisa y dijo:

—No poseo casa en Narbona, pero os prometo que no tendréis queja del alojamiento.

Salomón exhaló un rugido entre la desesperación y la angustia. El Tuerto y Joachim le escuchaban atentamente, pero entre los dos no juntaban una sesera entera y no había forma de que hicieran lo que les pedía. El judío miró hacia arriba como si esperara que el propio Yahvé bajara a echarle una mano. Contempló a la pareja. El Tuerto agarraba el laúd como si fuera un mazo, y Joachim sostenía el arco curvado de su vihuela como si fuera a cortarle el pescuezo al instrumento. El músico que había contratado para que les enseñara los rudimentos de una melodía tenía el aspecto desconsolado de Cristo clavado en la cruz, y miraba al judío con la misma expresión de un carnero a punto del sacrificio. Balbuceó:

—Es que... Es que les faltan nociones de timbre.

—¿Timbre, decís? ¡No me toméis el pelo! Les faltan oído, lengua, ojos y boca porque son ciegos, sordos e inútiles como este pedazo de madera —dijo Salomón, señalando a su bastón—. ¡Pero eso no importa! Necesito que aprendan a tocar una melodía, lo antes posible. O de lo contrario...

El maestro de música tragó saliva visiblemente. Tartamudeó:

—Se... Se... Se hará como decís.

Salomón ben Judah cerró los ojos, contó hasta diez y se encomendó a todos los profetas judíos.

—¡Salid de mi vista! ¡Id a practicar al corral, al abrevadero o en los establos, con las demás bestias! No quiero veros hasta que sepáis entonar una maldita melodía, ¿queda claro?

Todos asintieron vigorosamente. El Tuerto se puso en pie y se dirigió hacia la puerta, seguido de Joachim. Su pata de palo resonó contra el suelo de madera. Todos los ladrones de la cofradía conocían su historia: en plena huida de un robo, el caballo que montaba Gernac, como entonces se llamaba, se había encabritado y había caído sobre su pierna derecha, aplastándola hasta la rodilla y quebrando también los huesos de esta. Salomón hizo llamar a su médico árabe, que se apresuró a preparar un compuesto de mandrágora, vino y opio para acallar los alaridos de dolor del desgraciado. Luego, le dijo a su cliente que iba a tener que amputarle la pierna si quería que el ladrón herido salvara la vida. Salomón le explicó las alternativas a Gernac y este se avino a perder la pierna, a condición de que nadie le llamara nunca Gernac *el Cojo*, o los alguaciles le detendrían en un santiamén cada vez que alguien le señalara como sospechoso. El judío abrió los ojos como platos y le preguntó:

—Pero hombre de Dios, ¿cómo te van a llamar si no?

—¡El Tuerto, cojones! —chilló el otro. Y así fue cómo en pleno delirio, el ladrón Gernac fue rebautizado como el Tuerto, por su propia voluntad.

Joachim era uno de los muchos judíos que iban a dar sus huesos en Narbona, donde la comunidad acogía con benevolencia a los que huían de las persecuciones del sur. Las confrontaciones con los judíos en Córdoba, Sevilla o Toledo eran esporádicas, pero cuando las masas decidían que no podían soportar más la pujanza económica de los hebreos, las represalias eran sangrientas. Y los reyes y señores de turno no siempre lo impedían. El muchacho era uno de los recién llegados a la cofradía, y sabía leer y escribir. Pero estaba por ver si podría serle útil. El judío se pasó la mano por la frente, preocupado. Quizás en ese momento Yahvé se apiadó de Salomón ben Judah, pues una voz espesa como el vino tinto rugió en la puerta de la posada de la Oca Roja:

—¡Salomón, hijo de una hiena y de un lagarto circuncidado del desierto! ¿Es que tus muchachas han olvidado las buenas maneras que aprendieron en los burdeles de Barcelona?

El judío levantó la cabeza y esbozó, sin poder evitarlo, una sonrisa de alivio.

—Rata toledana, ¿de qué buenas maneras hablas? ¡Esto es la posada de la Oca Roja!

—Ya lo veo. Acabo de dejar mi caballo en los apestosos establos de tu negocio, donde un gigante y un jovenzuelo estaban destripando una melodía —exclamó Íñiguez—. Tengo una costra de roña, cortesía de la polvareda que ahoga los caminos de Castilla, y que pienso sacarme de encima con un baño digno de un rey. He venido porque me has prometido, como siempre, que esta vez será la última y que por fin nos haremos ricos como Creso.

—Aquí en Narbona no tenemos rey, toledano. Por eso me fui de Castilla. Tendrás que conformarte con una tinaja de agua de río —dijo Salomón.

—Y por la roña, Salomón —exclamó Íñiguez—. También te fuiste por la roña.

Los dos amigos se echaron a reír y se dieron un fuerte abrazo. Íñiguez se quitó las botas y se dejó caer en la butaca más cercana al fuego. Continuó:

—Verdad es que tu vizcondesa Ermengarda es más modesta que mi fiero Alfonso, pero seguro que sus guardias son igual de mal parecidos y huraños que los del rey de Castilla. Vamos, desata tu lengua. ¿A qué he venido? —dijo, mientras extendía las manos hacia las llamas.

—Eres un *goy* descreído, pero que Yahvé te guarde por muchos años, Íñiguez.

El toledano se echó a reír de buena gana. Tenía la piel morena como si hubiera pasado media vida entre las arenas del desierto, y quizás así había sido: si Íñiguez tenía pasado, guardaba el secreto para sí. Su pelo seguía casi tan negro como las aceitunas, y tenía la barba hirsuta, pero algunos mechones blancos indicaban que había cruzado ya el ecuador de su vida, o que había esquivado muchas veces a la Muerte. Las arrugas alrededor de sus ojos y de su boca denotaban un carácter alegre pero precavido, igual que la bota de vino que pendía de su cinto y la espada que cubría su flanco izquierdo. Íñiguez no era diestro, sino astuto: luchaba por igual con ambas manos y fingía ser zurdo para pillar desprevenido a sus rivales. Mientras el recién llegado se servía un poco de pan y queso de la bandeja que acababa de traer una de las muchachas de Salomón, prosiguió:

—En cuanto recibí tu carta, en la que repetías tres veces la palabra «oro», robé el primer caballo que se cruzó en mi camino. ¿De qué se trata? Es la nota más misteriosa que me has mandado nunca, viejo judío. ¡Parecían versos de amor!

Su expresión era risueña, pero en sus ojos bailaba la pregunta. Salomón declaró:

—Vamos a robar a la vizcondesa de Narbona.

Íñiguez se quedó mirando a Salomón, y al cabo de un instante dijo, gravemente:

—Amigo, sabes que no le haría ascos ni a robarle al hijo de Satanás, si con ello me embolsara un buen botín. Pero asaltar el castillo de la ciudad de Narbona... Mírame bien, Salomón. Hace tiempo que no empuño la espada.

—Todo irá como una seda y sin necesidad de espadas.

—Es tu ciudad y tus posaderas, viejo *yehudi*. Mandas tú. Cuéntame cómo nos haremos ricos o en qué zanja vamos a morir.

Y Salomón así lo hizo. Como cuando se reúnen dos aves de la misma especie, aunque procedan de confines opuestos del mundo. Hablaban el mismo lenguaje y en un santiamén le puso al corriente del plan de la cofradía de los ladrones, le habló del tesoro que estaba almacenado en los sótanos del palacio de Narbona, y también de las festividades que se preparaban para celebrar el fin del concilio de Letrán y la visita del legado papal inglés.

—La vizcondesa va a tirar la casa por la ventana para halagar al dicho legado, que es sirviente del rey de Inglaterra y por lo tanto puede ser un buen aliado contra sus enemigos de Tolosa y el propio rey de Francia. Organizará espectáculos, habrá manjares, se dirán misas y se entregarán limosnas. Media guardia estará bebida y la otra durmiendo la mona. Será fácil introducir un grupo de ladrones en el castillo —explicó el judío.

—No sé si nos conviene mezclarnos en asuntos de alta política, amigo mío —dijo Íñiguez.

—No estoy hablando de política sino de las razones, doradas y tintineantes, por las que vale la pena intentar este golpe.

Sin embargo, lo dijo con poca convicción. La horrenda melodía del Tuerto y de Joachim aún sonaba en sus oídos. Si sus hombres intentaban hacerse pasar por juglares, terminarían ahorcados. También a él empezaba a parecerle un sinsentido. Volvió a recordar las montañas de oro que Isabeau había descrito, y también su involuntario donativo a la iglesia de Narbona. Apretó los dientes con determinación y añadió:

—Maldita sea, estoy harto de ser prudente. Sé que en ese castillo habrá una fortuna durante unos pocos días, más de lo que jamás hemos soñado poseer tú y yo. Aún me quedan energías para un último golpe.

El toledano se rascó la barba y preguntó:

—Viejo loco, ¿por qué quieres jugarte el pescuezo en tu propia ciudad? ¿Has olvidado una de las reglas más importantes del ladrón de caballos, que consiste en no robarle la mula al vecino?

—No somos ladrones de caballos. Ni de mulas —replicó Salomón, molesto.

Pero la objeción de su amigo era sensata. Era la misma duda que le había atenazado desde que Isabeau le propusiera el plan. ¿Qué necesidad tenía de crearse un enemigo en la vizcondesa, si les descubrían, mientras podían seguir robando a placer a varias leguas de Narbona?

Íñiguez intuyó que había dado en el clavo. Insistió:

—Vamos, Salomón. Me estás ocultando algo, y tú y yo somos dos demonios demasiado viejos como para jugar al gato y al ratón. Somos ratas y de las gordas, y nos hemos comido más de un gato entre los dos.

Salomón ben Judah elevó los ojos al cielo e hizo lo único que podía hacer, en lugar de decir la verdad. Se golpeó el pecho, gimiendo, y empezó a sollozar como si acabara de perder a su mejor semental. El toledano se llevó la palma de la mano a la frente, en un gesto desesperado. No era la primera vez que asistía a una de las dramáticas escenas del judío. Era el recurso habitual de Salomón cuando sabía que tenía que confesar algo que no le beneficiaría, o que le pondría en un compromiso.

—Maldita sea, viejo lagarto —exclamó Íñiguez—. No he venido trotando desde Castilla para verte lloriquear. ¿Qué pasa?

—¿Qué iba a hacer yo? —empezó Salomón—. Si es la mejor y la más lista de mis ladrones.

—¿Cómo? ¿De qué estás hablando? —preguntó Íñiguez, alarmado.

—Isabeau —dijo Salomón por fin, considerando que su breve escena de llantos arrepentidos había alcanzado un resultado satisfactorio. Cuando miró a Íñiguez, este vio que el judío tenía los ojos secos—. Ha sido ella la que me ha propuesto robar en el castillo de Narbona.

—¿Qué dices, loco? ¿Te has dejado enredar por esa niña?

Salomón escrutó el rostro de su viejo amigo y dijo:

—Llevas mucho tiempo fuera, toledano. Esa niña, como la llamas, ya tiene ganas de volar sola, y tenemos dos opciones: seguirla y protegerla o dejar que se estrelle. Además, no sé de dónde los sacó, pero tenía los planos del castillo.

—¿Qué quieres decir?

—Pues que Dios sabe cómo ha conseguido que alguien la ayude.

—Eso es bueno.

—No sé quién es.

—Eso es malo.

Salomón repitió:

—Vamos, Íñiguez. Es la combinación perfecta. Las fiestas de la vizcondesa permitirán que unos juglares y su *trobairitz* pasen desapercibidos entre el jolgorio general. Y yo también tengo mis espías dentro, que me procurarán la forma de entrar y salir del castillo, libremente.

El toledano se quedó pensativo.

—Está bien. Sigue sin gustarme, porque nadie da algo a cambio de nada, pero cuenta conmigo. De todos modos, no deberías haber aceptado.

Salomón ben Judah dijo:

—No puedo negarle nada a esa rapaz. ¿Qué hubieras hecho tú?

—Lo correcto, por supuesto —espetó Íñiguez.

—¡Ni loco! Eso seguro que no.

—Entonces hubiera hecho lo que me gritasen las tripas.

—¡Ya tardabas en mencionar esas tripas tuyas! Recuerdo que no eran tan parlanchinas, cuando casi nos cortan las manos los turcos en aquella playa africana hace unos cuantos años —dijo Salomón.

Y los dos hombres se echaron a reír, porque la brisa de la aventura africana los envolvió y les recordó el tiempo en que, juntos, fueron jóvenes, se burlaron de la Muerte e hicieron de ella su amante.

—Brindo por eso —exclamó Íñiguez, levantando su copa—. Por las manos que aún conservo y las tripas que de tantos bretes me han sacado.

—¡Salud! —exclamó Salomón.

4

En la corte

Walter Map abrió los ojos y lo primero que vio fue la oscura madera del baldaquín de la cama, cuyos postes imitaban una larga serpiente enroscada. Se irguió, apoyándose en el codo, y contempló con agrado la pulcra habitación sobre la que se derramaba el brillante sol de la mañana. Acarició con la mano el edredón de plumas de ganso, forrado de terciopelo bermellón y piel de oso pardo. Era deliciosamente mullido. Los retazos se alternaban formando un cálido damero, y en los de terciopelo estaban bordadas las iniciales EN. La comodidad de la recámara le recordó a la corte del rey Enrique, donde hasta los bufones dormían cubiertos con mantas de buena lana y su jauría de perros roía jugosos huesos cada noche. Walter se frotó los ojos, se desperezó y saltó de la cama. Echó un vistazo a la butaca que había colocado frente a la puerta. Seguía igual. El monje sonrió. El descanso nocturno le había dejado como nuevo.

Habían llegado a Narbona al cabo de un par de días a caballo, tal y como le había asegurado Rotger, y después de dos noches durmiendo al raso, Walter estaba dispuesto a caer redondo en cualquier rincón de la villa mientras pudiera agarrarse a un camastro y yacer al lado de un fuego caliente. Afortunadamente, no había sido necesario arrastrarse por las fondas de Narbona: el obispo también había cumplido con su promesa, y se había reído de buena gana al ver la cara de sorpresa del monje cisterciense cuando le señaló los altos portones de madera de la residencia de la vizcondesa de Narbona. El castillo de Ermengarda era el último lugar donde Walter había esperado pasar su primera noche en la ciudad. Sabía que en cuanto le presentara sus credenciales de legado papal, la vizcondesa le acogería como un huésped de honor, pero no pensaba que la hospitalidad de Narbona fuese tan inmediata, ni que el obispo de Montlaurèl disfrutara de tan fácil acceso a la vizcondesa. Se sentía halagado, pero al mismo tiempo intranquilo, pues la corte inglesa le había enseñado que no existía la amabilidad desprendida.

El monje se levantó, se acercó a la jofaina y se lavó la cara y las manos. El agua estaba perfumada con pétalos de rosas. La regla cisterciense no era flexible con respecto al empleo de afeites, ni siquiera uno tan inocente; tendría que hacer una excepción. Aspiró el aroma dulzón con fruición culpable. Rebuscó en su bolsa y sacó la camisa menos arrugada y más limpia que tenía. Se la puso, así como unos calzones de lana para el frío, luego las botas y, por encima, la casulla. Miró en dirección a su humilde bolsa de viaje. Se acercó y la palpó para cerciorarse de que el pequeño cofre que custodiaba desde Letrán seguía allí. Así era, y no podía ser de otro modo, pues, gracias a la butaca atrancada contra la puerta de su dormitorio, cualquier intento de introducirse en su recámara hubiera provocado un notable estrépito, y en cambio Map había dormido a pierna suelta y sin ser molestado. Justo entonces llamaron a la puerta. El monje apartó la bolsa y dio el adelante. Apareció Rotger de Montlaurèl, que le saludó risueño:

—¿Cómo habéis pasado la noche?

—Espléndidamente.

—¿Tenéis quejas del alojamiento? —dijo el obispo, irónico.

—¡De ningún modo! Esto es un palacio —dijo Walter, afable.

—Muy cierto. Vayamos a cumplir con nuestra obligación de cortesía con nuestra anfitriona, la vizcondesa. Después buscaremos almuerzo en el mercado, ¿os parece bien?

—Por supuesto.

Los dos hombres enfilaron un corredor por donde revoloteaban las criadas y los mozos, limpiando con agua de limón y jabón de ceniza cada recodo. Las paredes de piedra, de bloques afanosamente pulidos por esmerados artesanos, eran como espejos de colores grises, verdes o azulados según la veta de la que habían salido. El suelo del pasadizo estaba cubierto por una resistente alfombra de esparto ribeteada con cordones de hilo dorado y grana, que, como descubrió más tarde Walter, eran los favoritos de la vizcondesa. A ambos lados del pasillo se erguían alacenas de las maderas más nobles, tallados los bordes y los cajones con sutiles arabescos. Avanzaron sin cruzar palabra mientras la luz de la mañana caía desde los ventanucos abiertos de par en par que comunicaban el lado del palacio con la calle principal de Narbona. Walter se estremeció de frío a pesar de sus calzones de lana. Pronto llegaron a otra sala donde un agradable calor saludó a los dos hombres: sendos braseros de cobre a lado y lado de la entrada descansaban sobre trípodes, y un criado cuidaba de que siguieran encendidos. Había bancos dispuestos a lo largo de todas las paredes, y ocupados casi en su totalidad, excepto en los rincones donde estaban apostados cuatro soldados de la guardia de Narbona. Walter miró a su alrededor: a juzgar por la mirada ansiosa con que les saludaron los que ya se encontraban allí, llevaban un buen rato mendigando audiencia. Volvieron a dejar caer la cabeza, como si supieran que necesitaban reservar sus energías porque la espera sería larga, siempre más larga. Volvió a estremecerse, aunque ya no hacía frío. Todos los rostros de los presentes eran iguales. Hay expresiones que solo aparecen en el rostro de un hombre que está en suspenso, que sabe que su futuro no depende de él sino de la llegada, la decisión o la espada de otro. Están a medio camino entre la esperanza y la certidumbre de la impotencia, y la tensión que nace entre los dos sentimientos contrapuestos pinta en sus caras una máscara bufa. Walter apartó la vista. Las ropas y las armas eran de distinta apariencia y cuño, pero los hombres y la angustia siempre eran los mismos, aquí en Narbona como en la corte del rey Enrique: el ruego, en nombre de Dios, del favor de su señor. Hacía demasiado tiempo desde la última vez que había pisado una corte, y volvió a notar el desaliento que le causaba la vida errante, agazapado en el fondo de su alma. Evitó mirar a los suplicantes. Se giró hacia Rotger y preguntó:

—¿Hace mucho que conocéis a la vizcondesa?

Rotger de Montlaurèl sonrió y dijo:

—Sí, aunque solo empecé a frecuentar esta casa cuando me convertí en cabeza de la familia Montlaurèl. Pero la Dama Ermengarda es generosa: a pesar de no ser un rico terrateniente, soy bien recibido en su corte.

—La fama de la vizcondesa llega lejos —convino Walter, cortésmente.

—Confío en que Narbona no os decepcione. Dicen que esta ciudad es digna rival de las mejores joyas del Norte.

—Cuando estuve en Chartres, el nombre de Ermengarda de Narbona iba parejo al de mi señora la reina Leonor de Aquitania.

—Me ocuparé de que un canónigo os acompañe a visitar la iglesia del Santo Pastor. Parece que van a empezar unas obras muy importantes de reconstrucción de la nave mayor...

Se oyó un ruido de pasos. Gentes y ropas se agitaron como trigo en un campo sembrado de viento. De la sala adyacente acababa de salir un escribano, con el cráneo tonsurado y casulla oscura, de color vino. Su piel era blanca como la leche, tanto que el amarillo de los dientes era, junto con los ojos almendrados, la única nota de color de su cara. Anunció, con un tono de voz monocorde:

—Fin de las audiencias de la mañana. —Hizo caso omiso de la marea de decepción que sacudió a los suplicantes, sin duda acostumbrado a escuchar la misma melodía plañidera cada día, y avanzó hacia Rotger y el monje. Los que esperaban se apartaron inmediatamente, haciendo ostentación de su obediencia ante el escribano, por si fuera esta la virtud que, el día de mañana, les franqueara el paso de la puerta que ansiaban cruzar. El escribano se detuvo frente al obispo y le saludó con respeto:

—Monseñor. —El escribano tomó su mano para besarla y levantó la mirada, extrañado, al ver el dedo desnudo, sin el anillo episcopal. Rotger frunció el ceño y el otro calló, prudente. El obispo procedió a presentar a Walter:

—El hermano Map, legado del papa y representante del rey Enrique de Inglaterra. El escribano Petrus es el secretario de la vizcondesa. —El escribano y el monje intercambiaron un saludo discreto—. El hermano Map espera la ocasión de agradecer la hospitalidad de la vizcondesa —añadió Rotger.

—Por supuesto, esta noche —asintió Petrus—. Estaréis sentados en la mesa principal. Tendréis ocasión de departir.

Rotger asintió, agradecido. El secretario prosiguió:

—Si lo deseáis, tenéis guardias de la vizcondesa a vuestra disposición. Quizá querréis visitar el mercado y adquirir una nueva capa para esta noche... —dijo en voz más baja, mirando discretamente la gastada casulla del monje.

—Buena idea —dijo Walter, sin sentirse ofendido por la delicada sugerencia del obispo. Era cierto que no contaba con medios para hacer honor al título de legado papal que ostentaba; Enrique repartía cargos generosamente pero mantenía su bolsa bien cerrada.

Los cortesanos presentes seguían la conversación entre los tres hombres sin perderse detalle. Walter volvió a notar la incomodidad que le causaba la pública vida de la corte, donde cada gesto era registrado por cien ojos y se convertía en parte de uno mismo, como escamas de una resbaladiza segunda piel. Él, que apenas unos instantes antes era un extranjero recién llegado, ahora era mil cosas más, a cuál más deslumbrante: el acompañante de un obispo, el enviado del papa, y sobre todo, el objeto de la generosidad de la vizcondesa Ermengarda. Los nombres de esos amigos y protectores pendían ahora del blando cuello del monje como collares de oro, y los títulos y honores adornaban su humilde casulla mejor que el armiño más blanco. Pronto otros se arremolinarían en torno a él, como si él fuera un faro que dirigiera sus travesías en busca del refugio que representaba la merced de su anfitriona. Ya notaba las miradas hambrientas, buscando la suya como aguijones de fuego. Para evitarlas, fijó su atención en Rotger, que seguía discutiendo detalles de intendencia con el escribano, ajeno a los que estaban a su alrededor. El obispo de Montlaurèl no poseía ninguno de los rasgos típicos de la hombría clásica: ni su mandíbula era ancha, ni tenía la frente despejada, ni la nariz recta. Era fuerte, como lo son todos los hombres que han crecido en el manejo de la espada, pero nada más. Su determinación nacía de lugares más profundos que las cualidades superficiales: provenía de noches enteras pasadas en vela para defender a los suyos, cuando era el único hombre de armas de la casa de Montlaurèl y todos los soldados les abandonaron porque no tenía suficiente comida ni dinero para pagarles. Walter no podía saber de todas las veces que Rotger había reconstruido, con los excedentes de las escasas cosechas que había defendido con uñas y dientes de los saqueadores, su primer molino y su primer horno. A ninguno de sus vecinos le gustó que los levantara, y precisamente por eso se empeñó en erigirlos. Si hubiera sido testigo de su pugna por la supervivencia, el legado papal habría comprendido mejor por qué en la naturaleza de Rotger de Montlaurèl se daban la mano la simplicidad brutal del soldado con la paciencia ancestral del campesino. Quizás entonces las inquietudes que Walter Map abrigaba acerca del obispo se habrían disipado veloces como el viento.

—Hasta esta noche, pues —se despidió Rotger del escribano. Volviéndose a Walter, dijo—: Jamás había visto tanta gente en la sala de audiencias. Me imagino que con las celebraciones se redoblan las peticiones de ayuda. Esta noche la fiesta estará a reventar.

—¿A qué hora será? —preguntó Walter.

—No conviene andar lejos del salón principal a partir de las cinco de la tarde. ¿Preferís descansar un poco? Será una larga velada.

—No, aceptaré vuestra sugerencia y visitaré la ciudad —respondió Walter—. ¿Y vos?

El obispo y Walter salieron de la atestada sala y volvieron a recorrer el pasadizo anterior, pero en lugar de dirigirse a sus habitaciones giraron por otro pasillo que iba a dar a la escalera de uno de los torreones secundarios.

—Tengo asuntos pendientes con mi banquero —explicó Rotger mientras descendían los estrechos peldaños de la escalera—. Cobraré la venta de mis últimos envíos de uva y trigo. Si es suficiente, incluso podría comprar un caballo de refresco.

Walter miró al obispo y dijo, irónico:

—Y quizá, como Petrus decía, me convenga una capa nueva para esta noche.

Rotger de Montlaurèl enrojeció y dijo:

—Os ruego que perdonéis a Petrus. Es el hombre de confianza de la vizcondesa y solo piensa en las reglas de la corte. Lo demás, como habréis notado, le trae sin cuidado.

—Como debe ser —dijo Map.

Por toda respuesta, Rotger de Montlaurèl inclinó la cabeza. Tal vez Map precisaba de una capa nueva, pero al obispo le era de menester su joya episcopal. El escribano, al ver que carecía del anillo con su sello, lo había contemplado con pena. Seguramente creyó que no tenía dinero suficiente ni para eso. El mínimo gesto del escribano bastó para recordar el óvalo de piel clara y el pelo rojizo de la *trobairitz*, que volvieron a flotar frente a él, como si el recuerdo del anillo la llamara. No era la primera vez que pensaba en ella. La noche pasada había soñado que seguía a su lado, mientras él la sujetaba por la muñeca y besaba sus labios rojos, como su pelo. Cuando se despertó, tenía la frente y el cuerpo perlados de sudor.

Alcanzaron la salida principal que daba al patio del castillo. Era un rectángulo con un gran pozo en el centro, alrededor del cual convergían los cuatro corazones palpitantes que mantenían vivo al castillo de Narbona: la cocina, la herrería, la armería y los establos. Los rotundos martillazos del yunque y los chillidos de las piedras de afilar ahogaban la algarabía de las mozas que corrían de la despensa a la cocina y de esta al almacén, ocupadas en distribuir la doble entrega de viandas del carnicero, que esa mañana no daba abasto, yendo y viniendo del matadero al castillo. Hacía falta tiempo para que la carne se cociera, tierna y jugosa, en los fogones para preparar la cena de la noche. Al lado del hormigueo de las cocinas, en los establos se respiraba la calma del espectador. Ya les llegaría la hora a los palafreneros, cuando hubiera que acomodar las monturas y los carros de todos los que pasarían allí la noche, invitados por la vizcondesa, y de los que pernoctarían en un rincón del patio, ahítos de vino y comida e incapaces de encontrar el camino de regreso a sus casas. Por el momento, jugaban divertidos a contar cuántas gallinas lograban escapar de las implacables manos de la Brabançona, el mote por el que todo el castillo conocía al ama de llaves. La oronda mujer se ocupaba de retorcerles el cuello a las aves, conejos y patos que estaban destinados a sus platos, y no dejaba uno vivo, como los mercenarios que años ha recorrían los caminos de Lengadòc y a cuyo paso todo quedaba arrasado. Las criadas de la cocina cuchicheaban el chisme de que la Brabançona había recibido su nombre de su último amante, uno de esos terribles soldados de fortuna, y que este había muerto, igual que los pollos de la despensa, a manos de su querida en un particular arrebato de pasión. Al verla, roja como un tomate, alzándose victoriosa, con tres gallinas en cada mano, no resultaba difícil de creer.

—¡A la olla, condenadas! —gritó la Brabançona.

Los mozos aplaudieron y la mujer desapareció por la entrada de la cocina. Al mismo tiempo, cruzando el arco de entrada y los portones abiertos por los que habían pasado Walter y Rotger la noche anterior, un jinete condujo su montura hasta el centro del patio del castillo, desmontó y dejó el caballo a cargo de los palafreneros, que se apresuraron a llevarlo hasta el establo. Tras él montaba una joven. El recién llegado se despojó de sus guantes y del casco que le protegía la cara. Era un hombre joven, de facciones agradables, si no hubiera sido por la profunda herida que le desfiguraba cuello y rostro.

Walter Map le miró fijamente, con la molesta sensación de haberlo visto antes y no recordar dónde. Rotger de Montlaurèl tenía la boca abierta y el gesto torcido de rabia. Al ver la reacción del obispo, Map reconoció al jinete. Era Bertrand de Cirac, el futuro cuñado del obispo de Montlaurèl. La muchacha que iba con él era Garsenda de Montlaurèl. Al verlos, el obispo los saludó sorprendido:

—¿Qué hacéis aquí?

Cirac sonrió, un gesto que deformaba aún más su cicatriz. Dijo:

—Tengo negocios en Narbona, y además...

—¿Negocios? ¿Qué negocios? Estás arruinado y lo sé bien, porque yo soy quien va a mantenerte, o de lo contrario Garsenda viviría en una pocilga.

—Precisamente por Garsenda estoy aquí —dijo Bertrand suavemente.

—¿Qué quieres decir?

—Rotger... —Garsenda se acercó a su hermano. Montlaurèl vio que tenía el rostro demacrado, sus mejillas sonrosadas estaban apagadas y sus ojos arrasados en lágrimas.

—¿Qué te ha hecho? —preguntó Rotger, mirando a Cirac, que guardaba silencio—. Te juro que si le has tocado un pelo...

—Tu padre ha muerto —dijo abruptamente el de Cirac.

—¿Cómo?

—Es cierto, hermano —dijo Garsenda, arrojándose a los brazos de Rotger—. Lo encontraron muerto al amanecer.

Walter Map observó el rostro de piedra de Cirac y sintió un escalofrío recorriéndole la espalda. Miró hacia el cielo: el sol del mediodía brillaba con insolencia. Rotger apartó a su hermana con una dulzura inusitada en él, y pidió:

—¿Qué sucedió? Cuéntame lo que sepas.

—El mozo que estaba limpiando la sala del banquete dio la alarma. Estaba... —Garsenda tragó saliva, emocionada—. No respiraba. Tenía la piel fría, dijo el capellán que debía de llevar horas muerto. Oh, Rotger...

Estalló en lágrimas, y su hermano la atrajo hacia sí, abrazándola de nuevo para calmar su angustia. Cirac permanecía inmóvil como una estatua de piedra. Al cabo de unos segundos, Rotger levantó la mirada y se encaró con él:

—¿De qué murió?

—¿Qué queréis decir? Era un anciano —replicó Cirac.

—Con la salud de un roble, y la voluntad más férrea que la de muchos jóvenes. ¿Quién examinó su cuerpo?

—Nadie. No hizo falta. Estaba muerto —dijo, tajante como un cuchillo el de Cirac.

—¿Mi hermano?

—Permanece en Montlaurèl, al frente de todo hasta que regreséis.

Rotger inspiró profundamente y dijo:

—Mi hermana está agotada. Id en busca de Petrus, decidle quién es y os dará una habitación en el castillo. —Cuando se dirigió a Garsenda su tono de voz se suavizó—: Hermana, debes descansar. Te lo ruego. Hablaremos después.

Garsenda asintió, temblando aún, y se separó de su hermano. Cirac hizo ademán de tomarla del brazo pero Rotger le agarró del hombro y acercándose a su oído, siseó:

—Vos y yo tenemos que hablar.

—¿De qué?

—Mi padre estaba bien ayer por la noche, cuando me fui de Montlaurèl. Y unas horas después de mi marcha, aparece muerto.

—¿Pensáis en que no fue muerte natural...?

—Desde luego. No hay nada de natural en ello.

Cirac reflexionó y dijo, lentamente:

—Quizá tenga que ver con la furcia que os robó el anillo. Es extraño que todo sucediera precisamente la misma noche.

Rotger de Montlaurèl le miró súbitamente.

—¿Qué sabéis vos de...?

—Oh, el viejo me lo contó, por supuesto. Bebiendo y escupiendo insultos contra vos y la ladrona —dijo Cirac, sin ocultar su satisfacción—. De hecho, bebió tanto que esta mañana, cuando lo encontraron muerto, lo atribuí al exceso de vino. Aunque tal vez fuera un ataque. No hacía más que reírse de vuestra cara de imbécil al descubrir que la muchacha os había robado.

El obispo de Montlaurèl avanzó un paso, casi hasta pegar su rostro contra la cicatriz que palpitaba bajo los ojos de Cirac. Silabeó:

—Id con cuidado, Bertrand. No juguéis conmigo, porque lleváis las de perder. Pese a que ostentáis mi marca, parece que aún no me conozcáis. —Y mientras así hablaba, con el índice trazó la forma de la cicatriz del otro en su propia mejilla.

Cirac se mordió el labio, y palideció de ira. Por fin, replicó con voz sombría:

—¿Acaso alguien excepto Dios conoce nuestra alma? —Y sonrió a Walter con una mirada cómplice. Este apartó la vista, repentinamente asqueado.

—No metáis a Dios en esto, hijo del demonio —replicó Rotger.

—Si yo fuera un obispo de la Santa Iglesia, no sería tan irrespetuoso. Y ahora menos, cuando estáis lejos de vuestras tierras y solamente queda Gregorio como único Montlaurèl. A no ser que me hagáis el honor de encargarme de la administración del castillo, durante vuestra ausencia. Para eso he venido: para daros la noticia y ponerme a vuestro servicio.

Rotger reflexionó un instante y decidió:

—No puedo irme de Narbona antes de la recepción de esta noche. Partiré al amanecer, y mañana ya estaré allí. Gracias por vuestro ofrecimiento, Cirac —añadió con desprecio—. Pero no hacía falta que sometierais a Garsenda a un viaje tan intenso, justo después de la muerte de nuestro padre. Espero que cuando sea vuestra esposa seáis más delicado con ella.

—No lo dudéis —dijo Cirac con lengua suave y fuego en la mirada, y se acercó a la muchacha con gesto solícito.

La joven permanecía en pie, a unos pasos de distancia, como un junco frágil en medio del bullicio del patio del castillo. Rotger sintió una punzada de culpabilidad. Por un instante pensó que Garsenda no se merecía terminar enterrada en el lecho de aquel desgraciado, pero Rotger no se hacía ilusiones: si no sellaban el pleito que corría entre las dos familias con ese matrimonio, más sangre manaría de esa repugnante herida. Y más ahora que había muerto el patriarca y él estaba lejos de Montlaurèl.

Rotger se volvió hacia Walter Map entre preocupado y hastiado:

—Disculpadme, hermano Map. ¿Puedo pediros que acompañéis a mi hermana y su prometido a ver a Petrus? Cirac es un perfecto desconocido aquí, y me quedaría más tranquilo si fuerais con él. Garsenda debe descansar, y yo todavía debo atender mis asuntos en la ciudad. Y como habréis adivinado, no confío en él. Las viejas rencillas...

Rotger hizo un gesto en dirección a la mejilla, significando que él era el autor de la cicatriz en el rostro de Cirac.

—Pero le entregáis a vuestra hermana.

—Su familia tiene tierras colindantes con las de Montlaurèl.

—Ese hombre os odia, de eso no hay duda. Id con cuidado.

Rotger le miró, sorprendido, y dijo:

—No tiene soldados ni fortuna, ni valor para luchar conmigo cara a cara.

—Aunque tengan que romperse los dientes para perforar su camino, las ratas siempre encuentran el trigo. No sería la primera vez que una serpiente hace caer al hombre —dijo el monje. No solía citar la Biblia, pero la apariencia de Cirac le había hecho estremecerse y recordar las tenebrosas enseñanzas acerca de Satanás y su ejército de demonios que había recibido de niño, en su Gales natal.

—Ni será la última vez —repuso Rotger, y Map no acertó a distinguir si lo decía con ironía o con resignación. Llevaba casi dos días viajando con aquel hombre, compartiendo lluvia y sol, comida y bebida, techo y sueño, y aún no sabía si era o no leal a la Santa Madre Iglesia, pero ya estaba seguro de que era un hombre que trataba de hacer lo correcto. Montlaurèl acababa de perder a su padre y su hermana estaba en manos de quien a todas luces era un ser cruel.

—Por supuesto, así lo haré. Descuidad.

—Os lo agradezco.

Cuando se hubieron separado, Rotger de Montlaurèl salió por la puerta principal y dejó atrás el gran patio del castillo, con la cabeza bulléndole después de la noticia de la muerte de su padre. No se había permitido desvelar lo mucho que le había afectado, no delante de una rata como Bertrand de Cirac, pero ahora, mientras cruzaba la muchedumbre de pedigüeños, juglares variopintos y prostitutas pintarrajeadas que esperaban a que se abrieran las puertas de la casa de la vizcondesa para ofrecer sus servicios, mendigar o ambas cosas, el de Montlaurèl no podía dejar de pensar lo que le había dicho Hug, después del robo de la *trobairitz*, y la dureza de lo que ahora serían las últimas palabras de su padre hacia él. El corazón empezó a latirle de nuevo, y el rostro blanco de la mujer se mezcló con el vacío y la extrañeza de un mundo en el que su padre ya no existía. Ahora era el dueño de Montlaurèl. ¿Sentía dolor, alivio o una mezcla de ambos? Le avergonzaba dudarlo. Lo cierto era que Hug de Montlaurèl había sido un hombre duro, y Rotger no podía fingir que hubiera afecto entre los dos. Respeto, quizá; servitud como la que une a un vasallo y a su señor, pero nada más. Sea como fuere, si debía vengar su muerte lo haría, y si la ladrona tenía algo que ver con ella, lo pagaría con su vida. La única ley que importaba era la del honor de la familia de Montlaurèl. Por fin, el obispo alcanzó el centro de la plaza en la que desembocaba la misma Via Domitia, que apenas unas horas antes había recorrido a caballo junto a Walter Map. Miró a su alrededor, en busca de la tienda donde debía cobrar su dinero.

Frente a las paradas y las tiendas de la plaza se detenían las amas de casa, escudriñando con ojos desconfiados el género de los vendedores, seguidas de los sirvientes que acarreaban las cestas de mimbre para las provisiones. Más allá se erigían las alhóndigas que guardaban los sacos de trigo, avena, alfalfa y algarrobas, donde se arremolinaban las bestias de carga, azuzadas por el apetecible olor de los sacos, mientras sus dueños intentaban reconducirlas para, menester es decirlo, seguir su propio apetito, hasta las pequeñas y exquisitas mesas dispuestas con aceite de oliva, miel y quesos dulces con pasas o pastelillos de carne de cerdo rebozados con delicioso pan con almendras picadas. Sabedores de que sus capazos llenos de pescado fresco y de anguilas no tardarían en venderse, pero que su fuerte olor contrariaba a los poderosos carniceros, los pescadores buscaban cobijo cerca de la Porta Aquariam, la puerta de entrada a Narbona que daba al Aude. No se alejaban del río, como si supieran que en el fondo eran meros ladrones de los tesoros que pertenecían al agua y creyeran así que su saqueo sería perdonado. En cambio, los vendedores de frutas mostraban con orgullo los colores de su fresco arcoiris, pues a nadie le molestaba el aroma de las fresas o las cerezas recién cogidas; tenían que espantar, eso sí, a los mocosos cubiertos de porquería que se aprovechaban del barullo para alargar sus escuálidos brazos y con dedos hábiles hacerse con dos o tres preciados frutos. Luego, los muchachos giraban como una peonza y emprendían una huida veloz, deslizándose entre las piernas de los paseantes mientras devoraban su botín, y escupían solo el hueso mondo, con un hilillo de jugo rojizo cayéndoles por la comisura de la boca, y sonreían felices. Fue la risa lo que despistó a uno de ellos, mientras giraba el cuello mirando hacia atrás y entre carcajadas mordía la dulce carne de un melocotón temprano, y por eso no vio a Isabeau, que había salido de buena mañana de la Oca Roja a buscar su desayuno lejos de la cerveza y los borrachos de la posada. Lo había encontrado, más caro que de costumbre, como siempre en las ciudades grandes, aunque no menos delicioso: una suculenta empanada de carne picada, que se deshacía en la boca como si fuera de manteca fresca, recién hecha por una comadre de papada roja y ojillos vivarachos. Isabeau paseaba por las paradas y masticaba el bocado, pensando en dónde y con qué apagar la sed, ojeando la *sindiyyah* y las fresas, que cada vez se le antojaban más, cuando oyó un ruido. Trató de distinguir de dónde procedía la barahúnda; a un lado de la plaza, acababan de desembalar varios tarros de especias, y unos sirvientes negros escoltaban la tabla de madera donde reposaban la pimienta, el genjibre, el azafrán y el clavo que habían cruzado el Mediterráneo para llegar al mercado de Narbona. Los criados, a buen seguro esclavos, también oían el escándalo y miraban a un lado y otro, nerviosos. Serían ellos los que recibirían los latigazos si se perdía siquiera medio adarme de la carga que custodiaban. Mientras Isabeau estiraba el cuello intentando adivinar el motivo del alboroto, de las caras y los gritos de enfado que divisaba entre la multitud, de los brazos que protestaban, estirados hacia arriba como si quisieran agarrar al sol, recibió un golpe seco en el vientre y casi rodó por el suelo. Un mocoso la miró con ojos grandes y asustados, con una pizca de desvergüenza antes de seguir su carrera.

—Demonio de muchacho. Si te atrapo... —murmuró Isabeau por lo bajo, comprobando que su faltriquera seguía intacta y llena de monedas, y que no le faltaban ni la daga ni el látigo. Mientras el rapaz volvía a hundirse en el mar de piernas, la capucha que Isabeau llevaba para ocultar su pelo rojo se deslizó hacia atrás, y su pelo quedó libre. Solía llevar la cabeza cubierta, pues su melena, tan hermosa y apropiada para deslumbrar a los ricos patronos en las veladas poéticas, era desaconsejable a la hora de pasear en paz por entre la gente, que no dudaba en señalarla con el dedo y murmurar al ver su rojo pelo que era una bruja, engendro del Diablo y furcia de Satanás. Y quizás en ese breve instante eso fuera verdad, porque la piel oscura y verde de los melones de agua, la carne sedosa de la sandía, los altos esclavos negros, la tez blanca de Isabeau y su cabello rojo flotaron imposibles como si todos formaran parte de un sueño oriental traído desde la seductora y mágica Constantinopla, envuelto en el perfume de las embriagadoras especias que reinaban sobre la plaza.

Rotger de Montlaurèl cerró los ojos al verla, incrédulo, y al volver a abrirlos creyó que ya no estaría ahí. Se equivocaba, porque aunque la ladrona se había cubierto los cabellos de nuevo, y ya tenía la cabeza inclinada como si rezara, los mechones de pelo rojo seguían besando su cara. El obispo la miró, prisionero de la escena, incapaz de reaccionar. Sucede a menudo que, cuando somos testigos de un hecho inesperado, no actuamos de inmediato, como si al contemplar lo inaudito nuestro cuerpo suspendiera su capacidad de moverse, susurrando para sí que lo que acontece no es posible y por lo tanto nada debe hacerse. Solo cuando la fría Medusa deja de mirarnos con sus ojos imposibles, vuelve a manar la sangre por las venas de piedra y se mueven los músculos, asombrados aún. Abruptamente, como si le hubieran arrancado de un sueño: así fue cómo Rotger de Montlaurèl despertó del hechizo. Echó a correr de repente, gritando:

—¡Detenedla! ¡Ladrona! ¡Detened a la mujer del pelo rojo!

Le latía el corazón, martilleaba en su pecho con el ansia de capturar a la muchacha. Se olvidó de todo. Solo pensaba en la ladrona y la perla negra que le había arrebatado, y la calma que habían perdido sus noches, y en que quizás aquella mujer era la responsable de la muerte de su padre. Vio que la joven le había oído gritar, y vio sus ojos verdes fugaces, antes de que se diera la vuelta y echara a andar, con brío pero sin huir, para no delatarse. Rotger rodeó a toda prisa las paradas de fruta. La gente caía a su paso, como si fueran piezas de un ajedrez devoradas por el alfil que perseguía a la reina roja. Comprendió que era él quien los empujaba, y con el rabillo del ojo vio que varios vendedores, irritados por el desbarajuste que la persecución causaba en sus paradas, y algunos hombres empezaban a seguirle armados con garrotes, palos y hasta rudimentarios *gladius* de madera. Las caras a su alrededor estaban divididas entre el respeto que debían a un hombre de Iglesia, la inquietud que la palabra «ladrón» despertaba entre los vendedores y compradores del mercado de Narbona y la convicción de que había perdido el juicio y de que tenían que detenerlo o de lo contrario el resto de la venta del día se echaría a perder. Muchas matronas ya se habían ido a sus casas, espantadas por el barullo, optando por hervir un buen caldo con los huesos del día anterior. Ajeno a todos, Rotger siguió corriendo, saltando como un gamo por entre cajas y sacos de grano, con la silueta marrón de la joven cada vez más cerca, casi a su alcance. Esta avanzaba veloz, pero el hombre corría más. Cada zancada le acercaba más a su presa. Rotger notaba el sudor escurriéndose por la espalda, bajo la camisa. Estaba a punto de alcanzarla. Estiró el brazo; entonces tropezó y cayó cuan largo era al suelo, rodando entre la alfalfa húmeda, los desperdicios y la suciedad. La turba amenazadora que le seguía detuvo su avance y estalló en un rumor burlón, coronado por risotadas ante la caída del obispo, porque siempre arranca una sonrisa ver a los poderosos mordiendo el polvo: solo así somos todos iguales, en la muerte y en el ridículo. Rotger se levantó, se limpió como pudo y buscó a la muchacha con la mirada, aunque estaba seguro de que se habría esfumado. Humillado, el obispo de Montlaurèl no reparó en el obstáculo con que había tropezado: una pata de palo de madera, cuyo dueño era un tipo sentado en uno de los taburetes de las mesas que ofrecían vinos y cervezas para los que tenían sed y también para los que jamás la apagarían. El individuo llevaba un pañuelo rojo, atado al cuello como a veces hacen los campesinos para evitar que el sudor les manche la camisa. Mientras se arreglaba distraído la tela que le cubría el cuello, guiñó el ojo como si se riera del eclesiástico. Al otro lado de la plaza, a salvo en el recodo de una calle, Isabeau respondió a la señal del cofrade tocándose brevemente la frente con dos dedos. Luego desapareció entre las callejuelas que rodeaban el palacio del arzobispo.

Rotger de Montlaurèl se detuvo, sin aliento. La *trobairitz* estaba en Narbona, de eso no cabía duda. Tarde o temprano, daría con ella. «Ladrona o asesina, por mi honor que no volverá a escaparse otra vez», se dijo el obispo.

5

Conspiratio

Isabeau llegó a buen paso hasta la entrada de la posada de la Oca Roja. Cruzó el paseo de la cerveza y las mesas casi vacías, solamente ocupadas por algunos lugareños que hacían de la posada el refugio donde huir de sus casas y sus infiernos. Salió al patio y respiró grandes bocanadas de aire puro. Tenía las mejillas rojas y el corazón le latía con fuerza. Aún podía oír los gritos de Rotger de Montlaurèl exigiendo que la detuvieran. Si volvía a dar con ella, estaba perdida. Se sentó en un banco de piedra del patio y hundió la cabeza en las manos. ¿A quién pretendía engañar? Claro que daría con ella. Sin duda el obispo Rotger de Montlaurèl estaría en la corte esa noche, y eso era algo que no estaba previsto. Y si no era esa noche, por la determinación con la que la había perseguido por todo el mercado, Isabeau comprendió que Montlaurèl no descansaría hasta capturarla. Así que estaba perdida de todos modos, su plan iba camino del desastre y ella caería, arrastrando a Salomón y a todos los demás. Tenía que pensar con frialdad y dominarse. Se acercó al pozo y subió un cubo lleno de agua fresca. Se echó agua en la frente y el cuello y se limpió con la manga. Al fondo del establo sonaban unos terribles quejidos, como si alguien estuviera arrancándole las tripas a un cerdo. Miró y vio al Tuerto y a Joachim armados con sendos instrumentos musicales, y a otro hombre que parecía estar desgañitándose dándoles instrucciones. La expresión aplicada del gigante bonachón y del muchacho se clavaron en su corazón. De repente oyó una voz a sus espaldas:

—¡Has comido demasiadas zanahorias! ¿Es posible que tu pelo sea más rojo cada día, chiquilla?

Isabeau se dio la vuelta y tuvo que morderse el labio para no echarse a llorar de alegría al ver a Íñiguez de pie, frente a ella, con los puños clavados en la cintura y su amplia sonrisa castellana. La joven corrió hacia él y le abrazó sin decir una palabra.

—¡Vaya! Sé que hace tiempo que no pasaba por aquí, pero no soy precisamente una aparición. Cualquiera diría que acabas de ver un fantasma. Sigo vivo y espero seguir así mucho tiempo. ¡Hasta que la Parca quiera revolcarse conmigo, porque pienso hacer que pase la mejor noche de su triste vida!

La joven se echó a reír y dijo:

—Íñiguez, no digas eso ni en broma. Me alegro mucho de verte. De veras. —Y apretó el brazo del toledano con afecto.

—Salomón me ha dicho que estás muy ocupada —dijo Íñiguez, sentándose en el mismo banco de piedra donde unos instantes atrás Isabeau se había instalado. Atrajo a la chica a su lado y la miró, con sus profundos ojos negros llenos de sincera preocupación. Isabeau trató de disimular lo angustiada que estaba. Ella se había metido en ese lío y saldría de él por sus propios medios.

—¿Ah, sí? ¿Y qué más te ha dicho?

—No me ha dicho que eres una magnífica mentirosa, pero lo sé porque lo aprendiste de mí. ¿Qué pasa? —dijo Íñiguez.

—No sé de qué me hablas. Y espero que no hayas venido a Narbona por mí. Estoy perfectamente y no necesito nada.

El toledano se echó hacia atrás y miró el cielo azul de Narbona.

—¿Recuerdas aquel prado donde pasamos todas las noches del mes de mayo? No estaba muy lejos de aquí —dijo, como si se lanzara por un camino de recuerdos y añoranza. Isabeau le miró con desconfianza. No era propio de Íñiguez hablar del pasado. «Si dejas que el ayer te robe el ahora, no tendrás mañana que contar.» Los dichos y los consejos del toledano estaban tan grabados en su ser que acudían a su mente incluso cuando volvía a estar junto a él, como ahora. El otro seguía hablando:

—No levantabas cinco palmos del suelo y ya tenías los ojos más despiertos que había visto en mi vida. Y eras lista: aprendiste a leer sola, y de corrido, como un monaguillo de ciudad. Hubo un par de clérigos depravados y la dueña de un burdel que me ofrecieron una fortuna por ti.

—Deberías haberme vendido, ¿no crees? —replicó Isabeau, siguiéndole la corriente.

—Menos preocupaciones y dinero en la bolsa —asintió Íñiguez, esbozando una ligera sonrisa—. Pero pensé que me saldría más a cuenta enseñarte mi honrado oficio de ladrón. Así conseguí que te distrajeras y te olvidaras de todo.

Isabeau guardó silencio y pensó en las noches bajo la capa de las estrellas, cuando no era más que una niña asustada. El toledano había construido un pequeño refugio aprovechando una cueva de las montañas de Montlaurèl, su escondrijo cuando volvía de trasquilar un pueblo a base de remedios de mercachifle o peroratas para asustar a los imbéciles, o de robar un par de sacos de grano si el invierno se presentaba muy duro. Durante el día Isabeau esperaba, callada y escuchando el respirar del bosque y del cielo. Pero de noche las hogueras volvían en forma de pesadillas y la niña se despertaba gritando. Por eso un día el toledano había decidido llevársela con él en sus escapadas, a pesar del peligro. Cualquier cosa era mejor que la lenta tortura que la estaba consumiendo.

—No pude olvidarme de todo. Nunca he podido —replicó Isabeau sin querer.

—Lo sé —dijo Íñiguez con voz grave— y lo siento, muchacha.

—Me cuidaste como a tu propia hija. Cada noche cogías un pergamino, lo desenrollabas como si contuviera el *Secretum Secretorum* y narrabas en voz alta cosas maravillosas. Creí que todas eran verdad, que era posible un lugar donde las mujeres se convirtieran en laurel y los toros se enamoraran de las doncellas, y eso me dio fuerzas para seguir adelante. No lo olvidaré jamás, loco castellano —dijo Isabeau, y tomó la mano de piel morena del toledano entre las suyas.

Íñiguez carraspeó y exclamó:

—Vamos, vamos. Tal parece que te estés despidiendo de esta vieja mula para siempre. ¿Es que te has enrolado en los ejércitos del califa de Damasco? ¿Vas a recorrer el país de los hombres de ojos de almendra? —Su voz resonó de nuevo risueña, como la risa argentina de un río que sabe que su final es la libertad del mar—. ¿O es que no tenemos entre manos el robo de nuestras vidas, que nos sacará de la vida en los caminos y nos instalará a todos en palacios de cristal y oro? O eso es lo que me dice esa rata a la que tengo por amiga y que responde al nombre de Salomón.

Sus palabras lograron arrancar una sonrisa a Isabeau. Justo en ese momento Carmesinda, una de las criadas de la Oca Roja, asomó la cabeza por el patio y llamó:

—Isabeau, hay un tipo que quiere verte. Es un poco raro.

El toledano enarcó las cejas, mientras Isabeau se levantaba sin decir nada y caminaba hacia la puerta de la posada. La cabeza le daba vueltas. ¿Quién sería? ¿La habría seguido Rotger de Montlaurèl hasta allí? Era imposible, estaba segura de haberlo dejado atrás. Y si fuera el obispo, no se habría presentado solo, sino acompañado de una patrulla armada para detenerla. Entró en la gran sala que por las noches se llenaba a reventar. La criada hizo una seña con la cabeza hacia un rincón oscuro, el más cercano a la puerta y el que solían escoger los jugadores de dados y de cartas para instalarse. Si alguien protestaba por las trampas o no podía pagar sus deudas, era más rápido echarlo a patadas y darle la paliza fuera que dentro, donde Salomón tenía terminantemente prohibidas las peleas y los golpes, excepto los que daban sus hombres. Isabeau se acercó poco a poco. El hombre llevaba una capucha que le ocultaba la mitad del rostro, pero incluso desde esa distancia estaba segura de que no era Rotger de Montlaurèl. El obispo era más corpulento y su mandíbula cuadrada no tenía nada que ver con el delgado mentón barbilampiño del hombre que estaba sentado a la mesa, con las manos entrelazadas. Isabeau se quedó de pie frente a él. Le reconoció al momento. Cuando habló, su voz era fría como una serpiente.

—¿Lo tienes?

Isabeau se sentó y asintió. Abrió la faltriquera y sacó el anillo con la perla negra, el sello de Montlaurèl. No se había separado de la joya desde la noche en que la había robado del dormitorio del obispo.

—Estoy satisfecho —dijo Bertrand de Cirac, sosteniendo entre el índice y el pulgar el anillo de Montlaurèl y observando la perfecta redondez de la perla negra. Le hubiera gustado creer que el calor que despedía la joya aún pertenecía a la piel de su futuro cuñado. Ansiaba su presencia física, mirarle a los ojos sabiendo lo que iba a suceder. Lo que más le disgustaba era que, en lugar de enfrentarse abiertamente con Rotger de Montlaurèl, estaba obligado a recorrer un camino sinuoso. Iba contra la que creía su naturaleza; de joven, Cirac había sido el más valiente, o quizás el que menos pensaba en el peligro. Bertrand siempre se había enorgullecido de su arrojo, hasta el día en que Rotger le había humillado, marcándole la cara como se marca a las bestias. Desde entonces, había aceptado que para ganar ciertas batallas se necesitaban medios menos honorables; hasta entonces, para Bertrand el silencio y la prudencia eran parientes demasiado cercanos de la mentira y la cobardía. Contempló a la muchacha y su pelo rojo y vibrante. Luego miró a su alrededor: el sucio suelo de la posada, el hedor de vino de la taberna, y más allá, un par de clientes ataviados con lo que incluso él reconocía como vestimentas judías. A eso lo habían reducido: a emplear deshonrosos instrumentos como aquella mujer, a entrar en lugares que debería haber quemado. Pero en su mano sostenía la prueba de que la deshonra momentánea valía la pena: el anillo de los Montlaurèl. Cirac repitió:

—Estoy satisfecho, pero las cosas han cambiado.

—¿Qué quieres decir?

—Tendrás que huir por tus propios medios.

—Eso no fue lo que acordamos —dijo Isabeau en voz baja—. Me estoy jugando la vida. ¿Qué ha pasado?

—El padre ya ha caído —dijo su interlocutor.

La joven entrecerró los ojos. Recordaba el encuentro en una posada de Lengadòc. Ella volvía de una de sus escapadas, con la bolsa llena de monedas, camino de Narbona. En la conversación de la mesa de al lado, oyó un nombre una y otra vez: Montlaurèl. Escupido con rabia, mascado con furia, tragado con desesperación. El mismo dolor que por las noches la atormentaba, con horribles pesadillas en las que ardía su vida, y piras de enormes ojos azules que devoraban todo lo que respiraba. El humo de las antorchas, las hogueras y la carne quemada era un olor que jamás se olvidaba, ni siquiera en sueños. Luego, el silencio de los muertos, que era el sonido más estremecedor que el tiempo infligía a los vivos. Por esa razón, Isabeau no tardó en abrirse paso hasta la mesa y trabar conversación con un hombre que parecía destilar la misma rabia que ella sentía contra los Montlaurèl. Desde aquella noche había recorrido un camino de venganza que la había llevado hasta hoy. Hasta ese momento. La realidad de lo que había hecho se erigió frente a Isabeau como las mismísimas balanzas del Juicio Final. Un hombre había muerto. Un monstruo, sí; pero al hacerlo ella se había manchado las manos de sangre. El otro seguía hablando:

—Desde el momento en que entres en el castillo, estarás sola.

—¿Y qué te hace pensar que seguiré adelante, si no tengo garantías de salir indemne?

Cirac esbozó una sonrisa que le heló la sangre a Isabeau y dijo:

—Por la misma razón que te jugaste la vida en Montlaurèl para conseguir esto —dijo, mostrando el anillo en alto.

—Las cosas han cambiado —dijo Isabeau, imitándole.

—¿Cómo?

—Tal vez mi sed de venganza ya está saciada. El padre ha muerto, ¿no?

El hombre que estaba sentado frente a ella la miró con la curiosidad egoísta del que no comprende por qué los hechos no se suceden conforme a sus deseos. Su semblante era de piedra, surcado únicamente por una grieta de carne rosada que le recorría el cuello desde la oreja. Isabeau no había mirado en ningún momento la cicatriz de Bertrand de Cirac, pero él sabía que la había visto. Todos la veían, y todos fingían que no. Cirac dijo:

—Te olvidas del obispo. Quedan dos hijos vivos.

—¿Qué me importa a mí eso? ¿Qué culpa tienen ellos de ser hijos de un animal? —dijo Isabeau, recordando la forma en que Rotger de Montlaurèl la había mirado cuando su padre acababa de abofetearla. No eran los ojos de una bestia a la que aplastar. Y después, cuando sus labios se unieron... No era el beso de un monstruo.

—Quizá ninguna, pero si quieres que tu precioso

cuello siga unido a tu cabeza, más te vale seguir al pie de la letra mis órdenes. Te advierto...

—¿Me estás amenazando? En esta taberna la mitad de los que beben llevan un puñal, y todos acudirán en mi ayuda si hago una señal —exclamó Isabeau, mirándole furiosa—. Mide tus palabras.

—No entiendes nada. ¡Nada! —El desfigurado bajó la voz y dijo—: Rotger de Montlaurèl sospecha de ti. Está aquí, en Narbona. El robo del anillo, la misma noche de la muerte de su padre... Te está buscando, y si no te ha encontrado ya, acabará por hacerlo. Le conozco. Si no haces lo que te digo, terminarás ahorcada por ladrona y asesina.

Isabeau guardó un silencio mortal, mientras las náuseas ascendían por la boca de su estómago. La mirada del obispo cuando la había visto en el mercado de Narbona confirmaba lo que el otro decía. Debía ir con cuidado, medir muy bien su siguiente jugada, pero lo que no podía hacer ahora era revelar al hombre que tenía frente a ella el inmenso desprecio que sentía por él y por lo que habían planeado. Bajó la cabeza para ocultar su expresión. Cirac interpretó el gesto de Isabeau como un signo de aquiescencia. Buscó en su jubón y sacó un rollo manuscrito, atado con una cinta negra y sellado con cera del mismo color. Lo depositó frente a la muchacha, dejó el anillo con la perla negra al lado, y dijo:

—Ocúpate de colocar esto entre las pertenencias del obispo Rotger de Montlaurèl. Se aloja en el castillo de la vizcondesa.

Isabeau asintió, pero su mente era un torbellino de preguntas y maldiciones. Cuando se presentara en el castillo con los hombres de Salomón, pondría su vida y la de todos los demás en peligro. Guardó silencio y levantó el mentón, desafiante. No pensaba demostrar debilidad frente al que había sido su cómplice hasta ahora. La alianza, forjada por el odio común, había embrutecido su alma. La presencia de Íñiguez se lo había recordado, aun si el toledano no conocía toda la verdad. Siempre había sido la vara de medir a partir de la cual Isabeau había sabido distinguir el bien del mal, y ahora estaba segura: el camino que había emprendido le corrompía el espíritu.

Cirac entreabrió los labios y sus dos incisivos brillaron como si fueran los de un felino, prestos a clavarse en un trozo de carne cruda.

—Cuando nos volvamos a ver, ladrona, nuestros enemigos estarán muertos.

Se levantó, abrió la puerta y salió sin mirar hacia atrás. En ausencia del desagradable invitado, la luz del sol pareció brillar más confiada en la posada de la Oca Roja. Isabeau tomó el pergamino en silencio y jugueteó con él, ensimismada.

—Tienes conocidos de lo más desagradables. ¿Qué quería ese individuo de ti?

Guerrejat se dejó caer en una silla frente a Isabeau y la miró fijamente. Respondió, encogiéndose de hombros:

—Es un cliente. Se encaprichó de una joya, una perla negra —dijo, señalando el objeto.

—Pero no se la ha llevado. Y algo me dice que no es ningún regalo —dijo Guerrejat, observando atentamente a Isabeau. Añadió—: No me gusta su aspecto, y no me refiero a su cara.

—Créeme, a mí tampoco, pero nos conviene. Nos ha abierto las puertas de la residencia de la vizcondesa de Narbona.

—O las del infierno. —Guerrejat tomó el rollo que Cirac había traído y lo examinó con curiosidad, dándole la vuelta. No había ninguna inscripción en el exterior del pergamino, pero en el sello de cera negra se podía distinguir una cruz:

—¿Qué significa ese símbolo? Lo he visto hace poco —dijo Guerrejat, intrigado.

—Ni lo sé ni me importa —mintió Isabeau. Pareció despertar del ensimismamiento en que había caído tras la partida de Cirac. Añadió—: ¿Dónde lo has visto?

—Uno de los pasajeros que traje a Narbona llevaba un fajo de pergaminos con esa marca.

—¿Pasajero? —Isabeau miró a Guerrejat con curiosidad—. ¿Qué quieres decir?

—Preguntas demasiado —dijo Guerrejat, observando los labios de Isabeau con detenimiento.

—Apuesto que tiene algo que ver con esos negocios

que te traes con Salomón. ¿Por eso estás aquí, verdad? ¿Qué le has ofrecido? Debe de ser algo muy atractivo para que te permita participar en el golpe más importante de la cofradía.

—Hablando de cosas atractivas... —dijo él, con una sonrisa y haciendo caso omiso de la pregunta de Isabeau.

—Y apareces armado hasta los dientes... ¿A quién has venido a robar? —dijo Isabeau, contemplando burlona al marinero de pies a cabeza. Llevaba un jubón de cuero marrón que había conocido mejores días, y sus calzones eran de color marrón oscuro. Entre las dos prendas, una faja de seda azul oscura sujetaba una cimitarra. Sendas cinchas de cuero le cubrían los antebrazos, y una daga asomaba en cada uno.

—En mi profesión, uno nunca sabe con qué bolsa terminará pagando la cuenta.

—¿Cuál es esa profesión, por cierto? Pareces algo a medio camino entre un bufón y un loco.

—Te diré lo que no soy: ciego. Luchas bien y hablas mejor. Creo que formaremos un espléndido equipo.

—No me interesan tus opiniones —replicó la joven.

—Qué lástima. A mí me interesan mucho las tuyas. Especialmente las que se refieran a mí.

Guerrejat sonreía y mostraba sus dientes, blancos e inusitadamente limpios para un hombre de mar. Sus ojos eran azules, y al mirarlos despedían una expresión honesta y sincera, como solo hacen los que miran de frente. Isabeau no pudo evitar que una ligera sonrisa asomara a su rostro. En medio del aprieto en que se encontraba, estar sentada frente a Guerrejat mientras este la contemplaba a placer no era lo peor que podía hacer. Su adversario de la primera noche en la Oca Roja tenía la virtud de irritarla un instante y al siguiente, arrancarle una carcajada. Como si hubiera leído su pensamiento, él dijo:

—No soy tan malo después de todo, ¿verdad?

—Eso aún está por ver. Es posible que seas un espía y que nos traiciones a todos. Entonces tendré que matarte, pero no lo haré sin causarte antes un profundo dolor —dijo Isabeau, muy seria.

Guerrejat se echó hacia atrás y estudió el rostro de fina piel blanca y el pelo rojo de la muchacha, y sus ojos de esmeralda. Hizo una mueca divertida y dijo:

—He visto mujeres muy hermosas en mis viajes: odaliscas con caderas y cinturas de ensueño, esclavas negras de carne firme y pechos en los que un hombre podía perder la vida y el tiempo, y mujeres del norte de pelo de oro, iris de plata y labios tan rojos como la sangre. Incluso una vez creí ver una sirena entre las olas de un mar cuyo nombre he olvidado.

—¿Y a pesar de haber conocido esas beldades increíbles sigues actuando como un crío? —dijo Isabeau—. ¡Qué desperdicio!

—Y a pesar de eso, creo que cambiaría todas esas caderas y pechos y labios por verte fruncir el ceño cada día —dijo Guerrejat.

—Dudo que salieras ganando con ese intercambio. No eres buen negociante —dijo Isabeau con una sonrisa.

—Quizá no. Pero soy el mejor capitán de barco desde Constantinopla hasta Valencia.

—Eres el dueño de un barco —dijo Isabeau, lentamente. Jamás había subido en uno.

—No es un barco, es *La Fidanza*. La nave más bella y obediente del Mediterráneo. —Guerrejat lo dijo con orgullo.

—¡Eres pirata! —exclamó Isabeau, incrédula.

—Llevo mercancías y pasajeros de un lado a otro. Jamás he comerciado con esclavos, y nunca he causado un naufragio, al menos a sabiendas —declaró Guerrejat.

Isabeau se quedó pensativa un momento. De repente levantó la vista y exclamó:

—¡Por eso estás aquí! Frente al castillo de Narbona está el palacio del arzobispo, a un lado la plaza del Mercado Nuevo y al otro las murallas que dan al *Aude*. Es decir, alguaciles y guardias apostados en cada esquina, excepto en el río.

Guerrejat asintió:

—Excepto en el río, así es.

—¿Por qué no me lo dijo Salomón desde el primer momento? Nos habríamos ahorrado tiempo —dijo Isabeau, algo molesta.

—Sospecho que en esta cofradía tenéis una manera muy particular de contar las cosas. Es decir, mentís hasta que no os queda más remedio que decir la verdad

—dijo Guerrejat, mientras una sonrisa le bailaba en los ojos. Esta vez Isabeau no pudo evitarlo: se echó a reír ruidosamente, y el marinero se unió a sus carcajadas. Se inclinó hacia ella y murmuró:

—Y cuando ríes, entonces estoy seguro.

—¿De qué?

En ese momento se acercó Carmesinda nuevamente.

—Isabeau, dice Salomón que cuando termines te espera. —Y sonrió pícara a Guerrejat, alejándose hacia la barra de la taberna mientras cimbreaba sus caderas.

Isabeau se levantó y dijo, sin mirar atrás:

—Voy arriba. Procura no meterte en líos. Te necesito vivo un par de días más.

Guerrejat soltó una carcajada e hizo una seña pidiendo más cerveza.

—A tus órdenes, mi señora.

La habitación en la que Petrus había instalado a Garsenda era más sencilla que la de Map, y el secretario de la vizcondesa se disculpó por ello.

—A estas horas el castillo ya acoge a todos los invitados de la vizcondesa Ermengarda, que no son pocos.

Walter Map inclinó la cabeza, en señal de agradecimiento. Cirac se había esfumado en cuanto encontraron a Petrus, aduciendo negocios urgentes en la ciudad. El monje se había encargado de explicarle al escribano que la hermana del obispo precisaba alojamiento.

—Sois un buen hombre. Muchas gracias por vuestra amabilidad —dijo Garsenda, tímidamente.

El escribano la miró con interés, como si hasta Garsenda solo hubiera sido un renglón en su libro de cuentas. Tenía las mejillas redondas y la expresión franca; aún no había conocido maldad. Le hubiera gustado decirle que se equivocaba, y que ser el hombre de confianza de la vizcondesa exigía, a veces, cerrar los ojos cuando un hombre verdaderamente bueno habría empuñado las armas; pero nada ganaba atemorizando innecesariamente a una doncella inocente. Para eso ya estaba su prometido, por lo poco que había visto de él. Repuso, educadamente:

—Vuestro hermano es buen amigo de la casa de Narbona, y la vizcondesa cuida de sus vasallos leales.

Walter miró al escribano.

—¿Es que la vizcondesa tiene vasallos que no lo son?

—Vos servís al rey de Inglaterra, hermano Map —dijo Petrus plácidamente—. Sin duda sabéis que todo señor tiene enemigos, incluso entre las filas de sus vasallos.

—¿Y estarán aquí esta noche? —inquirió Map.

—Así es. Pero no quiero inquietar a la dama Garsenda. Sin duda estáis cansada, os dejaremos reposar. —Petrus desvió hábilmente la conversación.

—Gracias, mi señor —repuso Garsenda, ejecutando una reverencia con más voluntad que gracia. Saltaba a la vista que hacía poco que había salido del castillo de su padre, y que Narbona era la primera corte que visitaba. Petrus sonrió y, junto a Walter, abandonó la estancia.

Tres horas más tarde, Walter Map se dejaba caer en la blanda cama de su estancia en el castillo de Narbona. Después de dejar a Garsenda, Petrus le había invitado a recorrer la biblioteca de la escuela catedralicia. Lo que parecía una agradable manera de terminar el día había acabado empañada por los dos aburridos cánones que Petrus le había asignado, antes de desaparecer para atender sus obligaciones.

Así, el disfrute que Walter habría extraído de la lectura de los manuscritos se vio cercenado por las interminables explicaciones, a cuál más aburrida, acerca de las circunstancias en las que los códices y pergaminos habían terminado en la biblioteca de la catedral. «Los caminos de la cultura son inescrutables —pensó Walter—, pero los del aburrimiento son claros y distintos como un hueso roto.» Se estiró sobre la cama, cerró los ojos y dejó que el suave olor del lino recién lavado le envolviera.

Notó un pinchazo en el costado y se llevó la mano al lugar, palpando en busca de una piedrecilla o un bulto. No era el momento de ponerse enfermo. En lugar de eso, encontró un diminuto pergamino tan finamente enrollado que la punta se había hincado suavemente en su espalda. Walter Map se incorporó y lo abrió. Era una nota sin firma. Contenía solamente tres palabras, pero lograron estremecer al inglés:

NARBO VICECOMITISSA HAERETICA

El monje exhaló un largo suspiro. La noche, por lo visto, apenas acababa de empezar.

En el despacho de Salomón, este y el toledano estaban compartiendo una jarra de vino con expresión lúgubre.

Íñiguez se rascó el mentón y dijo:

—Montlaurèl, ¿eh?

Salomón preguntó en voz alta lo que ambos pensaban:

—¿Qué tendrá que ver el hombre de la cicatriz con Montlaurèl?

—No tengo la menor idea —dijo Íñiguez—, pero esto no me gusta.

—Si yo fuera ese obispo, iría con mucho cuidado —dijo Salomón.

—Y, si yo fuera un viejo judío, también iría con cuidado —dijo Isabeau, de pie con los brazos en jarras desde el umbral de la puerta, clavando sus ojos en Salomón y en Íñiguez. El judío arrugó su rostro en una sonrisa al verla. Isabeau tomó un vaso de la bandeja que había en la mesa y se vertió una generosa cantidad. Se lo llevó a los labios, bebió un trago y preguntó:

—¿De qué hablabais?

—De tu amigo, el hombre de la cicatriz —replicó Salomón.

Los dos hombres observaron claramente el respingo que dio Isabeau.

—¿Qué pasa con él? —preguntó la muchacha, dejando el vaso de golpe.

—Estamos bailando todos al son que tocas, y aún no nos has dicho de la misa la mitad —dijo Íñiguez—. ¿Es que tenemos pinta de haber nacido ayer? Este pobre hombre —dijo, señalando hacia Salomón, que se esforzó cuanto pudo por parecerse a un pobre hombre— se está jugando el pellejo. ¿Quién es el hombre de la cicatriz?

Isabeau inspiró profundamente. No podía seguir con la pantomima. Al menos, no si quería que todo saliera acorde a su plan. «Mejor media verdad que una mentira entera», solía decir Íñiguez. Seguiría el consejo de su maestro para que este la dejara en paz: viejos trucos para engañar al viejo zorro.

—Hay un problema —confesó.

Íñiguez se echó a reír.

—¿Solo uno? Así me gusta, pelirroja. A ver, ¿cuál?

—Hay alguien en el castillo que podría reconocerme —declaró Isabeau. La reconocería sin lugar a dudas, porque acababa de perseguirla por media plaza de Narbona, dijo una vocecita burlona en su mente—. El obispo de Montlaurèl.

—¿Un Montlaurèl, aquí en Narbona? —preguntó Íñiguez, alarmado.

—¿Qué tiene eso de extraño?

—Nada, pero... —El toledano se giró a mirar a Salomón.

El judío tenía el rostro velado por una sombra de preocupación, que se esforzaba por disimular. En otro, sería simple prudencia. En un hombre como Salomón ben Judah, que había batallado con la edad y aún vencía a la muerte, era más terrible que la sombra de los grilletes de los alguaciles o el hacha del verdugo. Dijo, lentamente, como si quisiera creer sus propias palabras:

—Los Montlaurèl son señores del norte de Lengadòc que mantienen buenas relaciones con la vizcondesa. No es de extrañar que estén convocados a las celebraciones del fin de la Pascua y del concilio.

—Pero si te reconocen... —Íñiguez estaba inquieto como un felino que hubiera olisqueado a su adversario. Al principio solo intuía que Isabeau no le estaba contando toda la verdad. Ahora estaba seguro.

—¿Qué más da eso? Soy Isabeau de Fuòc, *trobairitz* de Lengadòc, y nada más natural que esté en Narbona. Mi fama me precede, se acuerdan de mi voz y mi cuerpo y de nada más. ¿Quién va a creer que soy una ladrona? Y no queda ya nadie que pueda acordarse de una bruja y de su hija, y de algo que pasó hace diez años.

—¡Isabeau! —exclamó Íñiguez, tajante. Nunca hablaban de lo sucedido. Era un pacto inviolable, y el mero hecho de que Isabeau lo estuviera rompiendo indicaba que algo no estaba bien.

—Esta no es la forma en que funciona la cofradía y lo sabes —dijo Salomón.

—Todo irá bien. Os lo prometo —dijo Isabeau.

—No me fío un pelo de ti —dijo el toledano.

—¿Por qué no?

—Porque eres una granuja como yo, pelirroja —dijo Íñiguez—. Esto va a terminar mal. Y cuando quieras arreglarlo, será tarde. Y esta vez te aseguro que no estaremos allí para protegerte.

Isabeau no respondió. El toledano tenía razón. Era de justicia que supiera, al menos, una parte de la verdad. Pero no toda.

—Montlaurèl sabe que soy una ladrona —confesó.

Acababa de quitarse un enorme peso de encima.

Íñiguez se levantó de la mesa donde estaba recostado y cruzó una mirada de alarma con Salomón.

—¿Cómo?

—No estoy segura —mintió la joven—. Pero no importa; no creo que pueda seguirme la pista hasta la cofradía.

—¿No lo crees? —dijo Íñiguez con ironía—. Ah, bueno. Eso lo cambia todo.

Salomón la miró, dubitativo.

—No os preocupéis. Me las arreglaré —insistió Isabeau. Cuanto más escepticismo leía en los ojos de los otros dos, mayor era su intención de seguir adelante. Era como si, al cerrarse la puerta, de repente ahora su mayor deseo fuera franquearla.

—Si me dieran una moneda por cada vez que he

oído esa frase... —El judío alzó los brazos al cielo, teatralmente—. Sabes perfectamente lo que me juego, y no pienso dejar nada al azar. Si te descubren, mi cuello corre tanto o más peligro que el tuyo, y el de mis hombres también.

—¡Maldita sea, Salomón! Voy a hacerlo y punto, con o sin vosotros. Te lo dije desde el primer día —estalló Isabeau.

Estaba enfadada, porque sabía que los dos tenían razón, y porque, al mismo tiempo, la tentación de llevar su plan hasta el final era más fuerte que su sentido común. En el fondo de su corazón, Isabeau sabía que tenía que hacerlo, aunque sus acciones acabaran con su vida y, lo que era peor, hirieran a la gente que confiaba en ella. «Una vez más, solo una vez más», susurraba su corazón. Isabeau se mordió el labio, sin dar su brazo a torcer. Íñiguez no se había perdido ni un detalle del rostro de la joven. Se volvió hacia el judío y dijo, con ironía:

—¿Has visto algo más terco en toda tu vida, viejo amigo?

A Salomón no se le escapó la sombra de preocupación que envolvía las palabras de Íñiguez. Asintió imperceptiblemente.

—Está bien. Vete con Guerrejat al puerto. A partir de este momento, no volveremos a vernos hasta que regreséis —ordenó Salomón. Sacó una llave de hierro del escritorio. Colgaba de una fina cinta de seda roja y ostentaba el sello de Narbona—. Esta llave me ha costado buen dinero, así que usadla bien. Joachim y el Tuerto os esperarán en el castillo para ayudaros a sacar el tesoro. Luego, que la Fortuna os acompañe.

Isabeau dio un paso adelante, tomó la llave que el judío le ofrecía y se abrazó con fuerza a Íñiguez. Desapareció por las escaleras. El toledano no había despegado los labios. Salomón ben Judah miró a su viejo amigo con una mezcla de calma y resignación. Ambos se quedaron contemplando la puerta una vez que Isabeau se hubo ido.

—Tiene la sangre alterada, como un potro que busca prado —dijo el judío, pensativo.

—Como una mula torda más bien —gruñó Íñiguez—. Reza a tu dios por todos nosotros, viejo amigo, porque yo ya no tengo altares a los que encomendarme. Vamos derechos a la ruina.

6

La vizcondesa Ermengarda

El embarcadero y los astilleros que componían Les Naus, el pequeño puerto fluvial de Narbona, situado en las afueras de las murallas, se recortaron contra el sol del atardecer cada vez más pequeños, hasta fundirse con el disco rojizo. Lentamente, se apagó el bullicio de hombres y naves que hormigueaban por el muelle, y solo quedó el murmullo de las barcazas que, compañeras de agua de las truchas y las anguilas, igual que ellas remontaban el curso del río Aude desde los estanques y las lagunas del sur. El río desembocaba en el Mare Nostrum por el paso cercano a la isla de San Martín, y allí fondeaban la mayor parte de los barcos que recorrían la cuenca mediterránea. Desde la embocadura del *Grau* de Narbona, o también por el de Grazel, el resto de las naves cuyo calado les permitía navegar por el Aude subían por el río y echaban amarras cerca de la Porta Aquariam de la ciudad para descargar sus mercancías, casi enfrente del nuevo mercado. El palpitar comercial de Narbona estaba allí desde que la vizcondesa aceptó repartirse con los comerciantes y armadores más ricos de la ciudad el coste de trasladar las tiendas y las alhóndigas del viejo mercado para establecerlo más cerca del río. A ambos lados del Aude se extendían bosques de chopos y almeces que arropaban el curso de *La Fidanza* mientras la nave lamía suavemente las orillas del río. El contorno de las murallas de la ciudad, altas y siniestras, se vislumbraba cada vez más cercano. Un soplo de brisa ondeó en la vela mayor, bisbiseando entre los obenques. Los marineros se deslizaban, ágiles como gatos, desde la cofa del palo mayor hasta los castillos de proa, asegurando los paveses de mimbre que protegían la mercancía que ya no tenía cabida en la bodega del buque, o que debía conservarse lo más fresca posible y lejos de los malos olores de la sentina. Eran cuatro, pero se movían de tarea en tarea tan rápidos y eficaces como si fueran ocho. Cuando Isabeau subió a la nave, la habían mirado con interés, pero ahora se limitaban a echarle un vistazo de reojo de vez en cuando, con sonrisitas desdentadas y burlonas. A la joven no le importaba nada. Solo quería morirse, y cuanto antes mejor.

—¿Cómo estás?

La voz de Guerrejat, a sus espaldas, distrajo momentáneamente a Isabeau de las náuseas. No bien había puesto pie en las planchas de madera de *La Fidanza*, el almuerzo de pan, cerveza, queso y miel que se había tomado en la Oca Roja antes de ir al puerto con Guerrejat empezó a recorrer el camino inverso, y llevaba toda la travesía río arriba pugnando por salir. La joven reunió fuerzas suficientes para levantar la cabeza y replicar:

—¿Tengo cara de estar bien?

—Vaya si eres arisca —respondió Guerrejat, cruzando los brazos.

—¡Déjame morir en paz! —exclamó Isabeau, cerrando los ojos.

—Serías la primera víctima mortal del mareo.

—Todo es culpa de esta cáscara de nuez que llamas barco. ¡Apesta a pescado podrido!

—Cuidado con lo que dices. Construir esta cáscara, como tú la llamas, me costó lo mío. Tuve que comprar mis buenas treinta libras de madera —dijo Guerrejat. Bajó la voz para añadir, muy serio—: Además, yo jamás he comerciado con pescado, ni con ningún otro tipo de carne. —Se rascó la barbilla, fingiendo reflexionar—: Bueno, a decir verdad...

—¡Vete al infierno! ¿Por qué nos movemos tanto? —dijo Isabeau. El rítmico bogar de *La Fidanza* mientras se abría paso en el Aude era un martilleo insoportable en su estómago.

—¿Qué quieres decir? Podríamos oficiar una misa en cubierta sin que cayera una gota de vino. Ni siquiera estamos en las lagunas de la desembocadura y mucho menos en alta mar. Allí, las olas podrían devorar un toro con la misma facilidad que tú aplastarías a un escarabajo.

—¡Ugh! —La estampa combinada de un mar embravecido y de las vísceras del insecto arrancó una nueva arcada a la joven.

—Menuda faena —dijo Guerrejat—. Tendré que volver a la Oca Roja y decirle al viejo Salomón que su ladrona favorita es un ratón de tierra que se ahoga sola en agua dulce.

Isabeau seguía doblada sobre el galón, por encima de la falca de madera de popa, temblándole las rodillas y con la boca llena de bilis. Se irguió lo mejor que pudo, en busca de una apariencia de dignidad, y repitió, balbuceante:

—Maldigo a tu barco, maldigo a Salomón y te maldigo a ti. —Y remató la frase con un sonoro eructo, seguido por un gemido abochornado. Estaba segura de que a pesar de su semblante serio, Guerrejat estaba disfrutando de lo lindo con el lamentable espectáculo, y eso redoblaba su humillación. El corsario respondió:

—Tendré que arrojarte por la borda: las maldiciones sobran en un barco. Por suerte, no soy supersticioso, así que no te lo tendré en cuenta.

—¡Me importa un bledo lo que hagas o dejes de hacer! Mejor dicho, haz algo y pronto —Isabeau tragó saliva con una mueca de asco y una sombra de preocupación— o no estaré en condiciones de hacer nada en la corte esta noche.

—¿Que haga algo? —Guerrejat se acomodó despreocupadamente justo al lado de Isabeau, como si se dispusiera a contemplar el paisaje de la otra orilla—. ¿Algo como qué?

—Eres una rata de mar, ¿no? ¡Algún remedio ha de haber para esta tortura...!

—Ahora que lo dices... —dijo Guerrejat, rebuscando en su bolsa con indolencia. La joven sintió cómo la furia y el mareo se aliaban en un infernal ataque de náuseas de renovada intensidad. El corsario sacó un cuchillo de filo combado y se acuclilló sobre uno de los barriles que había a sus pies. Abrió la tapa, y un olor dulzón se mezcló con la madera y la sal. Cortó un pedazo del contenido y lo acercó a los labios de Isabeau.

—¿Qué es?

—Te irá bien.

—¿Qué es? —repitió Isabeau. Sintió otra arcada subiendo desde la base del estómago.

—Dulce de membrillo.

Guerrejat le tendió un trozo, pero ella lo rechazó con la cabeza.

—No pienso comer nada. ¿Cómo se te ocurre? ¿No hay otro remedio?

—¿Qué esperabas que te ofreciera? ¿Un collar de dientes de tiburón?

—¡Sí, mientras sirva de algo! —exclamó, desesperada.

—Lamento decirte que no, no sirve de nada en absoluto. Se lo damos a los grumetes primerizos cuando se marean. Es muy divertido ver cómo se aguantan los vómitos —declaró Guerrejat solemnemente.

La brisa del atardecer acariciaba la cubierta, y el remolino de olores de mar, brea, tierra y trigo, hizo gemir a Isabeau:

—¡No pronuncies esa palabra!

—¿Cuál? ¿Vómitos?

—¡Por Dios santo! ¿Es que este barco no puede estar quieto?

—Es una idea original, pero el principio de cualquier nave, incluida *La Fidanza*, es moverse —respondió el corsario. Tomó el membrillo y lo desmenuzó entre las yemas de sus dedos índice y pulgar. Se arrodilló y acercó el alimento a la boca de Isabeau. Esta entreabrió los ojos. El olor era apetecible y por primera vez en un buen rato no sintió náuseas. Guerrejat untó con cuidado el dulce en sus labios. Isabeau probó el membrillo. Era empalagoso y consistente. Le gustó, si es que podía afirmar tal cosa después de aquel horrendo malestar. Guerrejat dijo, levantándose:

—Ahora, ponte de pie. ¡Vamos! La brisa del río te refrescará.

Isabeau trató de seguir la orden de Guerrejat y se aferró al borde del galón. Estiró cabeza y cuello hasta sacar casi medio torso fuera del barco. El vaivén del barco, aunque suave, tamborileaba implacable en su estómago maltrecho. Gimió otra vez, aunque notaba que la fuerza regresaba paulatinamente a sus rodillas. En ese momento, se oyó un crujido, parecido al gruñido de las aspas de un molino, y *La Fidanza* detuvo su marcha abruptamente. Isabeau perdió el equilibrio y estuvo a punto de caer. Guerrejat la agarró y con un diestro movimiento hizo un as de guía alrededor de la cintura de la joven y la aseguró a la abrazadera más cercana. Isabeau protestó, mareada:

—¿Qué haces? ¡Espera!

—Ahora vuelvo —replicó Guerrejat. Se giró hacia sus hombres y gritó—: ¡Soltad lastre! ¡Moveos, moveos!

Los marineros dejaron todo lo que tenían entre manos y se apresuraron a obedecer las directrices de su capitán. A babor y estribor, por la borda empezaron a arrojar bultos, barriles y sacos entre juramentos e idas y venidas de la tripulación. Dos hombres se asomaron a ambos lados, pero desde la cubierta no alcanzaban a ver si había daños mayores en el casco de la nave. Guerrejat se subió a la falca, se quitó el jubón y la camisa y se deslizó hasta el agua ayudándose de las cuadernas del casco. Estaba un poco turbia. Se sumergió bajo la superficie y comprobó que apenas quedaba una braza hasta tocar el fondo. El calado del Aude no era muy profundo, cosa que ya sabía cuando dejaron atrás el puerto fluvial de Les Naus. Guerrejat había creído que podría remontar el Aude sin problemas, porque el puntal, de plan a cubierta, era de unas dos brazas y media, y no era la primera vez que lo hacía. Pero el lecho del Aude estaba más arenoso que de costumbre y *La Fidanza*, aunque ligera, era coca de mar y no leño de río. Ahora tenía que averiguar si su error iba a costarle el barco. Buceó por debajo del casco, hasta la quilla, para examinar su estado. Cuando volvió a la superficie, gritó a sus hombres, sin ocultar su alivio:

—¡Está intacta! Solo ha topado con un poco de azolve y arena. ¡Vaciad también el aljibe!

Trepó hasta la cubierta, izándose con los cabos que le tendieron sus hombres.

—¡A remar tocan! Bajad con la chalupa y los dos amantes grandes. Creo que con eso bastará —ordenó, atento a la inclinación de la amura de la nave. Añadió—: Si no, con un par de almadías río abajo tiraremos del casco para salir del apuro.

—¡Desátame, pedazo de bestia! —gritó a sus espaldas Isabeau.

Guerrejat se volvió hacia ella y la observó con expresión singular. Dijo, imperturbable:

—Mi barco está bien, gracias. La quilla no se ha partido. Todo sigue de una pieza.

—¡Si nos hubiéramos hundido, me habría ahogado atada a este montón de madera podrida!

—Antes de permitir que *La Fidanza* se hunda, cavaría una zanja para que el mar se escurriera hasta el fin de la Tierra —replicó Guerrejat—. Y en cuanto a dejar que te ahogues...

—Más vale que me desates y no pierdas más el tiempo —interrumpió Isabeau.

—¿Siempre has tenido ese carácter, o son los aires del puerto?

—Es la compañía de gente como tú —dijo ella, sonriendo y ya repuesta, mientras Guerrejat deshacía el nudo. En ese momento, los marineros gritaron:

—¡Ancla apeada!

—¡Narbona a la vista! —gritó el vigía.

—Saludos, preciosa —murmuró Guerrejat al ver la Portam Aquariam.

—¿A quién llamas preciosa? —dijo Isabeau.

—A ti no, descuida, aunque ya te he dicho que tienes buenas hechuras —dijo él, mirándola de arriba abajo. Aclaró—: Voy a robarle una fortuna a una dama, y la cortesía quiere que me presente. Siempre lo hago. De lo contrario, la Fortuna, que también es mujer, me dará la espalda.

—Pensaba que no creías en supersticiones.

—Es puro sentido común —sentenció él, muy serio.

Isabeau volvió a reírse sin querer y se dio cuenta de que no era la primera vez que le sucedía con Guerrejat al lado. Él dijo:

—Me alegro de que estés mejor.

—Lo que has dicho antes...

—¿El qué?

—Eso de que vas a robarle una fortuna a una dama. Yo también hacía lo mismo cuando era pequeña: me imaginaba que iba a robar el tesoro de un rey, aunque solo fuera a por un mendrugo de pan. El corazón latía más rápido y me hacía estar alerta. Sigo haciendo lo mismo hasta hoy —dijo Isabeau con los ojos brillantes. Calló tan abruptamente como había hablado. No sabía por qué confiaba en un extraño.

Guerrejat la miró y dijo, con una media sonrisa:

—Así que robas pensando en un hombre.

—Y tú saqueas pensando en una mujer.

—Decididamente, juntos seríamos invencibles —dijo el corsario.

Por un instante, cruzaron una mirada cómplice y todo pareció un juego. Entonces una ráfaga de viento golpeó la cubierta de la nave y arrastró la calidez de la tarde. El anochecer, que acechaba detrás de los chopos de la orilla, cayó sobre las criaturas del río.

—Esto es peligroso. Tal vez esta noche perderemos algo más que la libertad —dijo Isabeau, cambiando de tono y escudriñando las murallas que abrazaban la ciudad de Narbona.

—La vida es peligro, y solo los necios lo ignoran. Y ni tú ni yo somos tal cosa —dijo Guerrejat, observando el horizonte de la ciudad.

Isabeau miró al corsario, y en sus ojos vio el reflejo de su propia inquietud. A pesar de su actitud desafiante, los dos sabían perfectamente que quizá no saldrían con vida del castillo de la vizcondesa. La joven puso su mano impulsivamente en el brazo del marino y lo atrajo hacia sí. Guerrejat se volvió hacia ella y la miró. En sus ojos verde esmeralda reconoció la misma vida que él llevaba. Tomó la cara de Isabeau entre sus manos y se inclinó para darle un beso largo y profundo como el mar. La piel blanca de la *trobairitz* le recordaba a las perlas que cubrían el lecho del mar, y sus cabellos rojos eran el crepúsculo de fuego que iluminaba los campos después de una batalla. Isabeau se dejó mecer en su abrazo y en el vaivén del barco que avanzaba hacia la ciudad. Lentamente, desabrochó la capa que la cubría y la dejó caer a sus pies. Cada prenda que se separaba de su cuerpo la sustituía un beso de Guerrejat, y la calidez de las manos del capitán hizo que olvidara los secretos que llevaba consigo. En silencio, con el agua de testigo, gozaron de la que podría ser su última noche de libertad, mientras *La Fidanza* enfilaba el río hasta la Porta Aquariam.

La vizcondesa de Narbona contempló el ajetreado ir y venir por el Puente Viejo de los habitantes de su ciudad, que regresaban a sus casas en los burgos al otro lado del río. Las barcazas y otras naves de quilla menor recorrían el Aude, buscando el cobijo de Narbona o del puerto fluvial. La algarabía de compradores, vendedores y curiosos se apagaba como el sol del atardecer. Dentro, el crepitar de la madera en la chimenea de las estancias privadas de Ermengarda era el único ruido que acompañaba la lectura en voz alta del pergamino. «Una nueva tribu de filisteos se yergue frente a las filas de la Cristiandad, y es el ejército de los apóstatas, que envilecen con su irreverencia a los soldados de Dios.» El arzobispo Pons d'Arsac estaba tan nervioso que se arrancó la uña del dedo meñique de cuajo, y la tierna carne de la yema se resintió con una minúscula línea de sangre que el prelado procedió a chupar. El gesto acentuó su aspecto atribulado. «¿David, por qué vacilas? Toma tu honda y una piedra, y arremete contra la frente blasfema; que la cabeza que tan imprudente se yergue termine clavada en lo alto de tu espada.» El escribano siguió recitando la retahíla de metáforas, con entonación monocorde. Las palabras retumbaban como cáscaras vacías en las paredes y suelos de piedra de la sala. «De las cenizas se levantan los gusanos de las antiguas lujurias de Sodoma, que avanzan con lluvia de fuego y cruzan el lago de las almas condenadas para manchar las tierras de Dios con su pútrido aliento. ¿Cómo puede el celo de un cristiano no indignarse? ¿Pecarán con impunidad mientras no hacéis nada? Ha llegado la hora de levantar la espada y abatirla contra la lascivia de los herejes.»

La última palabra flotó en el aire con ominosa obstinación. Ermengarda dijo, tendiendo la mano:

—Gracias, Petrus. Dámelo.

La vizcondesa tomó el pergamino entre sus manos y repasó las apretadas filas de letras, como si bastara con leerlas minuciosamente para borrarlas. Tenía el sello del abad del monasterio de Nuestra Señora de Citeaux, de cera carmesí estampada con flores de lis. Era la sutil señal de los fuertes lazos que unían a la Orden del Císter con el monarca de Francia; de la influencia política que aún emanaba de las casullas blancas. Veinte años atrás, cuando murió el abad Suger, primer consejero y regente *de facto* en Francia, muchos afirmaron que la orden de los monjes blancos perdería su influencia en la corte del joven Luis VII; ahora callaban abochornados. El poder del Císter hablaba alto y claro, en la primera carta que el abad de Citeaux dirigía al papa Alejandro III desde el final de la disputa de este con el emperador alemán.

—San Bernardo escribía cartas mucho mejores —declaró Ermengarda fingiendo un tono despreocupado que no engañó a ninguno de los presentes—. Sabía mezclar la poesía y las admoniciones. A veces no se distinguía si estaba pontificando o si amenazaba con excomulgarte. —Más seria, añadió—: ¿Seguro que es auténtica?

—Lo es, señora —respondió Pons retorciéndose las manos—. El papa Alejandro recibió el original hace una semana, en pleno Concilio. Me hice mandar una copia en cuanto mis canónigos me anunciaron su existencia.

Ermengarda frunció el ceño y dijo:

—Hace diez y cinco años, e incluso menos de dos inviernos atrás, el abad de Citeaux y sus monjes blancos recorrieron este país para limpiarlo de abominaciones, a raíz de las acusaciones de ese miserable del conde de Tolosa. ¡Y ahora esto! ¿Es que nunca tienen suficiente?

—Acordaos de lo que le hicieron a Maurandus —siseó Pons—. Yo estaba allí.

El arzobispo tragó saliva y cerró los ojos. Maurandus, un patricio pujante, se había enemistado con el conde Raimundo de Tolosa y este no había dudado en acusarle de herejía para eliminar al oligarca de la manera más ignominiosa. A cambio de salvar la vida, durante cuarenta días de penitencia, fue obligado a vagar desnudo y de rodillas, de iglesia en iglesia, recibiendo los latigazos de los fieles. Después de eso, Maurandus fue exiliado a Tierra Santa, no sin antes derribar con sus propias manos la torre más alta de Tolosa, el palacio que se había hecho construir con su fortuna de comerciante. Se rumoreaba que ese día el conde Raimundo había repartido vino entre sus servidores en señal de celebración. El arzobispo de Narbona, como primer prelado de Lengadòc, había sido testigo del proceso.

—Sí, estabais allí —replicó Ermengarda con sarcasmo—. Y seguís aquí.

—¿Qué... qué queréis decir? —tartamudeó Pons—. ¿De qué me acusáis?

—¡De nada! Justamente de eso os acuso: no hacéis nada. ¿Cómo es posible que estemos otra vez en el mismo aprieto? El Císter vuelve a azuzar al papa para que castigue el sur de Francia como si esto fuera tierra de moros y descreídos. De paso, vaciarán mis graneros con sus impuestos, como alimañas hambrientas. Y no hacéis nada. El papa Alejandro nos manda un legado extranjero, y tengo que recibirle con todos los honores, cuando probablemente viene a tirarnos de las orejas como niños desobedientes. ¡Otra humillación! Y vos, claro está, seguís sin hacer nada. Sois el arzobispo de Narbona, ¡actuad, en nombre de Dios! —exclamó la vizcondesa exasperada. Frunciendo el ceño, añadió—: Estoy sola, sola frente a una jauría de lobos. Y esta noche el más asqueroso de todos ellos, el conde Raimundo de Tolosa, se sentará a mi derecha.

—¡Eso no es justo! —protestó el arzobispo Pons—. Después de todo...

—¡Callad! No es aquí donde tenéis que protestar.

Pons d'Arsac guardó un penoso silencio. La vizcondesa tenía buenas razones para estar furiosa. El conde Raimundo, quinto de la estirpe de los Tolosa, ambicionaba el control de Narbona y era enemigo ancestral de la vizcondesa, igual que lo había sido su padre Alfonso. Cuando Ermengarda apenas contaba quince años, Alfonso la había forzado a un matrimonio con el de Tolosa, del que jamás hablaba, y que se había disuelto al poco tiempo gracias a la firmeza de los vasallos de Narbona y del conde de Barcelona, que no estaban dispuestos a permitir al de Tolosa que ocupara los ricos territorios de la joven heredera sin oponer resistencia. Alfonso devolvió a la reticente novia, el matrimonio se anuló y el de Tolosa fue obligado a jurar que sus tropas no volverían a pisar Narbona. Sin embargo, siempre había abrigado el deseo de hacer definitivamente suyas las tierras que solo lo fueron por unos días. Su hijo Raimundo no lo había olvidado, y prueba de ello era el último y desvergonzado ataque del joven conde. Aprovechando la ausencia de Ermengarda, que había abandonado Narbona para velar los últimos meses de vida de su joven sobrino y heredero Aimeric, los hombres del conde

Raimundo se habían instalado en la ciudad. Solo se retiraron ante la amenaza de represalias por parte de los aliados de Ermengarda. El escribano Petrus aún recordaba el desastre de los archivos y el tiempo que le llevó reorganizar los registros destrozados por los soldados. Por no hablar de las arcas de la ciudad. Apenas se estaban recuperando de la codicia del conde Raimundo y ya tenían que abrirle las puertas como a un huésped más. La vizcondesa tenía razón.

—Es una sucia rata, como su padre —murmuró Ermengarda—. Los soldados de Tolosa saquearon mi ciudad, arrasaron mi castillo y se llevaron carretas y más carretas llenas de pieles, grano y vino. ¡Arramblaron con los crucifijos y los candelabros de mi capilla! Y hoy el conde y toda su recua de sabandijas, incluido su heredero varón Raimundo, comerán por cortesía de las despensas y las bodegas que no tuvieron reparo en vaciar. Si fuera por ellos, hoy mi título se arrastraría detrás de los suyos.

No tuvo que añadir «otra vez». Sus ojos centelleaban y bajo su suave piel palpitaba la ira.

—El conde está en Narbona para firmar el tratado de paz —balbuceó Pons.

—¡Todos sabéis por qué ha venido de verdad! Ha venido a repartir sobornos y buscar ratas traicioneras como él —atajó Ermengarda—. En cuanto le demos la espalda, clavará sus picas en mis tierras, y nuestras cabezas en ellas.

—Debéis confiar en el conde de Tolosa. Ha dado su

palabra de que no volverá a atacarnos... —empezó Pons. Hasta el escribano Petrus, que conocía al dedillo el carácter blando del arzobispo, se sorprendió por su torpe intento de aconsejar a Ermengarda de Narbona, que no era una mujer cualquiera. Además de ser la dueña indiscutible de la ciudad, tenía un cerebro digno del mejor de los canónigos, era instruida y elocuente, y poseía el temperamento de una emperatriz. Que fuera solo vizcondesa era un accidente del destino. Petrus bajó la mirada, esperando el estallido que no tardó en llegar. La dama Esclaramunda le imitó, azorada.

—¡No os consiento sermones! —exclamó Ermengarda, enfrentándose furiosa al arzobispo.

Pons d'Arsac se arrugó como un trapo mojado, y siguió balbuceando:

—El nuevo papa... El concilio....

—¡Terminad la frase o cerrad la boca, Pons! —replicó Ermengarda, exasperada.

El arzobispo alzó sus ojos, claros y vacuos, sumido en la impotencia. Parecía un cordero o una vaca, una bestia desprovista de agudeza. Ermengarda entornó los ojos, desesperada. No había nada que la impacientase más que la estupidez, especialmente en un hombre que había gozado de una vida privilegiada como la de Pons d'Arsac. Quizá la raíz de su desprecio procedía del tiempo en que Aimeric, el padre de Ermengarda, había muerto, herido por una flecha en Fraga, luchando contra los moros, cuando ella tenía cinco años y ningún protector. Desde entonces, Ermengarda sabía apreciar la importancia del azar y de la inteligencia, pues solo así se había convertido en señora de Narbona.

Muy pronto se dio cuenta de que si sellaba sus propias cartas, su vida valdría mucho más: pasaría de ser una moneda de cambio a participar como protagonista en las solemnes ceremonias de los adultos, y algún día, tal vez, a decidir su propia suerte. Le costó una semana lograr que le permitieran aprender a leer y escribir. Rechazó todo cuanto le traían para comer, hasta que las nodrizas más inflexibles empalidecían de preocupación al ver su frágil cuerpecillo. Por fin lo consiguió. Sus tutores dieron su brazo a torcer, y Ermengarda recibió lecciones de Petrus, el *capellanus et cancellarius* del vizconde, al lado de los niños varones de la corte. Años después, el joven escribano ocupó el lugar del padre, y Ermengarda heredó el mando de la ciudad de Narbona. Habían crecido juntos; confiaba en Petrus. Por eso le escuchó cuando la voz juiciosa y resignada del secretario llenó el vacío:

—Tiene razón, mi señora.

Ermengarda asintió, impaciente. El arzobispo Pons era incapaz de formular su temor, pero tanto ella como Petrus sabían a qué se refería: el primer concilio del papa Alejandro III se había celebrado hacía pocos días y la prudencia era lo más aconsejable. No era el momento de gestos desafiantes. Tendría que fingir en su fastuosa cena y, como un bufón más, jugar a las triquiñuelas: saludar con amabilidad al legado papal y fingir que la presencia del conde de Tolosa no la irritaba. La vizcondesa inspiró profundamente y trató de calmarse. Había días en que la política era una fastidiosa partida de ajedrez, hija de la casualidad, el cálculo y la cobardía. Y había noches en las que no dormía, recitando la interminable lista de los enemigos que querían arrebatárselo todo. Alzó la mirada. No la doblegarían tan fácilmente. Abrió la puerta y salió al pasadizo, encaminándose hacia el gran salón de la planta baja. El escribano Petrus, la dama Esclaramunda y el arzobispo de Narbona la siguieron en silencio. Ermengarda dijo, sin mirar atrás, como si hablara con el aire:

—Voy a pasar toda la velada con el demonio de Tolosa a mi lado, así que más vale que el espectáculo sea espléndido. ¡Ocúpate de eso! No quiero mirarle ni una sola vez, si puedo evitarlo. —Se volvió para clavar sus hermosos ojos en el escribano y añadió—: Y dobla la guardia, Petrus. Esta noche no confío ni en el mismísimo Jesucristo.

El escribano inclinó la cabeza respetuosamente y ocultó, como buen cortesano, la profunda preocupación que sentía ante los peligros de la velada.

Las antorchas de las murallas del castillo quemaban furiosamente; sus reflejos anaranjados bailaban en las aguas del Aude y se convertían en sombras grotescas que caían sobre las tiendas de campaña erigidas en la explanada desnuda de Bellevuze, al otro lado del río.

Petrus se apartó de la estrecha ventana y contempló el interior del salón del primer piso del castillo, donde las lámparas de aceite ardían con idéntico vigor. Estaba allí para supervisar las idas y venidas del ejército de sirvientes que la Brabançona azuzaba con eficiencia irreprochable. Abajo, el rumor de los invitados que esperaban en el piso de abajo se hacía más insistente. El vino que les habían servido soltaba sus lenguas y saciaba sus gargantas. Pronto tendrían que dejarles entrar, para que tomaran asiento y se hartaran de comida y de más vino. Al otro extremo de la sala, tras unas cortinas de lino, esperaban los juglares y una larga fila de vividores, artistas ambulantes y gentes del espectáculo que iban a aparecer frente a los huéspedes de la vizcondesa de Narbona. El barullo de la crema y nata de la sociedad narbonense superaba con creces al discreto bisbiseo de los artistas: unos no se debían más que a su placer, mientras que los otros comían merced al placer de los demás. El escribano miró a su alrededor y calculó que solamente podría dedicar unos minutos para aleccionar a los elegidos, algo que jamás dejaba en manos de sus ayudantes, aunque sabía que estos solamente habían dejado pasar a los mejores. Luego tendría que apresurarse para organizar las mesas y no sentar a un enemigo al lado de su bestia negra. La vizcondesa no le había dado mucho tiempo para organizar la recepción. Afortunadamente, Petrus era un hombre tranquilo, de temple frío y muy metódico. De otro modo, jamás habría logrado sobrevivir en la corte.

—¡Cuidado! —bramó la oronda ama, girándose hacia dos esmirriados muchachos y señalando el centro de la interminable mesa que recorría la sala de pared a pared. Frente a la butaca de la vizcondesa se habían dispuesto los entrantes, delicias perladas de mar y tierra: en una bandeja de plata de dos codos de largo, ostras frescas aún en su concha, y en otra de oro, albóndigas pintadas de miel, que el ejército de cocineras de la Brabançona se había pasado toda la noche preparando. Un par de canes de la vizcondesa habían llegado a la sala atraídos por el olor de carne guisada que despedía el bocado, y estaban a punto de abalanzarse sobre ella cuando la propia Brabançona agarró a uno de los animales de la cola y lo apartó sin miramientos, sin hacer caso de los frustrados ladridos del ladrón ni de las fauces amenazadoras que exhibía el otro animal. Los dos criados se ocuparon de arrastrar a los perros fuera de la sala y Petrus se permitió una leve sonrisa. La Brabançona se acercó al escribano y espetó, con el derecho que se había ganado después de años de lealtad a la casa de Narbona y, sobre todo, a la vizcondesa:

—Primero, los *cans*. Y después, las bestias de verdad.

—Tienes la lengua muy larga —dijo Petrus.

—El rebaño que está esperando abajo vendería la piel de la señora por cuatro perras.

Petrus no contestó. Conocía a la Brabançona del derecho y del revés y sabía perfectamente lo que quería decir. Compartía esa opinión, por supuesto, pero hacía años que ni su rostro ni sus palabras eran el espejo de lo que creía sino de lo que necesitaba que los demás creyeran. El escribano contempló en silencio a sus dos ayudantes, mientras estos dejaban cruzar las cortinas de lino a los trovadores y esperaban su señal. Los afortunados se sentaban, en cuclillas, a la derecha. Todos se habían presentado con sus mejores galas, lo que no aseguraba nada más que una camisa limpia para los músicos y poetas, y alhajas y vestidos de colores en el caso de las bailarinas. Tendría que preocuparse de engalanarlos un poco mejor. Y quizás incluso mandaría bañarlos. No podían arriesgarse a otra plaga de piojos en el castillo. La última había sido un infierno. Hasta las gallinas se habían infestado. Se rascó el cogote en un gesto inconsciente. Por fin, contestó:

—No exageres. Muchos fieles de la vizcondesa estarán aquí esta noche.

—¿Ah, sí? ¿Como quién? —preguntó el ama, escéptica.

—Su hermana Ermesenda, para empezar —dijo Petrus.

Dos enanos aparecieron por la abertura, uno enfundado en un jubón negro y otro de blanco. El escribano asintió y los dos permanecieron quietos en la fila de los agraciados. «Si además saben hacer malabarismos, se llevarán un buen pellizco», pensó Petrus. A los ricos les fascinaban los seres deformes, como si su reflejo distorsionado los reconfortara. Era una moda de la temporada, igual que hacía dos veranos habían hecho furor un grupo de turcos acróbatas de pechos afeitados y largos mostachos negros.

La Brabançona se santiguó al instante y musitó con piedad:

—Que Dios ampare el alma del pobre hijo de la señora Ermesenda y le guarde en su gloria. —Guardó silencio un minuto y luego espetó, sin abandonar su expresión compungida—: La hermana de la vizcondesa no cuenta. Siempre tuvo los huesos blandos. ¿Quién más está del lado de nuestra señora la vizcondesa?

—El arzobispo de Narbona —repuso Petrus.

—Un perro faldero.

Petrus miró de reojo al ama, divertido y aliviado a partes iguales por su brutal sinceridad. Sabía por experiencia que el ama se enteraba antes que nadie de los rumores de palacio. Por eso, regularmente visitaba la cocina o se las arreglaba para charlar con la Brabançona. Era astuta y, sobre todo, leal hasta la muerte, dos cualidades que no tenían precio en un mundo donde cada puerta escondía un traidor.

—Por no hablar de los extraños que corren por palacio. Me refiero al inglés que ha traído el de Montlaurèl —dijo el ama.

Petrus replicó:

—El obispo de Montlaurèl es de absoluta confianza. No es la primera vez que es huésped de la vizcondesa. —Petrus trató de imprimir algo de severidad a sus palabras, pero la Brabançona no se dejó impresionar.

—Sí, ya lo conozco. Y algunas de mis muchachas, también —dijo el ama, burlona.

—En cuanto al inglés, es un legado papal y enviado del rey Enrique de Inglaterra.

—Bah —se limitó a decir el ama, y prosiguió con el asunto que más la preocupaba—. Pero, ¿quién va a defender a la señora Ermengarda del sinvergüenza de Tolosa, que lleva toda la tarde paseándose por el castillo como si hasta la mierda fuera suya?

—Peire Raimon y Gerard de Narbona, por ejemplo. —El escribano nombró a dos de los *cavalièrs* más fieles a la casa de Narbona y a la vizcondesa en particular.

—Ah, sí. Muy cierto. Dos buenos caballeros, sí señor —asintió enérgica la Brabançona, levantando significativamente dos dedos solitarios—. ¿Y quién más?

—Raimon de Ouveilhan.

—¡Bah! Un necio. —El ama chasqueó la lengua, disgustada—. Su padre era un buen hombre que se ocupaba de sus asuntos y no se entrometía donde no le llamaban. El chico es demasiado ambicioso para su propio bien.

—Brabançona... —advirtió Petrus, pero sin evitar que la sonrisa bailara en sus labios.

Las cortinas se agitaron y aparecieron varias jóvenes de ropas ligeras y labios rojos, pintados con una pizca de sangre de cerdo. Petrus supuso que también la habían utilizado para enrojecer sus mejillas, porque el *carminium* era demasiado caro y solo las damas podían permitírselo. Las que habían sabido realzar sus encantos estaban francamente seductoras; las otras parecían afectadas por la plaga de tan rojas que tenían las carnes o, en el mejor de los casos, lucían las mejillas arreboladas de las borrachas. Después de las mujeres, apareció un nutrido grupo de músicos que sostenían sus flautas, cítaras y demás instrumentos listos para demostrar que valían el dinero que pedían. Después, otra mujer cuya larga capa era de buen paño y lucía una insolente melena pelirroja. Tenía la piel blanquísima y Petrus no pudo evitar fijarse en ella. No parecía ni una furcia ni una bailarina; a su lado se erguía un hombre alto y delgado, que llevaba la cítara con tan poca gracia como si fuera un martillo de herrero. El escribano los observó, interesado. En la sala esperaban ya más de diez almas. Hizo una señal afirmativa y ordenó a uno de los sirvientes que se acercara. El ama prosiguió:

—El de Ouveilhan ha comprado ya la mitad del barrio al otro lado del río, más allá de la muralla —dijo la Brabançona, en tono confidencial— y las criadas me han dicho que hace una semana llegó una cuadrilla de trabajadores del norte que ya está levantando armazones para casas de tres y cuatro pisos. ¡Cuatro pisos! Monstruosidades que caerán sobre nuestras cabezas.

—Algo me han dicho del barrio de Bellevuze —repuso Petrus. Se giró hacia el ama y comentó, de buen humor—: No te quejarás. Tus criaditas y tú sabéis tanto como yo.

—¡Como debe ser! —exclamó la Brabançona, satisfecha.

El escribano sacudió la cabeza, divertido, y se concentró en la fila de intérpretes y músicos que esperaba en la parte derecha de la sala. Al notar su mirada, el grupo de muchachas se agitó como un campo de amapolas. Los juglares y los músicos eran veteranos de esas lides; sonreían exageradamente y esperaban a que los llamaran. Los enanos sonreían con suficiencia. Sabían que eran excepcionales y estaban casi seguros de ser contratados. Y la mujer de la capa y su acompañante mantenían la mirada baja. Petrus frunció el ceño, curioso. Jamás había visto un músico discreto: por lo general, armaban el mayor barullo posible para que repararan en ellos y para destacar entre sus competidores. Pronto vería de qué pasta estaban hechos. Avanzó unos pasos, les hizo una seña y dijo:

—Tenéis ocho compases.

Isabeau y Guerrejat cruzaron una mirada: triunfante ella, aterrado el capitán. La *trobairitz* entreabrió los labios y dejó escapar los versos de la *cançó*, como un suspiro y sin más música que el ruido de las conversaciones de los que esperaban:

> *Ben volria mon cavallier*
> *Tener un ser en mos bratz nut,*
> *Qu'el s'en tengra per erubut*
> *Sol qu'a lui fezes cosseillier;*
> *Car plus m'en sui abellida*

Non fetz Floris de Blancheflor:
Ieu l'autrei mon cor e m'amor
Mon sen, mon huoills e ma vida.

El escribano se inclinó hacia el criado que esperaba en silencio y murmuró:

—Ella puede quedarse, pero él es una estatua. ¿Por qué demonios no toca la cítara?

—¡Eh, tú! —exclamó el criado—. ¡La música!

El capitán enarboló el instrumento como si fuera una espada mientras Isabeau seguía recitando los versos de la pieza, mirándole de reojo. Los dedos fuertes de Guerrejat trataron de recordar las escuetas instrucciones del maestro de música, y logró arrancar algunos quejidos a las cuerdas sin que entorpecieran la suave melodía que Isabeau desgranaba.

Bels amics avinens e bos,
Cora.us tenrai en mon poder?
E que jagues ab vos un ser
E qu'ie.us des un bais amoros;
Sapchatz, gran talan n'auria
Qu'ie.us tengues en luoc del marit,
Ab so que m'aguessetz plevit
De far tot so qu'ieu volria.

La Brabançona se cruzó de brazos al lado de Petrus, y espetó:

—La muchacha canta como los ángeles.

—Cierto. El músico es deleznable, no obstante —dijo el escribano.

—Buen mozo. Probablemente sea quien le caliente la cama por las noches —dijo el ama, mientras señalaba a dos sirvientes una mesa donde disponer el vino aguado, el queso y las lonzas de pan que servirían a los juglares antes de los fastos de la cena. Se giró y, antes de desaparecer por el corredor, exclamó de buen humor—: ¡Y quien le espante a los moscones, también!

7

Noche de fuego

Ermengarda estaba furiosa y tenía que ocultar que, si hubiera podido elegir, habría expulsado a la mitad de los invitados que se habían congregado en su castillo. Era una triste ironía que en la noche más espléndida de Narbona, su dueña se sintiera una prisionera. Ardían los ojos almendrados de la vizcondesa de Narbona, igual que ardía su espíritu. Tal vez por eso había decidido engalanar con llamas de tela el Gran Salón de su palacio: con tapices rojos y dorados, colgados en honor de la visita del legado papal, algunos traídos desde los talleres flamencos del norte y otros confeccionados en la propia Narbona. En su escudo de armas también aparecían las flores de lis sobre fondo azul, que simbolizaba la paz que mantenía con el reino de Francia; pero, esa noche, Narbona era de fuego y oro. Habían sacado los candelabros de cobre pulido, y los platos tenían ribetes dorados y las jarras y copas eran de cristal rojo como el rubí, también con filigranas de oro. Las criadas y los sirvientes que atendían a los invitados de Ermengarda vestían faldas, camisas y jubones de color rojo con adornos dorados, y la propia vizcondesa había elegido un rico corpiño de terciopelo bermejo bordado con hilo de oro. El collar que ceñía su garganta y la diadema que sujetaba su tocado eran de oro puro. La sala resplandecía como si en lugar del fin de la Pascua y el concilio estuvieran celebrando la Navidad o una coronación real. Las sopas, las viandas calientes y los pasteles de carne y pescado se servían por todas las mesas bajo la supervisión de la Brabançona, que vigilaba desde la puerta del salón que comunicaba con las escaleras de la despensa y la cocina. Ermengarda escudriñó las mesas alargadas dispuestas frente a la suya. En la primera, y más cercana a la tribuna principal, se encontraban los hombres del conde de Tolosa, incluido su repulsivo mercenario, al que llamaban Lobar. Como si notara la mirada de la vizcondesa clavada sobre su espalda, dejó el pedazo de carne que estaba devorando y se volvió, exhibiendo sus dientes, sucios y desiguales, en una sonrisa que ni siquiera era lobuna, como su apodo, sino propia de una bestia que acabara de emerger de entre las puertas del infierno.

—No parece capaz de arrancarle los ojos a nadie —dijo la vizcondesa fríamente y en voz alta, mirando al arzobispo Pons d'Arsac, que se limitó a toser, aterrorizado al ver al mercenario mirando en su dirección.

Ocultó su azoramiento bebiendo un sorbo del vino de las bodegas de la vizcondesa. Siempre había encontrado un buen aliado en el vino, para los momentos en que no tenía nada que decir, que solían ser frecuentes. El conde Raimundo de Tolosa, que estaba sentado al otro lado de Ermengarda y a quien estaba dirigida la frase en realidad, replicó ácidamente:

—Como los halcones bien amaestrados, obedece solamente cuando yo se lo mando, mi señora. Cuando ningún otro método funciona con la mala hierba o con los descreídos que merecen ser aplastados como alimañas, Lobar ejecuta mis órdenes sin rechistar. Este país está infestado de ratas, por cierto, para nuestra desgracia y condenación eterna.

Ermengarda tuvo que morderse la lengua para no replicar al de Tolosa que la rata más traidora era él, y que con gusto ella sí le arrancaría los ojos con sus propias manos. Quien sí lo hizo fue uno de sus fieles gentilhombres, Raimon de Ouveilhan:

—Debéis admitir, amigo Tolosa, que a pesar de su eficiencia, Lobar es en verdad estremecedor. ¿Es que no había mercenarios con un aspecto más apto para los estómagos de las damas? —añadió, tomando su copa de vino y alzándola en dirección a la vizcondesa. Ermengarda inclinó imperceptiblemente la cabeza. El conde Raimundo esbozó una sonrisa desagradable, y sus palabras fueron frías y resbaladizas cuando respondió:

—Querido amigo, la misión de un soldado no consiste en agradar a las damas. Y en cuanto a estómagos, lo importante es que sepa reventarlos bien. Y más en estos tiempos de herejías infernales.

Hubo un silencio incómodo. Map, instalado en la butaca a la izquierda del conde de Tolosa, miró furtivamente al de Ouveilhan, cuyo rostro había enrojecido de repente, pero permanecía quieto, sosteniendo su copa de vino. Walter reparó en que apretaba con tanta fuerza el recipiente que sus nudillos estaban blancos. Ermengarda volvió a señalarle, con una sutil negación, que guardara silencio, y el de Ouveilhan apuró su bebida de un trago por toda respuesta. El conde de Tolosa, satisfecho, se volvió a Walter:

—¿No estáis de acuerdo, hermano Map, en que llegado el caso la Iglesia debe tomar medidas?

—¿Medidas, conde? —preguntó Walter haciéndose el distraído. Llevaba dos horas jugando al escondite con su incómodo vecino y tenía ganas de retirarse. El sentido diplomático le instaba a aguantar un poco más.

—Para garantizar la salvación del alma de los fieles.

—Claro, por supuesto.

—He oído decir que precisamente habéis tratado de eso en el concilio de Letrán.

Walter se removió en su asiento. Tomó una hogaza de pan y arrancó unas migas antes de decir:

—Entre otras cosas.

—¿Acaso entre los cánones aprobados no se encuentra la exhortación a la cruzada contra los albigenses y la excomunión de los que se hacen llamar, con desvergüenza, perfectos? Y contempla otras medidas más contundentes, también...

El monje inglés parpadeó. Saltaba a la vista que el conde de Tolosa tenía espías que viajaban rápido. La tinta de los cánones apenas se había secado, y ya los recitaba de corrido. Walter se preguntó qué más sabría mientras replicaba, en un tono ligero:

—También se ha prohibido que los clérigos pidan dinero a cambio de administrar los sacramentos, enterrar a los difuntos o dar la bendición; y el papa ha exigido que haya maestros que enseñen a los pobres en todas las iglesias y catedrales, y que los prelados moderen su tren de vida.

—Entiendo —dijo el conde de Tolosa, gravemente—. Queréis decir que quedará en nada. Una pena, desde luego. No imaginaba que fuerais tan crítico con la Iglesia, hermano. Pero imagino que después del incidente de vuestro rey con el papado, a propósito del mártir Becket, es difícil no serlo...

Walter le miró, alarmado por su cinismo. Tenía que decir algo. Era peligroso dejar hablar libremente a un manipulador, y estaba claro que se las tenía que ver con uno. Eligió con cuidado las palabras de su respuesta:

—En absoluto, conde Raimundo. Mi señor el rey Enrique mantiene excelentes relaciones con el recién elegido papa Alejandro. Pero sabréis lo difícil que resulta garantizar el buen cumplimiento de los cánones del concilio, mientras haya señores rebeldes a las sensatas reglas de la convivencia y el bien común.

—Cierto, cierto —convino el de Tolosa, cínicamente—. Sin ir más lejos, en Lengadòc varias villas se están rebelando más allá de lo concebible, y afirman ser capaces de gobernarse sin señor, príncipe u obispo. Gaillac, Montpeller, Nimes... Todas quieren la carta de libertad. Un desastre. Por supuesto, es culpa de ese puñado de herejes. Es una aberración. No sé cuántas veces he escrito a mi señor el rey de Francia suplicándole que ponga orden en estas tierras abandonadas. —Se inclinó hacia el monje y en voz baja dijo—: Incluso me he visto forzado a ocupar Narbona en ocasiones para salvar esta ciudad de caer en las garras de las prácticas más abyectas. Si yo os contara...

Walter optó por no responder y, al cabo de una pausa prudencial, se volvió hacia la dama Ermesenda, hermana de la vizcondesa. Esta no había probado casi bocado y apenas había hablado con nadie durante toda la noche.

—Parecéis cansada, señora —dijo gentilmente—. Quizá se acerca la hora en que sea prudente retirarse y descansar.

—Tenéis razón —dijo Ermesenda, tal y como Walter había previsto. La dama añadió con una sonrisa frágil y tímida—: Con gusto me quedaría, pero me temo que no tengo el ánimo para el baile.

—Por supuesto, señora. Y si no os importa, me recogeré igual de pronto que vos —dijo galantemente Walter, agarrando al vuelo la ocasión de huir del lado del conde de Tolosa sin desairar a la vizcondesa Ermengarda. Al entrar en la sala, el secretario Petrus le había dicho, antes de indicarle cuál era su lugar en la mesa:

—Os han colocado al lado de la hermana de Ermengarda, lo cual es un gran honor y también requiere mucho tacto.

—¿Por qué? —inquirió Walter.

—Es viuda del señor castellano Manrique de Lara, y hace menos de dos meses ha perdido a un hijo, al que mi señora Ermengarda había designado como su heredero. Así que a la pena de perder un hijo se le añade el sinsabor de que el vizcondado quede sin descendencia —explicó Petrus—. Dama Ermesenda ya ha decidido ingresar en un convento de la orden que favorece, de los *praemonstrasensis* en Burgos, donde tantos años felices pasó, pero se ha quedado unos días más en Narbona por insistencia de la vizcondesa, pues su salud es delicada.

—Entiendo. Procuraré no aturdirla con mi cháchara —dijo Walter, amablemente.

Petrus negó con la cabeza y dijo:

—No seréis vos la causa de los dolores de cabeza de mi señora ni de su hermana Ermesenda. —Y había mirado significativamente en dirección al conde de Tolosa y sus hombres.

Así pues, Walter tomó su copa y la elevó en dirección a la vizcondesa:

—Mi señora, os agradezco infinitamente vuestra hospitalidad. Igual que vuestra hermana, me retiro a mis aposentos.

La vizcondesa asintió:

—Mañana tendremos ocasión de departir lejos de tantos oídos indiscretos —añadió, mirando al de Tolosa significativamente.

Walter apuró la copa con gusto. Era un caldo con cuerpo y reconfortaba el espíritu. Se dispuso a abandonar el Gran Salón. Levantó la mano para saludar al obispo Rotger de Montlaurèl, que estaba instalado en una de las mesas frente a la tribuna, la que reunía a todos los altos prelados de la región, una colección de orondos clérigos enfundados en ropas demasiado ricas como para pertenecer a hombres que habían jurado respetar los votos de pobreza. Rotger parecía ceñudo y no dejaba de vaciar una copa de vino tras otra. El monje inglés se quedó contemplando al obispo; no le había parecido que el de Montlaurèl fuera un hombre que se entregara al vicio de la bebida. Sin embargo, tampoco consideraba a la vizcondesa Ermengarda como sospechosa de herejía, y la nota que había encontrado en su cama decía lo contrario. *Narbo vicecomitissa haeretica.* «La vizcondesa de Narbona es una hereje.» Sabía que los anónimos no eran una fuente fiable, pero le preocupaba que la denuncia le hubiera llegado precisamente a él. Aunque, por otra parte, era lógico que las lenguas se desataran más fácilmente después de un concilio, y máxime a causa de su posición como legado papal. Saltaba a la vista que el conde de Tolosa sería el primer complacido si la vizcondesa era acusada de practicar, permitir o tolerar la herejía bajo cualquiera de sus formas. Walter volvió a maldecir la misión que Enrique le había encomendado y siguió recorriendo la espléndida sala en dirección al pasadizo. En otra de las mesas, la que estaba destinada a los simples caballeros y *gentilomnes,* se encontraba Bertrand de Cirac, el desagradable pariente del obispo. Su cicatriz despertaba la morbosa curiosidad de sus compañeros de mesa, y algunos señores se reían audiblemente de él, aunque no parecía molestarle, al contrario. Su expresión era de satisfacción, como si se dispusiera a disfrutar de la velada igual que todos los demás, pero Walter sintió un escalofrío al observar, en la mejilla de Cirac, la enorme cicatriz doblándose en una sonrisa, y la dulce música de unos laúdes no hizo nada por tranquilizarlo. Cuando empezó el primer espectáculo, el monje ya había desaparecido por el pasillo hacia su aposento. Todos los nobles recibieron a los músicos con vítores y palmadas, y Petrus disimuló una sonrisa satisfecha. Había acertado de lleno. En cuanto había oído cantar y observado los sensuales movimientos de la *trobairitz* de pelo rojo, no había dudado en abordarla, a ella y a su misterioso músico, horas antes:

—¿Tu nombre?

—Isabeau de Fuòc.

—¿De qué reino vienes? —había preguntado Petrus.

—De la corte de Toledo —había dicho Isabeau impertérrita.

—¿Has tocado para el rey Alfonso? —replicó Petrus, con un deje de admiración.

Isabeau asintió y Guerrejat había mirado hacia abajo para disimular la sonrisa que bailaba en sus ojos. El secretario los había observado y decidido que, si no era cierto, al menos tenía la categoría suficiente como para serlo. Había visto actuar a muchos trovadores porque la vizcondesa Ermengarda era buena patrona de las artes, y pocos cantaban como la joven que se erguía frente a él.

—Saldrás primero, y repetirás si a la vizcondesa le complace vuestra canción.

Era una alternativa mucho mejor que los enanos y las bailarinas, que podían rellenar las pausas con sus números más desvergonzados. Pero cuando Isabeau entonó las primeras estrofas del poema, el secretario Petrus enarcó las cejas. La canción no pertenecía al *amor de lonh* que tan en boga estaba, debido a que, desde las cruzadas, los caballeros se separaban de sus damas y los trovadores cantaban esos amores distantes para consuelo de unos y otras, y del suyo propio. Al contrario, era una elección descarada, pues los versos describían sin tapujos el deseo de una dama por su caballero, por sus besos y sus cariciás. *Ben volria mon cavallier tener un ser en mos bratz nut*, entonaban los rojos labios de la muchacha, mientras el músico la seguía con el suave rasgar de cuerdas de su laúd. *Bels amics avinens e bos, cora'us tenrai en mon poder? E que jagues ab vos un ser, e qu'ie us des un bais amoros*, y con los ojos anhelantes buscaba entre los rostros de los nobles como si allí esperara encontrar esos brazos y esos labios a los que entregarse. Los versos arrancaron aplausos espontáneos y patadas en el suelo, mientras el vino manaba como si estuvieran en las bodas de Canaán. A los hombres les gustaba el poema y les gustaba aún más la *trobairitz*. No había más que mirar a cualquiera de los caballeros de la vizcondesa: Gerard de Narbona, Peire Ramon o el señor de Ouveilhan para darse cuenta de que todos intentarían ir en busca de la muchacha después de que terminara el recital. En cuanto a las mujeres, había más de una que reflejaba en su cara el mismo deseo que expresaba Isabeau, como escuchan las aves el llamado de una hermana perdida: todas estaban dispuestas a yacer con un amigo que les concediera *de far tot so qu'ieu volria*, lo que sus cuerpos y corazones deseaban. La vizcondesa esbozaba una sonrisa, lo cual era mucho teniendo en cuenta que a su lado aún se sentaba el conde de Tolosa. Petrus reparó en una figura masculina levantándose: un admirador que no podía esperar y querría arrojarse a los pies de la trovadora, como se estilaba ahora según los poetas que volvían de las cortes del norte. Reprimió una exclamación de sorpresa al ver quién era el fogoso pretendiente. Era Rotger, el obispo de Montlaurèl.

Desde el principio de la velada, Rotger de Montlaurèl había vaciado dos jarras de vino y pensaba vaciar dos más cuando los tambores anunciaron el principio del primer espectáculo de la noche. Llevaba toda la tarde y parte de la noche recordando la esbelta figura de la ladrona, mientras imaginaba su pelo rojo que ondeaba al viento mientras huía de su castillo en Montlaurèl, al galope, sin duda, porque de otro modo no habría podido llegar a Narbona al mismo tiempo que él. Pero cuando oyó la voz de la *trobairitz*, la misma que había flotado en la sala de su castillo apenas unas noches antes, creyó que el vino se le había subido a la cabeza. Es decir, sabía que así era: ni siquiera un hombre corpulento como él, acostumbrado al vino caliente con miel desde que tenía diez años, podía beber el caldo de las bodegas de Narbona sin notar sus efectos. Pero de ahí a escuchar voces fantasmales mediaba el trecho de una simple borrachera a una cogorza de las que se recuerdan cuando la vida solo sirve para contarla. «No estoy tan borracho», pensó Rotger. Se volvió lentamente hacia el estrado situado frente a la mesa de la vizcondesa Ermengarda. Allí estaba Isabeau de Fuòc. De pie, exquisita como una estatua y moviendo los brazos y las caderas con la sutil seducción que le había embrujado en Montlaurèl. Las manos que se habían apropiado de sus posesiones y de su razón. Sintió una fuerte punzada en la cabeza. Se frotó los ojos y se enderezó lentamente. Los prelados que estaban sentados a su lado se lo quedaron mirando, extrañados. Rotger avanzó hacia la tarima, mientras los caballeros e invitados de las demás mesas se giraban, curiosos, y los más borrachos brindaban con alegría y jaleaban al obispo, creyendo que quería robarle un beso, o algo más, a la hermosa muchacha. Rotger siguió andando hacia ella, ajeno a los bisbiseos y las risotadas, hasta que alcanzó el pie de la tarima. Isabeau se quedó helada. Iba vestida con una túnica de oro y una pulsera de granates y turmalinas. Al ver a Rotger de Montlaurèl, no se atrevió a moverse, y se quedó petrificada, como si el mismísimo rey Midas la hubiera tocado. En la mesa de Ermengarda, las conversaciones se detuvieron cuando la vizcondesa levantó la mano para atraer a su secretario. Petrus se acercó:

—Parece que nuestro amigo el obispo de Montlaurèl ha bebido demasiado, Petrus —dijo Ermengarda—. Ocúpate de que no haga nada inconveniente. Esta noche no quiero espectáculos aparte de la música.

Hizo un gesto imperceptible en dirección al conde de Tolosa, y Petrus asintió discretamente. Raimundo de Tolosa se agarraría al más mínimo escándalo para quejarse al rey de Francia del libertinaje y la depravación de la corte de Narbona. Un obispo de Lengadòc borracho, abalanzándose sobre una *trobairitz* delante de toda la corte era una escena inaceptable. El secretario hizo una seña y dos sirvientes le acompañaron hasta el pie de la tarima. Suavemente, puso la mano en el hombro del obispo de Montlaurèl y dijo:

—Monseñor...

Cuando Rotger se volvió hacia él y habló, el secretario notó su aliento cargado de vino. Tenía una expresión mezcla de asombro y de pueril alegría en la cara, y al ver a Petrus el obispo balbuceó:

—Petrus, tenéis que detenerla. Tenéis que detenerla...

—¿Monseñor de Montlaurèl? —dijo Petrus, con tacto—. Estáis interrumpiendo la música.

Montaurèl miró a Petrus sin comprender, y empezó a enfadarse. No sabía qué quería decir el secretario de la vizcondesa, ni sabía quién era el hombre que estaba con la *trobairitz*. No entendía por qué nadie hacía nada. Bastaba con verle la cara a aquella desvergonzada para comprender que era culpable. Y así era, porque Isabeau tenía el rostro encendido y rehuía la mirada de Montlaurèl, aunque dado el extravagante estado del obispo, cualquier mujer decente hubiera hecho lo mismo. Petrus carraspeó, e insistió:

—Monseñor, tened la bondad de...

—¡Callad! Ella me ha robado... Tiene algo que es mío... Detenedla... —Las palabras de Rotger sonaban a fantasía, a locura de borracho enajenado. Agarró el brazo del secretario, desesperado, y susurró furioso—: El monje, el inglés... ¡Él lo sabe todo!

Petrus dijo en voz baja:

—De todas las noches, monseñor, esta es la peor que podíais escoger para montar un escándalo.

Montlaurèl se acercó a Isabeau y farfulló:

—Ese anillo es el símbolo de lo que soy...

Petrus suspiró, se volvió hacia los dos criados y dijo:

—Acompañad al obispo a sus habitaciones.

El secretario procuró no mirar hacia la mesa donde estaban los invitados de la vizcondesa Ermengarda, esperando contra toda lógica que el incidente pasara desapercibido. Cada uno de los sirvientes cogió al obispo de un brazo y con firmeza empezaron a tirar de él. Rotger trató de zafarse, pero el vino le había trastornado demasiado y sus brazos y piernas se movían a destiempo, como si respondieran a las órdenes de su cerebro con retraso. Resbaló con gran estrépito y varios invitados sentados cerca se echaron a reír. Garsenda, su hermana, estaba roja como la grana, con la mirada clavada en el suelo. Su prometido Cirac, a su lado, exhibía una desagradable sonrisa. Petrus frunció el ceño, irritado y siseó:

—¡En nombre de Dios, Rotger, vuestra hermana está presente! Tened la dignidad de no avergonzarla más.

El obispo no dio muestras de haberle oído, pero se quedó inmóvil. Los sirvientes le ayudaron a levantarse y esta vez no se resistió, sino que les siguió hasta salir del Gran Salón. Petrus echó otra ojeada en dirección a la mesa de honor: la vizcondesa guardaba silencio, fingiendo no ver nada. Debía estar mortificada, aunque por suerte el legado papal se había retirado y no había sido testigo de la bochornosa escena. Sin embargo, el conde de Tolosa no se perdía detalle y sacudía la cabeza ostensiblemente. Petrus chasqueó la lengua, furioso consigo mismo. Aunque no era responsable de las locuras de los demás, se sentía culpable porque su dueña no estaría contenta. Malhumorado, se volvió a la trovadora y ordenó:

—Más tarde, cuando se haya calmado, seguirás.

A una seña suya, una alegre tropa de enanos invadió la sala y empezó a corretear por entre las mesas, de suerte que para los que estaban en las mesas más alejadas, el estrafalario fin de la primera actuación pareció formar parte de la bullanga propia de la noche. Petrus se retiró hasta la estancia adyacente al salón, siguiendo a la *trobairitz* y a su músico. Era el lugar donde los juglares que esperaban el turno de actuar gozaban de su propia cena, distribuida con mano de hierro por la Brabançona y sus criadas, que no vertían más de una jarra de cerveza por cabeza. Las viandas diferían de las que circulaban por el Gran Salón: donde los señores probaban jugosos pasteles de merluza recién sacados del fuego, y bandejas de ostras y marisco frescos, los músicos y bufones se conformaban con carnes frías y embutidos, y grandes rebanadas de pan con lonchas de queso curado.

—¿Qué mosca le habrá picado a ese desgraciado de Montlaurèl? —se dijo Petrus en voz alta. Echó un vistazo suspicaz a la *trobairitz*, cuyo rostro estaba arrebolado. Ella se limitó a encogerse de hombros.

—Demasiado vino para su propio bien.

Petrus asintió. A veces la explicación más sencilla era la verdadera. Sonrió, a pesar de su disgusto, al ver a la Brabançona gruñendo arriba y abajo, mientras indicaba con ojo de águila dónde había un plato vacío, que una de sus muchachas rellenaba con cuidado de que no le agarrasen el trasero; los enanos, en ese respecto, eran los peores, porque se aprovechaban de su talla para manosear a las chicas a gusto. En el castillo de Narbona se había instaurado la costumbre de alimentar a los que ofrecían el espectáculo antes de que pasaran al Gran

Salón porque a veces llegaban tan hambrientos que se abalanzaban a coger un muslo de pollo antes de rasgar siquiera una cuerda de laúd. Después de que una bailarina tratara de mordisquear una manzana mientras ejecutaba una pirueta, y casi se rompiera el cuello, la vizcondesa había decretado que todos los artistas hubieran comido antes de aparecer en la corte. Petrus apartó de su mente el extraño comportamiento del obispo de Montlaurèl. La velada aún no había terminado y estaba seguro de que su dueña, Ermengarda, le necesitaba a su lado. Se dirigió con paso decidido hacia el Gran Salón.

—Por suerte se lo han llevado sin que pudiera delatarme —terminó de contar Isabeau.

Guerrejat la miró. Estaban sentados en una de las largas banquetas y brindaron con sendas jarras de cerveza. La *trobairitz* sentía que su corazón latía demasiado rápido: esa noche precisamente necesitaba conservar la sangre fría, pero la aparición del obispo de Montlaurèl la había alterado. Había odio en los ojos de él y también otras cosas que Isabeau sabía reconocer en un hombre; ella, en cambio, solo había sentido un terror cerval a perder la vida, la libertad y por qué no confesarlo, las cálidas caricias del capitán de *La Fidanza*. Tuvo ganas de echarse a reír, ebria y victoriosa. Había vuelto a burlar al Destino. Cuando se alejaba, solo había pensado en Guerrejat, en huir y besarle y perderse en sus brazos.

El impulso de venganza que la había llevado hasta allí formaba parte de un pasado lejano, como si galopara colina arriba, hacia el sol, y hubiera dejado atrás un valle lóbrego y oscuro. Acercó sus labios al marino y los posó con suavidad en su cuello, sin atreverse a más, para no romper la extraña felicidad del momento.

—¿Qué vamos a hacer? —preguntó casi sin darse cuenta, mientras levantaba la vista.

Él rozó su mentón con suavidad y dijo prestamente:

—Lo que quieras.

—¡No hablaba de eso! —dijo Isabeau, dándole un ligero golpe en el muslo, aunque dejó ahí su mano, unos instantes.

Tenía que pensar y decidir qué hacer rápidamente. En su bolsillo llevaba el mapa, con las indicaciones que la conducirían a la habitación de Montlaurèl. Si no ejecutaba su parte del plan, Cirac se lo haría pagar caro. En el fondo, nada había cambiado. Exhaló un lento suspiro e hizo ademán de levantarse.

—Ahora vuelvo.

Guerrejat la tomó de la mano y dijo:

—¿Adónde crees que vas?

—¿Qué quieres decir?

—No soy ningún eunuco tonsurado —dijo Guerrejat, mientras los ojos le brillaban con impaciencia—. Montlaurèl sabe que eres una ladrona. Es lo que le dijiste al toledano, y por eso el infeliz se ha cubierto de oprobio, borracho como estaba.

Isabeau le sostuvo la mirada y dijo:

—¿Y qué?

—La dama Fortuna estaba de nuestra parte o de lo contrario ahora brindaríamos con grilletes en lugar de cerveza. Y cuando una dama se porta bien, hay que largarse deprisa antes de que cambie de opinión.

—¿En eso piensas ahora, en damas que se portan bien? —preguntó Isabeau en voz baja y seductora. Quería distraer a Guerrejat, pero el pirata no lo permitió.

—Te prometo que, cuando llegue ese momento, no cambiarás de opinión, ni yo tampoco. Pero ahora tenemos que largarnos de aquí.

—Estás loco. ¿Con lo que nos ha costado entrar? —susurró Isabeau—. ¿Y qué le diremos a Salomón?

—Que ha tenido suerte, porque ni él ni nosotros acabaremos en la cárcel.

—No podemos hacer eso.

—Lo que no podemos hacer es arrojarnos de un precipicio —interrumpió Guerrejat—. Los que vivimos en el mar somos capaces de oler la tormenta a varias millas de distancia. Y esta noche soplan vientos difíciles. —El marinero clavó su mirada azul en ella—. Sea lo que sea que hayas venido buscando a este castillo, no vale la pena que arriesguemos el cuello. Especialmente cuando es tan bonito como el tuyo, y tan fuerte como el mío.

—He venido buscando oro, como todos —replicó Isabeau a la defensiva.

—No me mientas. Ya no puedes hacerlo. —Guerre-

jat sacudió la cabeza—. Tú no has venido aquí a robar.
Lo sabes tú y yo también. Estoy a tu lado para lo que
me pidas, pero no pienso quedarme cruzado de brazos
mientras corres hacia el peligro como si fuera agua en el
desierto.

Isabeau bajó la mirada y tomó un sorbo de cerveza,
caliente como las lágrimas que habían acudido a sus
ojos y que no pensaba derramar. Se levantó bruscamente y dijo:

—Está bien, nos iremos. Pero antes tenemos que
buscar al Tuerto y a Joachim. No los he visto, y tenemos que salir todos juntos.

Era cierto que le inquietaba no ver a los cofrades,
pero necesitaba una excusa para dejar de mirar los ojos
de Guerrejat, porque, cada vez que lo hacía, su voluntad flaqueaba. Metió la mano por el bolsillo de su capa
y apretó con fuerza el pergamino que Cirac le había
entregado.

—¡Espera! —dijo Guerrejat, tomándola de la muñeca—. Júrame que saldremos juntos de aquí, esta
noche.

—Te lo juro —dijo Isabeau sin dudar un segundo.

Y se deslizó sin que nadie la viera, con la mirada de
Guerrejat clavada en su espalda. Pasó desapercibida entre el barullo de un grupo de saltimbanquis cuyas vol-
teretas distraían a las criadas y ni los dos soldados que
custodiaban la sala ni la propia Brabançona la vieron.
Cuando se hubo alejado lo suficiente, echó un vistazo
hacia atrás. Le parecía que alguien la seguía, pero era

imposible. Nadie la había visto salir. Desde allí, cincuenta pasos en línea recta y luego a la izquierda, cinco pasos hasta la puerta de la habitación del obispo de Montlaurèl. Recorrió el pasadizo y se disponía a girar cuando de repente una mano se posó sobre su hombro. Isabeau se giró, con el puño ya en su daga, y tuvo que contener un grito al ver la tez morena y los ojos negros de Íñiguez.

—¿Qué haces aquí? —preguntó sin aliento.

—Podría decir lo mismo, condenada. Por aquí no se va a las celdas del sótano. ¿O es que andas buscando algo más, aparte del tesoro de la vizcondesa?

Isabeau se encogió de hombros, disimulando.

—Estaba buscando al Tuerto y a Joachim.

—Pues deja de hacerlo porque Salomón ha decidido mandarme a mí en su lugar. —Y el toledano añadió, riéndose entre dientes—: Ha pensado que quizá yo estoy viejo, pero que por muy imbéciles que sean los señores de ahí dentro —dijo con un gesto en dirección al gran salón— correríamos demasiado riesgo intentando que el Tuerto y Joachim se hagan pasar por músicos. Parece que la cosa se fue de madre, especialmente cuando Salomón le explicó al maestro de música que sin uñas no podría volver a tocar el laúd nunca más. Él dijo que prefería que se las arrancaran a seguir lidiando con ese par de burros. Nos esperarán fuera, montando guardia, por si hay problemas. —Íñiguez abandonó el tono ligero que había utilizado hasta ahora y dijo, gravemente—: Ahora dime, ¿adónde ibas?

Isabeau miró de reojo la esquina que aún no había girado y, más allá, la puerta de la habitación de Rotger de Montlaurèl.

—Tengo algo que hacer.

—¿De qué estás hablando?

Isabeau se volvió hacia el toledano y dijo:

—Confía en mí y no me preguntes nada. Volveré enseguida.

El toledano no despegó los labios. Fruncía el ceño y se llevó la mano a la empuñadura de la espada.

—Aquí te espero, muchacha.

Mientras Isabeau desaparecía en dirección a las habitaciones, un ruido sordo atrajo la atención de Íñiguez. Se encontraba en un cruce de pasillos, el más grande que unía la estancia de donde había salido Isabeau con el Gran Salón y otro más estrecho, que conducía a las habitaciones de esa planta. El toledano dio un paso atrás y se cobijó cerca de unos pesados candelabros de pie cuyas velas se habían apagado hacía rato, por lo que la oscuridad le garantizaba una cierta protección. El ruido procedía de la primera puerta, y se hizo más fuerte, hasta que distinguió dos voces: una masculina y ronca, y la otra de mujer, un gemir inaudible. Una pareja que había buscado un rincón tranquilo. No era nada extraño, aunque un poco pronto teniendo en cuenta que la velada había empezado hacía apenas un par de horas. Normalmente se vaciaban unas cuantas jarras de vino y se llenaban las panzas antes de proceder al dulce *folgar*. Oyó de nuevo la voz de la mujer, esta vez gritando una súplica en castellano. Íñiguez chasqueó la lengua, disgustado. Lo que le faltaba, una paisana en apuros. No le gustaba oír a una mujer llorar, pero tampoco era el momento de entrometerse en la vida de los demás. Ya estaba rompiendo todas las reglas del buen ladrón por Isabeau. Estaba seguro de que la presencia del obispo de Montlaurèl en Narbona era lo que motivaba el comportamiento de su pupila. De repente, de la puerta llegó un grito agudo y un sollozo inconfundible. La mujer que había dentro de esa habitación no estaba gozando. El toledano miró en la dirección por la que había desaparecido Isabeau, inquieto.

—Maldita sea, cuando quieres ahogar aprietas hasta las vísceras, condenado —juró en voz baja como si Dios estuviera oyéndole.

No había ningún guardia en los aledaños. Dentro, los gritos se detuvieron de repente y volvieron a empezar, más fuertes y desesperados. Íñiguez echó un vistazo al candelabro que tenía más cerca y lo empujó contra la puerta, haciendo cuña. Logró derribarla y se quedó de pie, con los brazos en jarras y la espada desenfundada.

Una mujer yacía desmayada y con las ropas desgarradas encima de la cama. Tenía la cara ensangrentada e hinchada. La habían molido a palos, y el que lo había hecho estaba de pie, desvestido, aún sudoroso y erecto, frente a ella. Íñiguez no reconoció a Lobar porque no había presenciado la llegada del conde de Tolosa y su séquito, pero sí supo ver que no valía la pena cruzar ni una palabra con él: era un animal que no dudaría en matarle igual que probablemente había hecho con la desgraciada que había tenido la mala fortuna de caer en su poder. El mercenario se quedó de pie, expectante. El toledano vio que la mujer aún vivía, aunque por lo irregular de su respiración, si no recibía cuidados no duraría mucho tiempo. Dio un paso adelante y entró en la habitación. El otro estaba desnudo y desarmado y había dejado su espada recostada contra la pared. Aunque era fuerte y alto, Íñiguez calculó que tardaría al menos un par de segundos en alcanzarla, porque su corpulencia le restaría agilidad. «Tengo una oportunidad», se dijo el toledano. Eso sí, había elegido el peor momento posible para entrometerse en los asuntos de un extraño. Tendría que darse prisa. Suspiró, mientras levantaba la espada con su mano derecha y con la izquierda le hacía al otro una seña para que se acercara. Lobar estudió por unos instantes al hombre de pelo ya canoso y mirada cansada que le retaba. Avanzó hacia él.

Íñiguez también fue a su encuentro, en posición de ataque, con la espada enhiesta. No se trataba de derribarle, porque sus posibilidades eran exiguas. Quizá podría infligirle una herida que le permitiera ganar tiempo y sacar a la pobre desgraciada de allí. Y al principio pareció que iba a lograrlo: al tomarlo por sorpresa, su hoja cruzó en diagonal el abdomen del otro. Lobar se detuvo y palpó la fina línea roja para asegurarse de lo que ya sabía: que su adversario solo le había causado un rasguño. Miró al recién llegado y exhibió una ancha sonrisa, mientras empuñaba su arma y, con una fuerza sobrehumana, descargaba un golpe que hubiera partido la clavícula de cualquier soldado que no hubiera luchado en Tortosa, cuando los palmos de tierra se defendían con uña y dientes frente a los sarracenos y los estoques los impulsaba el mismísimo demonio. El toledano apretó la mandíbula mientras sostenía en alto la banqueta que había agarrado para hacer las veces de improvisado escudo. Los músculos de sus antebrazos se tensaron mientras rechazaba el golpe, y retrocedió unos pasos, exhausto. Miró con el rabillo del ojo hacia la puerta abierta y luego hacia al cama. La mujer seguía inerte y ya no estaba seguro de si vivía aún, pero no podía escapar como un ratón asustado. Íñiguez no era un hidalgo, pero tenía honra. Volvió a levantar su espada. Tenía que terminar lo que había empezado.

Rotger de Montlaurèl abrió los ojos lentamente. Llevaba la camisola y vio que alguien había doblado sus ropas de obispo y las había colocado encima del arcón, a los pies de la cama, donde estaban sus enseres. Por la estrecha y alargada ventana pasaba un rayo de luz de luna. Se enderezó demasiado rápido y sintió un feroz martilleo en las sienes. Se levantó, se acercó a la jofaina y se echó agua en la cara. Oyó unos ruidos en el pasadizo pero no les prestó atención; estaba exhausto. En la oscuridad, dejó caer la cabeza entre sus manos y permaneció inmóvil unos instantes. A veces, después de una noche de vino, las brumas envuelven lo sucedido, pero en esa ocasión Rotger de Montlaurèl recordaba demasiado bien lo que había hecho: el ridículo más espantoso delante de toda la corte de Narbona.

—Que les lleve el Diablo —gruñó.

Cerca de la ventana oyó un bisbiseo, como el deslizarse de un animal nocturno, mientras fuera seguían los golpes, probablemente uno de los espectáculos de malabaristas. Los nobles de Narbona eran patanes vestidos con ropas más elegantes. No le importaba lo que pensaran de él, aunque la vizcondesa Ermengarda siempre se había mostrado generosa con Montlaurèl. Tendría que pedirle disculpas y asegurar su perdón regalándole unos cuantos sacos de trigo o un par de barricas de su vino, mucho más humilde que el de las bodegas de Narbona, que tanto le habían afectado. Aunque el vino le había embotado los sentidos, lo que le había sacado de sus casillas realmente era ver a la *trobairitz*, cantando con la misma voz seductora y desvergonzada que había oído hacía ya mucho en su castillo de Montlaurèl. Y libre.

—Ladrona —dijo en voz alta, irritado.

De repente volvió a oír un ruido extraño. Prestó atención. Del exterior llegaban ahora ruidos de patadas y gritos, pero su piel se erizó al comprender que había alguien más en la habitación. Se quedó muy quieto y trató de acostumbrar sus ojos a la oscuridad. En la estancia había una butaca cerca de la chimenea, cuyas brasas se habían apagado hacía un buen rato, la repisa donde estaba la jofaina de agua y el arcón al pie de la cama. Miró a su alrededor sin mover el cuello, deslizando la vista por todos los recovecos de la habitación: los dos pilares de piedra que enmarcaban el hogar, los postes de la cama que arrojaban sus delgadas sombras sobre el suelo de piedra, y a sus espaldas, el armario donde las criadas guardaban las sábanas de lino y las frazadas de piel para el invierno. El obispo se levantó y lentamente se arrodilló frente al arcón. Empezó a pronunciar el padrenuestro. *Pater noster qui es in caelis, sanctificetur nomen tuum.* Con mucho cuidado y rezando porque las bisagras no chirriaran, abrió el arcón. En la oscuridad de la noche, una lechuza ululó. Con un gesto veloz, el obispo empuñó su espada. Se puso en pie de un salto y exclamó:

—¡Seas quien seas, lamentarás haber nacido!

Supo que había acertado cuando una sombra se movió entre el dosel y el armario. Apuntó con la espada hacia la silueta, que volvió a fundirse con la oscuridad cuando unas nubes ocultaron la luna que brillaba por la ventana. En dos zancadas se plantó frente a la puerta para impedir la salida del intruso. De repente, hubo un movimiento en el aire y la luna volvió a reflejarse, esta vez en un brillo de loza. La jofaina de agua se quebró sobre su cabeza, rompiéndose en pedazos. Un reguero de sangre caliente le cegó y se llevó la mano izquierda a las sienes para limpiarse los ojos. La herida era superficial, aunque empapó rápidamente de sangre el cuello de su camisa. Estiró el brazo y blandió la espada mientras gritaba:

—¡Voy a hundirte esta hoja entre pecho y espalda aunque sea lo último que haga!

No hubo respuesta, ni siquiera el bisbiseo que delataba los movimientos del otro. Avanzó vacilante, con el arma en alto. Oyó otro silbido y se agachó instintivamente. Sonó un golpe seco y un gruñido, y su atacante reveló su posición. Tenía un atizador en la mano, y al descargarlo se había quedado clavado en la puerta, en el lugar que segundos antes ocupaba el obispo. Rotger volteó la espada ágilmente y puso la hoja contra el cuello del otro, impidiéndole zafarse, mientras con la otra mano le agarraba el cuello con fuerza. La piel tersa y suave del otro le pilló desprevenido.

—¡Que me aspen! —exclamó el obispo, incrédulo y apartando la mano desarmada. Sostuvo la hoja contra su adversario y con la punta lo obligó a caminar hacia la ventana, donde un estrecho rayo de luna descendió sobre Isabeau de Fuòc—. ¿Eres tú? ¿Cómo te atreves a robarme de nuevo?

—No estoy aquí para robaros, al contrario —dijo Isabeau.

—Entonces, ¿qué haces aquí?

—He venido a reparar una falta.

Rotger sostuvo la espada contra el cuello de la *trobairitz* y exigió:

—Explícate.

Isabeau dijo:

—Esta noche, cuando os he visto... Me habéis avergonzado. He venido a devolveros vuestro anillo.

—¿Qué dices?

—Mirad. —Isabeau señaló la repisa, donde en efecto descansaba el anillo obispal de Montlaurèl, y la preciada perla negra engarzada en su montura. Rotger miró la joya y luego a la mujer. Frunció el ceño y dijo:

—No te creo.

—¡Es la verdad! —protestó Isabeau.

—¡Tú no sabes lo que es la verdad! Eres una ladrona. Mientes para vivir.

—Soy una ladrona, es cierto. Es así como sobrevivo. Pero no quiero causarle daño a nadie. Quiero decir que no sabía lo importante que era para vos ese anillo... Cuando lo he comprendido, he decidido venir aquí para devolverlo. —Bajó la vista para que el otro no viera el rubor tiñendo sus mejillas.

El obispo la estudió detenidamente. No sabía qué, pero algo no encajaba. Y sin embargo, allí estaba su anillo.

—No te creo —dijo.

—¿Para qué iba a mentiros? ¿Y por qué devolveros la alhaja?

—Es cierto que corres un grave riesgo en esta habitación. Podría matarte y nadie dudaría de mi derecho a hacerlo —señaló Rotger, inclinándose para observarla más de cerca—. ¿Cómo te hiciste ladrona? ¿Es que no tienes padres o hermanos que cuiden de ti?

Isabeau levantó la cabeza y dijo, con un relámpago en su mirada que Montlaurèl no supo descifrar:

—Murieron. Estoy sola.

Rotger bajó la espada y se acercó a la joven. Llevaba una capa y, durante la pelea, la capucha se le había echado hacia atrás. Llevaba el pelo recogido con una cinta que le cruzaba la frente, y la melena caía desordenadamente sobre los hombros. El obispo estiró la mano hacia su pelo rojo, como fuego líquido sobre su piel blanca. Era consciente de que esa mujer le atraía más de lo que se atrevía a confesar. No quería matarla. No era una espada lo que deseaba hundir en su cuerpo. Se acercó un poco más.

—¿Dónde aprendiste a cantar?

—Fui la criada de un maestro de coro durante un tiempo —replicó ella.

—¿Y por qué te convertiste en ladrona?

—No me quedó más remedio. Tenía que comer —dijo Isabeau, a la defensiva.

No soportaba el tono amable con el que Rotger le hablaba. Ni el hecho de que hubiera bajado su espada, ni la cercanía del hombre del que había soñado vengarse tantas noches. Había imaginado un monstruo cruel y despiadado, igual que lo había sido su padre antes que él, y una lenta lengua de frío ascendía por la espalda de Isabeau al comprender que no solamente su obsesión había sido injusta, sino también mortalmente equivocada. Montlaurèl dijo, después de reflexionar unos instantes:

—Un monje inglés me dijo hace poco que, antes de juzgar y condenar, hay que conocer el porqué de las acciones de los demás. Muchos de mis campesinos robarían para comer si yo no les diera trigo en las épocas de vacas flacas. Por eso procuro que jamás pasen hambre. Si hubieras vivido en mis tierras, no serías una ladrona.

Isabeau lo miró incrédula y una expresión de horror transformó su rostro. Comprendió que Montlaurèl, maldita sea, era un hombre decente. Todo el mundo que había construido en torno al odio contra los Montlaurèl se derrumbaba a su alrededor. Abrió la boca y dijo:

—Tengo algo que deciros.

—No es necesario. Nada quiero saber de tus demás robos.

—¿Cómo? ¿No vas a denunciarme a los guardas de la vizcondesa, no...?

—Te digo que estamos en paz, *trobairitz*. Solo te pido una cosa.

—¿El qué? —dijo Isabeau, con la boca seca. Estaba viviendo una pesadilla, culpable y atrapada frente a su propia víctima.

—Desaparece pronto de mi vista, mujer de pelo rojo, o seré yo quien robe algo de tus labios —dijo Rotger, mirándola fijamente.

De repente, se oyó un gran estrépito, como si una lluvia de metal descargara contra la puerta. Rotger exclamó:

—¿Qué es eso? ¿Otra jugarreta, *trobairitz*?

—¡No sé nada!

El obispo enarboló la espada sin dejar de mirarla y abrió la puerta. Dos hombres estaban enzarzados en una pelea cuerpo a cuerpo, uno armado con una espada y el otro con un candelabro. El segundo estaba aporreando con su arma improvisada la pierna del espadachín, que estaba casi arrodillado y herido de gravedad, pues su jubón estaba anegado en sangre. Isabeau gritó:

—¡Íñiguez! ¡Dios mío, no!

El toledano miró al interior de la habitación y vio allí a Isabeau y a Rotger. Enarcó las cejas y exclamó:

—¡Muchacha, sal de aquí!

Lobar aprovechó el momento para descargar un golpe de candelabro contra el costado de Íñiguez, que le arrancó un grito de dolor y lo dobló en dos. El toledano quedó tendido en el suelo, sin moverse. Isabeau se arrojó sobre él, tratando de que reaccionara, pero sin éxito. Se volvió a mirar a Lobar y exclamó, con la voz arrasada por la ira:

—Si está muerto, ¡te juro que te arrancaré el corazón!

De un salto se puso en pie y desenrolló su látigo.

—¿Estás loca, mujer? —exclamó Montlaurèl, entre la incredulidad y la admiración.

Pero el chasquido del cuero ya estaba marcando la mejilla del mercenario, y enrollándose en su cuello. Lobar no se inmutó y esbozó una sonrisa mientras levantaba el candelabro para asestar un golpe contra Isabeau. Sin pensarlo dos veces, Rotger de Montlaurèl gritó y se abalanzó sobre el gigante, enzarzándose en una pelea cuerpo a cuerpo con él. Los ruidos de la carne golpeada y de los huesos quebrados se fundieron con el crepitar de las antorchas. Isabeau aprovechó para azotar a Lobar con su látigo, apuntando a los ojos para cegarle. El mercenario exhaló un alarido furioso y se llevó las manos a la cara, y en ese momento Rotger hundió su espada en el abdomen del otro hasta la mitad de la hoja. La sangre empezó a manar de la herida y de los labios entreabiertos de Lobar. La sorpresa se pintó en los ojos ensangrentados del mercenario, y también en la cara de la *trobairitz*, que recuperó su látigo y lo guardó de nuevo en su cintura. Pasos de metal y voces masculinas se acercaban desde el otro lado del corredor. «Todo ha terminado», pensó Isabeau, mirando a Rotger de Montlaurèl. Este se volvió hacia ella, respirando con dificultad y apoyándose en la espada, y dijo:

—¡Vete! ¡Vete, por lo que más quieras!

8

Accusatio

No quedaban invitados en el salón principal del palacio de Narbona. Solamente la Brabançona y el enjambre de criados recorrían la gran sala vacía, y recogían los restos de comida de las mesas y los ornamentos que decoraban las paredes, mientras otros se dedicaban a limpiar con agua y jabón de lavanda el suelo sucio de grasa, huesos y pedazos de pan. Petrus se detuvo a contemplarlos con expresión preocupada y dubitativa. Esa noche, el brillo de la piedra o la perfección exigente del ama de la cocina le traían sin cuidado. Cabizbajo, siguió su camino hacia las estancias de la vizcondesa de Narbona. Llamó quedamente, y cuando desde el interior le dieron paso, abrió la puerta.

La chimenea de la sala estaba encendida. El único movimiento de la estancia era el chisporroteo de las llamas y el calor que despedía el hogar, a pesar de que más de cinco almas estaban presentes. Sus rostros parecían esculpidos en piedra y hielo, y el silencio era un manto que apagaba el ánimo. El arzobispo Pons d'Arsac estaba más pálido que de costumbre, y por contra el rostro del monje inglés, Walter Map, parecía más ensombrecido, como si la negra pena le hubiera teñido la piel. Los tres caballeros de confianza de la vizcondesa, Peire Ramon, Gerard de Narbona y Raimon de Ouveilhan estaban taciturnos, como suelen estar los hombres cuando no pueden luchar contra un adversario en un combate cuerpo a cuerpo; cuando el enemigo son el dolor cotidiano o la muerte, y estos no tienen pechos que herir o brazos y piernas que cortar, y aun así devoran implacables el corazón. Petrus sabía que era demasiado pronto para hablar, y que al mismo tiempo tenía que hacerlo.

—Señora.

La vizcondesa Ermengarda de Narbona estaba de pie, al lado del fuego. Las llamas se reflejaban en su piel pero ya no ardían en sus ojos como al principio de la velada. Estaba inmóvil como una estatua. La caricia del calor era la única señal de aliento de su cuerpo. Por fin, al cabo de unos largos instantes, se volvió y dijo:

—Traedles.

Petrus asintió y volvió a salir de la habitación. Hizo una seña a los dos soldados que custodiaban la habitación que quedaba dos puertas más allá y trató de no mirar el charco de sangre, aún por limpiar, que manchaba el pasillo. Llamó a un sirviente que pasaba con un cubo de agua caliente en dirección al salón y ordenó, señalando el suelo rojizo y brillante como un siniestro y diminuto estanque:

—Limpia esto.

El criado asintió presuroso y se arrodilló, echando la mitad del cubo encima de la sangre. Sacó un cepillo de fuertes cerdas y procedió a frotar el lago rosado que se había formado a los pies de Petrus. El secretario se quedó ensimismado mirándolo; esa sangre engendraría más sangre. «Líbrame de la sangre, oh Dios, y aclamará mi lengua tu justicia.» Levantó la cabeza y vio que los soldados custodiaban a los prisioneros hasta la puerta. El obispo Rotger de Montlaurèl estaba cabizbajo y llevaba, como el otro, las manos atadas con cuerdas. Petrus se acercó a él y dijo suavemente:

—Monseñor, ¿estáis dispuesto?

El obispo alzó la cabeza y dijo, con la mirada nublada:

—Petrus, ¿qué va a suceder?

El secretario tardó unos instantes en responder:

—No lo sé, Rotger. Pero debéis estar preparado para todo.

Se hizo a un lado para dejar paso a los soldados y a los prisioneros. Petrus cerró la puerta y se quedó mirando a Rotger de Montlaurèl y al otro hombre. Los recién llegados contemplaron al grupo de caballeros presentes, que les devolvieron la mirada, con semblantes ceñudos. Pero fue la vizcondesa Ermengarda la que rompió el silencio:

—¿Quién sois?

—Me llaman Íñiguez de Toledo, señora.

—¿Qué hacéis en mi palacio?

—Vine para actuar en los espectáculos.

—¿Cuál es vuestro arte? —La pregunta contenía una amenaza.

Íñiguez estudió a la mujer que le interrogaba. Estaba erguida, orgullosa y sentada en una butaca que ostentaba las armas de Narbona, pero el toledano no necesitaba ver su enseña tallada en madera para saber que tenía delante a la dueña del castillo. Respondió con humildad.

—Soy músico y comedor de fuego, señora. Vine por las celebraciones, para ganarme un dinero.

—¡Mentís! —exclamó el conde de Tolosa, dando un paso adelante.

—¿Por qué habría de hacerlo? —repuso Íñiguez con calma.

La vizcondesa hizo callar al conde y dijo, con la misma calma del toledano:

—Ha muerto un hombre esta noche, Íñiguez, y una mujer está deseando haber muerto. Vos estáis mezclado en lo sucedido y vais a decirme la verdad.

—Yo no soy el responsable.

—Sois un asesino y un monstruo —acusó el de Tolosa, mirando al toledano con inquina—. ¡Os acuso de estar a sueldo de este hombre, el obispo de Montlaurèl!

—¡Basta! Ya tendréis ocasión de hablar, conde de Tolosa —interrumpió Ermengarda, furiosa y agotada.

Levantó la cabeza y dijo—: Os ruego que respetéis mi autoridad. Es mi castillo, mi ciudad y mi... justicia.

Su voz se quebró al pronunciar la última palabra. Todos los hombres se miraron en silencio. El toledano miró rápidamente al hombre que le había acusado y al otro prisionero. Ermengarda de Narbona acababa de dirigirse al primero con un título que le erizó la piel del cuello. El conde Raimundo de Tolosa tenía fama de ser un hombre repugnante y era temido incluso en los lugares donde eso se consideraba una virtud. Y el nombre de Montlaurèl no necesitaba presentación, no para el toledano. Ni para Isabeau, que había desaparecido después de que un criado diera la voz de alto cuando vio a Lobar y a Íñiguez tendidos en el suelo. Se encomendó silenciosamente a Hermes, dios de los ladrones y los mentirosos. No era la primera vez que Íñiguez se encontraba en una situación apurada; pero, de ahí a correr peligro de muerte, mediaba ya un trecho demasiado breve. Ignoraba qué diría el otro, aunque, a juzgar por su semblante descompuesto, era capaz de decir la verdad. Íñiguez tenía que evitarlo a toda costa, y la mejor manera era tomar la iniciativa. Se volvió hacia la vizcondesa y dijo:

—Con vuestro permiso, puedo explicar todo lo sucedido. —Hizo una pausa y dijo, lentamente—: Pero por vuestras palabras deduzco que la dama a la que quise auxiliar vive, y eso me alegra.

Petrus miró a la vizcondesa brevemente y vio que no era capaz de responder. Lo hizo en su lugar.

—La dama está mal, caballero. Es...

—Es mi hermana —dijo la vizcondesa con voz sorda—. ¡Mi hermana la que ha sido violada por un animal, la que permanece en cama sin abrir los ojos, la que lleva en su cuerpo la historia de un infierno!

Sus ojos grises estaban inundados de dolor, pero no de lágrimas. Furia. Eso era lo único que alimentaba a Ermengarda de Narbona, la única energía que mantenía su mente lejos del embotamiento del dolor.

—¡Señora! —Íñiguez cayó arrodillado al suelo y bajó la cabeza—. Jamás me perdonaré no haber llegado a tiempo.

—El otro era el capitán Lobar —añadió Petrus, vacilante—. Un soldado de la mesnada del conde Raimundo de Tolosa.

Íñiguez no movió un músculo. Se daba cuenta de que cada nueva revelación mermaba sus posibilidades de sobrevivir. No dijo nada mientras calculaba furiosamente las implicaciones de lo que acababa de oír. Ermengarda ordenó:

—Hablad, señor.

El toledano inspiró profundamente. No tenía intención de cargarle el muerto al hombre sin el cual ahora no estaría vivo: tenía que hilar bien sus mentiras y verdades, contar lo que había pasado sin mencionar la presencia de Isabeau en el castillo. Casi temiendo que pudieran leer su mente, apartó el recuerdo de la joven de su cabeza. Empezó:

—Estaba en el pasadizo cuando oí unos ruidos en la

habitación frente a la que pasaba. No le di importancia y pensé que era una pareja que había buscado un rincón para... —Hizo un gesto explícito. Ermengarda apretó los labios en una fina línea. Cada palabra la hería profundamente, pues imaginaba el sufrimiento de las últimas horas de su hermana—. Pronto me di cuenta de que algo pasaba. Oí la voz de una mujer pidiendo ayuda, con un deje castellano que reconocí como de mi tierra.

—Mi hermana estuvo largo tiempo casada con un Lara —asintió Ermengarda.

Íñiguez inclinó la cabeza y prosiguió.

—Naturalmente, entré en la habitación, vi a la dama yaciente y... Estaba claro que el hombre al que habéis llamado Lobar la había atacado y forzado, dejándola malherida.

El conde de Tolosa se aproximó al toledano y graznó, mirándole fijamente:

—¡Sois un mentiroso y un asesino! Estáis mancillando la memoria de un guerrero.

Íñiguez le sostuvo la mirada durante una fracción de segundo y luego miró a la vizcondesa y dijo:

—Señora, os juro por la salvación de mi alma que lo que digo es cierto.

—Vuestros juramentos no importan. No sois un caballero y vuestra palabra no vale nada —dijo el de Tolosa.

El toledano inclinó la cabeza. No pensaba volver a enfrentarse abiertamente con el conde. La voz de Ermengarda cayó sobre ambos como un latigazo:

—Conde, os ruego que os controléis. Proseguid.

—Desenvainé mi espada y le ataqué —confesó Íñiguez—, pero rápidamente me acorraló. No soy tan fuerte ni tan diestro espadachín como cuando tenía veinte años —dijo, permitiéndose una leve sonrisa.

—¿Y entonces?

—Seguimos peleando por el pasillo. Cuando llegamos frente a otra de las habitaciones, la puerta se abrió y apareció el otro hombre. —Señaló a Montlaurèl con la cabeza—. Llevaba una espada en la mano. Yo estaba en un aprieto, me quedaban dos estocadas y medio aliento. Le clavó la hoja al otro en la panza y salvó mi vida. Se lo agradezco.

Por una vez, el conde de Tolosa no apostilló las palabras de Íñiguez con ningún insulto o acusación, como si la narración de una vida segada le hubiera impresionado incluso a él. O quizá simplemente calculaba cuál sería el mejor ataque. Al cabo de unos minutos de silencio, Ermengarda dijo:

—Si decís la verdad, tendréis mi agradecimiento eterno. Y si mentís...

Íñiguez guardó silencio. No se hacía ilusiones. Lo único cierto era que se había derramado sangre, una noble yacía herida y dos prisioneros pagarían por ello. Miró de reojo al obispo, que no había despegado los labios. Parecía aturdido. Íñiguez juró para sus adentros. Si abría la boca, todos los soldados de la vizcondesa registrarían la ciudad en busca de una mujer pelirroja, y acabarían todos en la horca, de no mediar un milagro. Y hacía mucho que el toledano no hablaba con Dios.

El conde de Tolosa se acercó a la vizcondesa como una araña a su presa, y le preguntó en voz baja:

—¿Qué vais a hacer?

—Lo justo, Raimundo. Siempre intento hacer lo que es justo, aunque me cueste caro —replicó Ermengarda, volviéndose y clavando sus ojos grises y cansados en su enemigo. Raimundo de Tolosa no dijo nada.

La vizcondesa tendió la mano al obispo de Montlaurèl. Rotger avanzó hasta situarse frente a la vizcondesa y se arrodilló. Ermengarda dijo:

—Rotger, siempre habéis sido amigo de mi casa.

—Y estoy en deuda con vuestra generosidad, señora.

—Entonces, pagadme con la verdad. No tenéis nada que temer, si habéis actuado con rectitud.

—Os juro que así ha sido —dijo el obispo.

—Monseñor, ¿podéis contarnos lo que recordáis de esta noche? —preguntó Petrus.

Rotger pensó unos instantes. Tolosa, en cambio, no dudó en saltar:

—¡La verdad no necesita de espera! Estáis tejiendo mentiras, asqueroso borracho.

—Aún sé cuál es la diferencia entre la verdad y la mentira —dijo Rotger lentamente— a pesar del vino de Narbona.

—«Andemos no en glotonerías y borracheras, no en lujurias y lascivias» —dijo el conde de Tolosa, citando a Juan Crisóstomo—. ¡Sois un obispo de la Iglesia! Y esta noche os habéis revolcado en el vicio y habéis acabado con una vida, y Dios sabe qué depravaciones más habréis cometido.

—¿Cómo? —Rotger miró a su alrededor, sin comprender.

—¡Todos os vieron, esta noche, borracho de deseo y de licor, como un perro en celo detrás de una cualquiera! —dijo burlón el conde—. ¿Qué dignidad, qué honor podemos esperar de un comportamiento tan degradante?

—Monseñor, por favor. Os escuchamos —intervino Petrus, con semblante apacible.

Íñiguez tensó su mandíbula. Hacía años que no rezaba, pero si Dios estaba de su parte, contendría la lengua de Rotger de Montlaurèl. Si mencionaba a Isabeau, todo estaba perdido. La muchacha ya no sería una mera ladrona: se convertiría en una fugitiva de la justicia, buscada por la guardia de Narbona. Y tras ella, la cofradía de los ladrones caería apresada también.

El obispo miró al toledano. El semblante de Íñiguez era tan pétreo como la pared que tenían delante. Montlaurèl habló, por fin, fijando la vista en el escribano y en Walter Map.

—Estaba en mi habitación cuando oí unos ruidos en el pasadizo. Abrí la puerta y vi a un hombre a punto de matar a otro, más viejo y débil. No lo pensé dos veces y asesté una estocada contra su atacante. Lo maté. Eso es todo.

—¡Eso no es todo! —exclamó el conde de Tolosa—. ¿Por qué teníais una espada en la mano? ¿Cómo vais a convencernos de que no había intención maligna y premeditación en vuestro ataque? ¿Para qué asestarle una herida mortal, en lugar de detener la pelea? Eso demuestra que teníais ánimo asesino. ¡Responded!

Los de Narbona movieron los pies, inquietos, y se miraron molestos al ver la energía con la que el conde de Tolosa interrogaba al que era, al fin y al cabo, obispo de las tierras de Lengadòc. Tampoco ayudaba la expresión feroz de Rotger de Montlaurèl, mientras recordaba la conversación que había mantenido con la *trobairitz* Isabeau, el olor de sal de su piel, el grito de terror de la joven al ver a Íñiguez en el suelo y el odio con el que había mirado a Lobar. De obispo, Rotger solo tenía las ropas y el cargo: durante años había sido educado para luchar y fueron sus instintos y su entrenamiento los que hundieron la espada en el estómago del mercenario, para proteger a una mujer que apenas conocía. Aun en ese instante, seguiría protegiéndola sin saber por qué. No pensaba revelar que Isabeau estaba en el castillo. Se limitó a decir:

—Me atacó, y me defendí. Nada más.

Íñiguez contuvo la alegría y el alivio que le produjeron las palabras del obispo. Gracias a Dios o al Diablo, Montlaurèl había decidido no mezclar a Isabeau en todo aquello. El secretario Petrus se mordió el labio inferior. El obispo estaba mintiendo, y todos los presentes se habían dado cuenta. Quizás era algo sin importancia o tal vez no; sea como fuera, estaba jugándose la vida. El secretario se acercó a la vizcondesa y susurró:

—Señora, la noche ha sido larga y nada concluiremos.

—Tenéis razón, Petrus, como siempre —convino Ermengarda.

—Llevadlos a las mazmorras —indicó Petrus a los guardias—. Mañana seguiremos.

Rotger abrió la boca como si fuera a decir algo, pero lo pensó mejor. Íñiguez inclinó la cabeza respetuosamente. Los dos prisioneros desaparecieron por la puerta y cuando sus pasos se hubieron apagado, la vizcondesa dijo en voz alta, a nadie en particular y a todos los presentes:

—Voy a ver a mi hermana.

—Está en su recámara, mi señora —dijo Petrus.

La vizcondesa asintió y miró a su secretario con agradecimiento. Tomó su capa de lana gris y se envolvió en ella como si fuera una armadura. Todos hicieron una reverencia cuando Ermengarda salió de la estancia. Todos, menos el conde de Tolosa.

Raimundo de Tolosa se dejó caer en la butaca y se quitó las botas. Estaba cansado. La penumbra del dormitorio le acogió como la oscuridad abraza a sus hijos los lobos y las aves nocturnas. Se permitió, por fin, esbozar una sonrisa de satisfacción. Había perdido un buen mercenario, era cierto, pero estaba en vías de ganar una interesante batalla contra su proverbial enemiga la vizcondesa de Narbona, y le complacía doblemente verla debilitada por la desgracia acontecida a su hermana. Lo que había sucedido era producto de un azar tan increíble que le resultaba excitante, como si el mundo por fin se alineara según lo que su padre y él siempre habían deseado. De no haber tenido el buen sentido de hacerse matar, el imbécil de Lobar le habría causado un grave perjuicio. Tolosa no dudaba ni por un segundo que el mercenario, borracho o aburrido, se había arrojado sobre la desgraciada Ermesenda para saciar sus instintos, sin importarle si era la hermana de la vizcondesa o la virgen María. Por suerte, esa falta ya no recaería en el conde de Tolosa, como hubiera sucedido de estar vivo Lobar. Ahora solo le quedaba jugar la partida que el Diablo le había concedido. Y no era mala jugada: un escándalo en la corte de Narbona, las costumbres depravadas que llevaba tiempo denunciando a su suegro... Quizás el rey de Francia le daría permiso para convocar un ejército de caballeros cristianos y limpiar las montañas de Lengadòc de herejes, y los cofres de la vizcondesa de su oro. Se permitió soñar un instante más: tal vez, Narbona estaba madura para un dulce vasallaje.

Raimundo se levantó y se acercó al aparador, de donde sacó una jarra de vino y una copa. Se sirvió un vaso y lo apuró de un trago. El dulce sabor del caldo permaneció en su lengua y lo paladeó. El vino de la vizcondesa era de verdad delicioso. Se volvió hacia la figura temblorosa que le había seguido hasta la habitación y dijo:

—Ven aquí, muchacha.

La criada era rolliza, más de lo que le hubiera gustado, pero no estaba en Tolosa y no tenía más remedio que tomar lo que estuviera a mano. Y al fin y al cabo, tenía labios también gruesos, de los que satisfacen a un hombre, especialmente cuando callan. La chica obedeció. Estaba aterrorizada y eso le gustaba a Tolosa. No soportaba a las mujeres que no conocían su lugar en el mundo.

—Arrodíllate.

Se acercó, y con un tirón brutal encajó su verga en la boca entreabierta de la chiquilla, que instintivamente trató de zafarse y trató de gimotear, llorosa.

—Quieta, maldita. ¡Quieta, te digo, o te cruzo la cara con mi espada!

A sus espaldas, una voz dijo:

—Buenas noches, conde.

Tolosa se volvió, soltando a la chica, que se refugió en un rincón de la habitación, limpiándose la boca como podía. Había un hombre de pie en el umbral de la puerta. Una enorme cicatriz le cruzaba la mandíbula.

—Lamento... interrumpir.

—¿Quién sóis? —dijo el conde de Tolosa, moviendo lentamente la mano hacia la empuñadura de su espada.

—Soy un amigo —replicó Cirac.

—Yo no tengo amigos, señor —dijo Tolosa—. Los

hombres me sirven o me temen. ¿A qué categoría pertenecéis vos?

Cirac repuso sin dudarlo:

—Os sirvo.

—Buena elección. —Y sin volverse, ordenó—: Vete, muchacha. Por esta noche, no te necesitaré más.

Cuando la criada hubo salido a toda prisa, el conde se acercó a la butaca mientras el de Cirac cerraba la puerta tras la chica. Bertrand de Cirac sintió un ligero nerviosismo. Traía buenas nuevas, lo sabía, para el de Tolosa, pero después de todo él no era más que un señor de provincias, mientras que el conde de Tolosa había sido el marido de la hermana del rey de Francia y se codeaba con el papa y los grandes del reino. Se sobrepuso a sus vacilaciones. El conde le daría la oportunidad de consumar su venganza. Cirac dijo:

—Tengo información para vos.

—¿De qué se trata? —preguntó despreocupadamente el conde.

—¿Qué haríais si os dijese que el obispo Rotger de Montlaurèl es un hereje y que la vizcondesa de Narbona le protege, a pesar de conocer su depravación?

Tolosa se sentó en la butaca y tomó otro sorbo de vino, estudiando al recién llegado. Por fin, repuso:

—Diría que es una hermosa melodía para mis oídos. Y que en mis tierras, las acusaciones falsas se castigan cortando la lengua al mendaz. —El conde de Tolosa se inclinó hacia Cirac y dijo—: ¿Queréis repetir lo que acabáis de decir?

Cirac parpadeó, ligeramente sorprendido por la tranquila violencia de las palabras de su interlocutor. Sin embargo, hizo lo que el otro le ordenaba. Repitió:

—Tengo pruebas de que el obispo de Montlaurèl es un hereje. Y la vizcondesa de Narbona...

Tolosa arrojó la copa al fuego, y el vino y la madera ardieron con altas llamas que se reflejaron en sus ojos iracundos:

—¿Con qué imbécil creéis que estáis tratando? Conozco a Ermengarda de Narbona desde hace años, y si su corte fuera un nido de herejes, ¿pensáis que no lo habría descubierto ya? —Y añadió, como si fuera un detalle—: Y en cuanto al obispo de Montlaurèl, ¿qué pruebas tenéis?

La mirada de Cirac relampagueó y su cicatriz empezó a latir. Dijo:

—Voy a casarme con Garsenda de Montlaurèl, la hermana del obispo Rotger. Conozco bien a esa familia. Podéis creerme si os digo que es un hereje.

—Lo que importa no es si yo os creo —dijo Tolosa, mirándole con más atención— sino si vais a jurarlo públicamente.

—Sí. —La respuesta llegó como un trallazo.

—Es más, ¿podéis demostrarlo? —La pregunta flotó en el aire.

—Garsenda también lo corroborará.

—¿Tenéis algo más que palabras? No me hagáis perder el tiempo.

Cirac asintió, resplandeciente.

—Tengo documentos sellados por el obispo, con la cruz de los que se dicen perfectos.

—¿Documentos, decís? ¿Y sostenéis que la vizcondesa de Narbona lo sabe? —preguntó Raimundo, escudriñando a Cirac.

—Sin duda.

—¿También eso podéis jurarlo?

Cirac dudó un segundo antes de decir:

—Así es.

—Y también contáis con pruebas documentadas.

—Bueno, eso es...

—Más complicado, ¿verdad? —dijo Tolosa, mostrando los dientes. Preguntó—: ¿Cómo os llamáis?

—Bertrand de Cirac, para serviros.

Tolosa se levantó y reflexionó unos instantes. Cuando se giró, dijo:

—Os diré lo que haremos, señor de Cirac. Vais a repetir lo que me habéis dicho sobre vuestro futuro cuñado. Pero ni se os ocurra mezclar a la vizcondesa de Narbona en vuestras declaraciones.

El desconcierto se pintó en el rostro de Cirac.

—Pero yo creí que la vizcondesa era vuestra enemiga...

—Así es. Y acabo de firmar un tratado de paz con Narbona —dijo Tolosa con voz átona.

Cirac dijo, sorprendido:

—Vuestro padre...

Tolosa le interrumpió, tajante:

—Mi padre ocupó una vez las tierras de Narbona y tuvo que retirarse cuando la alianza del conde de Barcelona y los señores de Lengadòc salieron en defensa de la vizcondesa Ermengarda. Tolosa hizo las paces con Narbona y yo acabo de refrendar esa amistad con un nuevo tratado. —Se inclinó hacia Cirac y dijo, con su mirada intensa clavada en los ojos huidizos del otro—: Hacedme caso, señor. Soy zorro más viejo y os digo que más vale hereje en mano que ciento volando.

El otro se levantó y asintió. En toda la conversación el conde de Tolosa no había mirado una sola vez su cicatriz. Era el primero que no lo hacía, en mucho tiempo. Cirac inclinó la cabeza y se retiró.

Cuando Bertrand de Cirac se hubo ido, Raimundo de Tolosa sacó la jarra de vino del aparador y bebió de ella, sin vaso ni copa, dejando que el vino se derramara por las comisuras de sus labios y manchara su camisa. Estaba brindando por la caída de la casa de Narbona. No pensaba revelar a un desconocido cuán profundo era el odio que sentía por la vizcondesa y no cometería el mismo error que su padre, que buscó un enfrentamiento abierto y obligó a los señores de la región, normalmente más inclinados a hacer la vista gorda, a aliarse para evitar que el poder de Tolosa se duplicara con la conquista de Narbona. No serían las armas de la guerra las que emplearía contra Narbona. Aplastaría a Ermengarda cuando estuviera debilitada, sola y sin marido a su lado para empuñar una espada y defenderla, manchada por la acusación de herejía de uno de sus obispos.

Los nobles de Narbona no eran guerreros, sino comerciantes y amasadores de dinero: no serían difíciles de dominar. Cuando destruyera a Ermengarda, sería de una vez y para siempre. Si lo que Cirac decía de Montlaurèl era cierto, la partida contra Narbona estaba ganada, o poco le faltaría: un obispo fiel a Ermengarda, condenado como hereje, era una mancha lo bastante grave en la credibilidad de la vizcondesa como para granjearle los suficientes apoyos y abrirle las puertas de la ciudad y de sus riquezas. Los ojos de Tolosa brillaban con la promesa de la conquista, por fin, de la plaza que más deseaba en todo Lengadòc.

Se detuvo al verla. Los ojos de Ermesenda habían sido más alegres que los suyos cuando ambas fueron jóvenes y se habían nublado de tristeza durante los últimos meses, a causa de la muerte de su hijo. Su hermana había sufrido una viudedad inmerecida, después de un matrimonio en segundas nupcias con su marido castellano que no había sido un yugo, sino un plácido regalo de Dios, inesperado y por ello doblemente bienvenido. Ermengarda avanzó hasta situarse frente a ella. Ahora sus ojos estaban cerrados y amoratados, y tenía el labio y la nariz partida. Era una mujer de salud delicada, pero a pesar de eso había dado a luz siete hijos, y en alguno de esos partos su hermana Ermengarda la había acompañado, sosteniendo su mano y rezando con ella. Otros, los había pasado sola. Como los momentos más horrendos de su vida, que habían dejado las marcas de la bestialidad en su cara, en los cardenales abyectos que le cubrían el cuello y los hombros, en el golpe y la herida abierta por la que su sangre había manado, debilitándola hasta el extremo. Ermengarda bajó la cabeza y dejó que sus lágrimas resbalaran por sus mejillas, por fin. El llanto de una hermana hizo eco contra las frías paredes del lugar más recóndito del castillo de Narbona.

—Te prometo... —empezó, y la rabia estranguló su voz. También la impotencia, porque no sabía qué quería decirle a Ermesenda excepto que le mataría, que acabaría con el bastardo sin alma, le arrancaría los ojos y la lengua y el corazón aún palpitante, sin verdugo ni horca ni espada, que sería ella con sus propias manos la responsable de hacer justicia— justicia —terminó como un fantasma de su voz, ahogada por el llanto y la pena, y las paredes jugaron con la palabra, burlonas.

El cuerpo inmóvil de su hermana no reaccionó. El primer médico había dicho que las contusiones recibidas la habían sumido en el letargo. Que debían sangrarla para liberar los humores melancólicos que la desgracia le había causado, pero Ermengarda no lo había permitido. Mandó que trajeran otros dos galenos, uno árabe y otro judío. Ambos habían recomendado reposo, tranquilidad, y le habían administrado a la postrada un bebedizo de hierbas calmantes. Y ahora, solamente cabía esperar.

Ermengarda se quitó el broche que sujetaba su capa

y dejó que la tela gris se deslizara sobre el cuerpo de su hermana, como la caricia de una ola, cubriéndola. Se dio la vuelta y empezó a ascender los peldaños, uno tras otro, mientras cada paso resonaba en su mente con la fuerza de un juramento.

9

Inquisitio

Cuando Isabeau abrió los ojos, lo recordó todo. Íñiguez, preso. La sangre del toledano manchando sus manos. Montlaurèl enarbolando una espada. Quiso ponerse en pie de un salto, pero, al intentarlo, un fuerte dolor en la parte posterior de la cabeza la hizo balancearse. Guerrejat la sujetó.

—Tenemos que volver —dijo la joven.

—Ni loco. Bastante suerte hemos tenido con salir vivos del castillo.

El casco de *La Fidanza* crujió, como si le diera la razón a su dueño. La nave se deslizaba silenciosa por el estuario del río Aude mientras hendía su proa brillante en los amasijos de algas que flotaban en la superficie negra. La luna besaba las velas y la silueta de la nave se movía entre la neblina de la noche, como si huyera de una maldición. Isabeau se zafó de Guerrejat y con no poco esfuerzo se enderezó. Estaba en cubierta. Dos de los marineros de Guerrejat la observaban. La joven se encaró con ellos:

—¿Qué estáis mirando? ¡Fuera de aquí!

Miraron a Guerrejat, que hizo una seña con la cabeza, y sin decir palabra los dos cogieron un par de cubos y un cepillo y desaparecieron a limpiar la cubierta de abajo. Guerrejat se cruzó de brazos y dijo:

—¿Desde cuándo, si es que se puede saber, eres capitán de mi barco?

Isabeau no se molestó en contestar. En cambio, musitó como si hablara consigo misma:

—Tenemos que pensar cómo sacarle de ahí.

—Lo haremos, en cuanto estemos a salvo —dijo Guerrejat, con un deje de impaciencia en la voz.

—No voy a dejar que le pase nada —repitió Isabeau.

—¡Basta! Hablas como si Íñiguez fuera incapaz de sobrevivir, y a mí me parece que sabe cuidarse solo.

—¡No entiendes nada! —Isabeau se volvió hacia el marinero con angustia—. Ese hombre lo es todo para mí.

—Todo —repitió Guerrejat lentamente.

Isabeau se giró y puso ambas manos sobre el balcón de cubierta.

—No seas estúpido.

—Querida, creo que mis acciones están muy lejos de la estupidez —dijo Guerrejat—. Más bien diría que estoy rivalizando con el santo Job en paciencia y comedimiento, habida cuenta que la mujer que ayer me ofrecía sus labios hoy me habla de otro hombre en esos términos. —Suavizó su voz para añadir—: Pero eso no me importa la mitad que verte así.

Tomó a Isabeau de la mano y la condujo hasta los jardines de popa. Atrás quedaba la ciudad, iluminada por las hogueras y las chimeneas de las casas, y la masa oscura del castillo recortándose contra el horizonte. El marinero dijo:

—Ni tú eres charlatana ni yo curioso, pero después de lo que ha pasado esta noche, y pensando en lo que puede pasar mañana, ¿no crees que debes confiar en mí? Especialmente, porque me necesitas a tu lado, si vamos a rescatar al toledano. Y no pretenderás que vuelva a jugarme el pellejo por tus ojos de hechicera, ¿no? Lo hice con gusto una vez, pero si lo hiciera dos veces sería un necio. Vamos, siéntate conmigo.

El marinero amontonó unos cabos para que pudieran sentarse en el punto más elevado de la cubierta y los dos se acomodaron sobre la pila de duras cuerdas.

—Este barco es muy hermoso —dijo Isabeau. Era seguro hablar de la nave. No había peligro ni pasado que contar.

Guerrejat asintió, contemplando la superficie de madera que se extendía a sus pies. Dijo:

—No siempre fue mío.

—¿Cómo te hiciste con él?

—Lo dices como si lo hubiera capturado con mi sable —sonrió Guerrejat.

—¿No fue así?

El marinero negó con la cabeza y dijo:

—A los cinco años me hicieron prisionero unos traficantes de esclavos, y creo que también a mi familia porque recuerdo la cara de una mujer bondadosa al principio de todo. Luego desapareció, y pronto me mandaron a los mercados de esclavos del norte de África. El tratante de esclavos que me vendió tenía una buena casa para mí: su dueño tenía debilidad por los niños rubios, y me dijo que los trataba muy bien. La primera noche la pasé sin pegar ojo y no vino a buscarme, sino que se decantó por otro muchacho un poco mayor. La noche siguiente, toda la casa se levantó al oír unos bramidos de dolor: la segunda vez que el dueño se había acercado a él, mi compañero había cogido uno de los sables de la guardia y le había cortado las partes pudendas, amén de clavarle la hoja en la barriga. Digamos que mi dueño ya no pudo gozar de mi compañía ni de la de nadie más. Murió desangrado como un cerdo.

—¿Qué te pasó?

—El muerto tenía una esposa, y la viuda me revendió al traficante. No sentía ningún interés por mí y, en cambio, tenía prisa por reunir la mayor cantidad de dinero posible. Creo que se quedó a algunos de los chicos más mayores y fuertes. Así que el traficante me buscó un nuevo dueño, y a la segunda la Fortuna me sonrió. Era el capitán de un barco que buscaba un crío para entrenarlo como vigía, alguien de huesos ligeros y piernas veloces, que no importara si se caía catorce veces del mástil, para avistar naves enemigas o tormentas en el horizonte. Aunque me daba palizas cuando se emborrachaba, y eso sucedía tres veces en cada travesía, crecí tranquilo durante diez años. Aprendí todas las formas de anudar un cabo, qué peces son venenosos y cuáles son un manjar más suave que la mejor carne de ternero, las maniobras de atraque, cómo esquivar un arrecife y de dónde sacar el viento cuando no sopla ni una mota de aire. En suma, me hice un hombre. Cuando llegó el momento de quedarme con el capitán, que me ofreció mi libertad, o buscar mi propia tripulación, me fui.

—¿Así de fácil? —preguntó Isabeau con admiración.

Guerrejat soltó una carcajada.

—¡Lo fue todo menos fácil! El capitán no pensaba dejarme ir ni por asomo, pero una de sus noches de borrachera le arranqué un garabato al pie de mi carta de libertad. Cuando la vio a la mañana siguiente, pensé que la rompería en pedazos. Pero se consideraba un caballero, aunque no lo era, y conmigo respetó la palabra dada. Luego llegó la hora de armar mi propio barco y encontrar tripulación. Los primeros sinvergüenzas que recluté esperaron a estar en alta mar, se amotinaron y me dejaron a la deriva en una barcaza, con una pinta de agua y una hogaza de pan. Logré volver a puerto y tuve que enrolarme en cinco expediciones más, en las que me jugué el cuello otras tantas veces, para reunir el dinero suficiente y pagar al armador el buque que mi inexperiencia le había hecho perder.

—Pero por fin conseguiste tu barco —dijo Isabeau, señalando la impresionante cubierta de *La Fidanza*.

—Tardé varios años en lograrlo, y perdí un galón de sangre por lo menos. También es cierto que gané varios puñados de monedas de oro de maneras a cuál más variopinta.

—Así que eres un pirata, después de todo —dijo Isabeau, sonriendo.

—«Mercader» es una palabra que me gusta más. Pero hablaremos de eso en otra ocasión, pues es una larga historia —repuso el otro, devolviéndole la sonrisa. Guerrejat acarició el pelo rojo de Isabeau. Hubo una pausa durante la que solo se oía el lento avanzar de la nave y los ruidos de la vida que palpitaba en los bosques a orillas del río.

—Tienes el pelo rojo, como el fuego que anima tu espíritu, *trobairitz* —dijo Guerrejat.

Al cabo de un largo silencio, Isabeau dijo:

—Mi madre también era pelirroja. Solía llevar el pelo largo y suelto cuando estábamos las dos juntas, en el bosque. Teníamos una pequeña cabaña, que había construido mi padre, que era leñador. Murió de peste cuando yo era muy pequeña. Aunque mi madre era muy hábil con los remedios, no pudo hacer nada por él.

Guerrejat no la interrumpió para decir que lo sentía. Solamente asintió, porque así era el mundo: los niños eran esclavos, y los padres morían.

—Por eso —continuó Isabeau— no comprendí hasta qué punto eran peligrosas las murmuraciones de las gentes del pueblo sobre mi madre, su pelo rojo y la muerte de mi padre. Yo no me daba cuenta de nada, solo jugaba y robaba manzanas o intentaba encontrar alimentos en el bosque. Ella siempre me advertía: si iba sola y veía algún campesino, tenía que esconderme y procurar que no me viera. Había una cueva en lo más profundo del bosque, casi escarbada en la montaña, y allí tenía que esperarla si algo pasaba. Solía pasar la mañana en el pueblo, ofreciendo sus servicios a quien necesitara una cataplasma, o que le limpiasen una herida o las que no querían quedarse preñadas, o las que querían un marido. Todos le pedían conjuros y pócimas. Mi madre se reía y les daba una infusión de color dorado y decía que era la lluvia de Danae, que aseguraba el amor hasta de un dios. —Isabeau esbozó una sonrisa—. Cobraba medio denario por cada ampolla. No vendía muchas.

Una lechuza saludó desde el otro lado del río, y el sotobosque se movió con los mil pies de las criaturas que lo poblaban. Isabeau siguió hablando, y Guerrejat la escuchaba sin decir nada. La noche los envolvía a los dos.

—Un día no volvió por la mañana. Me fui a la cueva y allí la esperé. Se hizo de día y de noche dos veces. Yo tenía hambre y miedo, y decidí que tenía que salir en busca de mi madre. Cuando iba camino del pueblo, me crucé con un hombre que volvía, a caballo. Me vio y se detuvo. Me dijo: «¿Te has perdido, niña?» Yo no le contesté y seguí andando. Él dio la vuelta a su montura y se plantó frente a mí. Yo estaba aterrorizada. Iba a suceder lo que mi madre me había advertido siempre. El extraño descendió y me cogió del brazo: «Eres hija de Garmenda, ¿verdad? La que dicen que es bruja.» Asentí, sin atreverme a hablar. Se quedó callado un momento. Más tarde me dijo que durante esos instantes había pensado en dejarme en ese camino, a mi suerte, y seguir el suyo. Pero no lo hizo. Me miró y dijo: «Tu madre está presa. Morirá quemada en la hoguera. Debes decidir si quieres vivir sola o morir con ella.» Fue brutal pero yo lo agradecí. Llevaba dos días de angustia sin saber qué hacer, ni qué pasaba. Ahora todo tenía una respuesta, un por qué, y en efecto, yo debía tomar una decisión. Pregunté si había posibilidad de salvar a mi madre. Me dijo que no. «El señor de Montlaurèl la condenó anteayer y no hay más que hablar.» Le pedí que me llevara a verla el día de la ejecución. Se negó. Se lo pedí otra vez, y supongo que pensó que si se negaba de nuevo haría lo que me diera la gana, y moriría de paso. Aceptó. Dice que jamás se lo perdonará, porque tendría que haberse mantenido firme pero no lo hizo. Así fue como vi a mi madre arder en la hoguera. Ella también me vio y creo que supo que estaba a salvo. Íñiguez era ese hombre, y me crio como si fuera su hija.

—Y te enseñó a sobrevivir.

—Eso lo primero —asintió Isabeau, y sacó su arma de la cintura—. Vi la primera daga cuando él me regaló esta, y probé mi primer vaso de licor cuando él decidió que era tiempo. Me disfracé de fraile para entrar en un *scriptorium* con él y robar códices, y me hice pasar por ciega para robarle a un usurero. Me enseñó a leer y escribir. A cantar y a componer. —Hizo una pausa y dijo—: Más que eso: sé cuál es la diferencia entre un pergamino, o la piel de becerro curtida, o la pasta de lino a la manera egipcia y los delicados materiales que utilizan más allá de los cuernos del Bósforo. Sé cómo preparar y mezclar los colores: el bermejo a partir de las cochinillas, el azul con lapislázuli o añil, el negro con hollín y el dorado con polvo de oro y yema de huevo. Conozco qué trazo es más fino, si el de una pluma de ganso, de avestruz o de pavo real. Soy la escriba más buena que puedas encontrar al sur de París —terminó Isabeau, orgullosa.

—Y la mejor ladrona, también.

—Sí, eso también —dijo la joven, con una ligera amargura—. Los manuscritos son mi placer secreto, pero no dan suficiente dinero para vivir. Desde el principio, Íñiguez me dejó claro que no era rico, al contrario, y que yo tendría que mantenerme con lo que ganara. Cuando tuve edad suficiente, me dijo que podía elegir entre la taberna, el prostíbulo o robar. Le dije que tenía que probar primero para decidirme.

—¿Y qué hizo él? —preguntó Guerrejat enarcando las cejas.

—Me llevó una noche a una taberna de Toledo. Estuve sirviendo vino, cervezas y carne a los clientes hasta que no me pude tener en pie. El viejo zorro estuvo riéndose de mis pies hinchados durante días.

—Sospecho que si te aventuraste en una casa de citas la cosa terminó igual —dijo Guerrejat.

—Peor que eso: me pintaron como una mona y cuando el primer cliente trató de agarrarme el muslo, le clavé en la mano la daga que Íñiguez me había regalado. Después de aquello, el toledano decidió que la única salida para mi futuro era convertirme en una ladrona —dijo Isabeau, echándose a reír. El marino sonrió, imaginándose perfectamente la escena. Dejó transcurrir una pausa mientras la brisa seguía acompañando la noche y a los fugitivos.

—¿Y los Montlaurèl? —preguntó Guerrejat con suavidad.

Isabeau esbozó la sonrisa más triste que Guerrejat había visto jamás.

—Mientras crecía, los olvidé. No pensaba mucho en mi madre: Íñiguez y yo íbamos de un lado para otro, siempre había un nuevo truco que aprender, alguien a quien esquilmar, una mentira que contar. Pero un día volvimos a pasar cerca del pueblo donde me había encontrado, y lo recordé todo de nuevo: la cueva, la cabaña, el pelo rojo de mi madre mezclándose con las llamas de la hoguera y el nombre de quien la había condenado a muerte. Tuve pesadillas esa noche, y la siguiente también. Fue como si hubiera abierto un arcón enterrado en mi memoria; no podía dejar de soñar con la muerte de mi madre. Íñiguez tampoco sabía qué hacer, me daba cuenta: su viejo truco, cambiar de ciudad y concentrarnos en un nuevo robo, no funcionaba. Y yo, cada noche, volvía a sufrir viéndola morir.

A lo lejos las campanas de la catedral de Narbona

tocaron como si fuera la misa de mediodía. Isabeau se estremeció. Guerrejat se acercó al timón y le dio instrucciones a su segundo de a bordo. Varios marineros plegaron las velas para que la tela blanca no resultara visible desde la distancia. La mole de madera negra y silenciosa siguió deslizándose por las tranquilas aguas del Aude. Guerrejat volvió al cabo de unos minutos y se instaló de nuevo al lado de la joven. Esta prosiguió:

—Decidimos que había llegado el momento de mi primer robo en solitario. En retrospectiva, ahora sé que fue cosa de Íñiguez, claro, que no sabía cómo sacarme de la cabeza el recuerdo de lo que le había pasado a mi madre. Supongo que pensó que si tenía que espabilarme sin él no me quedaría ni un minuto para torturarme pensando en el pasado. Y tenía razón. Todo volvió a la normalidad, y fue bien hasta que en uno de los viajes de regreso, cuando estaba sola en una posada, oí que alguien pronunciaba el nombre de Montlaurèl. Y lo odiaba, como yo. Me dije que tenía que hablar con él. Me acerqué al extraño, como la mosca a la telaraña. Estaba obsesionada y aquella casualidad contribuyó a convencerme de que debía hacer algo. De otro modo, el destino jamás habría cruzado mi camino con el de Bertrand de Cirac.

—¿Quién era? —preguntó Guerrejat.

—Una familia rival de los Montlaurèl. Se vieron obligados a pactar con ellos y cederles terrenos, y al final no les quedó más remedio que aceptar una alianza matrimonial con sus enemigos, o desaparecer. Los odiaba tanto o más que yo. Tenía un plan perfecto y meditado. Había pasado muchas horas imaginando, soñando incluso con la caída de los Montlaurèl. Cuando hablamos me dijo que yo era la pieza que le faltaba para llevarlo a cabo.

—¿De qué se trataba?

—Íbamos a acusar a todos los varones Montlaurèl de herejía —dijo Isabeau en voz baja.

—De ese modo, serían condenados y quemados en la hoguera —dijo Guerrejat—. Pero, ¿por qué todos? Los actuales señores no fueron responsables de la muerte de tu madre. Eso debió suceder hace por lo menos veinte años, ¿verdad?

El pelo rojo de Isabeau cayó sobre su cara cuando hundió la cabeza en las manos. Musitó:

—Quería acabar con toda la familia, borrarlos de la capa de la Tierra, que se hundieran en el olvido.

Guerrejat observó durante un rato el rostro de la joven y preguntó, por fin:

—¿De quién hablas: de Cirac o de ti?

Isabeau le lanzó una mirada herida y contestó:

—Cometí un error terrible, y no solo porque Íñiguez esté preso.

Guerrejat reflexionó un momento y dijo:

—Aún es pronto para preocuparnos. No sabemos qué sucederá.

—Sí lo sé. Cirac solo respira para hundir al obispo de Montlaurèl. Y no quiero la muerte de un inocente sobre mi conciencia. Ya no.

—¿Qué te hizo cambiar de idea?

—Me di cuenta de que Montlaurèl es un hombre decente —dijo Isabeau fijando la vista en el horizonte de agua oscura.

Guerrejat guardó silencio un instante y dijo:

—No será difícil enterarnos de qué ha pasado. Salomón tiene informantes hasta en las catacumbas de Narbona. Pero, para eso, tenemos que llegar sanos y salvos a la posada de la Oca Roja.

Isabeau preguntó:

—¿Cómo me sacaste de allí? No recuerdo nada.

—Tardabas demasiado, así que fui a por ti. En un pasadizo me topé con Íñiguez herido, un cadáver en el suelo y al obispo con la espada chorreando sangre en la mano. A poca distancia, detrás de mí venían cuatro guardias dando voces y altos. Solo me preocupé de sacarte de allí lo antes posible, aunque tuve que dejarte inconsciente para arrancarte del lado de Íñiguez. No sé qué hicieron con él, ni me molesté en mirar atrás. El propio Íñiguez me lo ordenó.

En los ojos de Isabeau había una mezcla de reproche y agradecimiento. Sabía que si Guerrejat no hubiera ido a por ella, habría corrido el mismo destino que los otros dos; y al mismo tiempo, se sentía tremendamente culpable de que Íñiguez estuviera prisionero, abandonado a su suerte. Dijo, en voz baja:

—Íñiguez y ese tipo estaban luchando cuando Montlaurèl intervino, y estaba claro que Íñiguez llevaba las de perder.

—Es decir, que Montlaurèl salvó la vida del toledano —dijo Guerrejat.

—Así es —musitó Isabeau—. Y por esa razón pienso sacarle de ahí.

Se quedó callada. La brisa nocturna sopló por la cubierta de *La Fidanza*, y la luna convertía en plata todo lo que tocaba. Guerrejat acercó su cabeza hasta la de Isabeau y puso sus labios sobre la frente de la joven. Recorrió el camino hasta su boca, y mientras la silenciosa efigie de madera que surcaba el río siguió su camino, Guerrejat e Isabeau se fundieron en un largo beso con sabor a incertidumbre. La piel tiene una extraña intuición: cuando ha estado cerca de la muerte, busca la vida con afán. Cuando las recias manos del capitán se posaron sobre su cuello para desabrochar su jubón, la ladrona permitió que lo hiciera. Cuando abrieron la tela, ofreciendo a la brisa fría del río la oportunidad de besar sus pechos, no lo detuvo. Y fueron las manos de Isabeau las que se deslizaron, sabias como siempre serán las mujeres heridas, por el vientre de Guerrejat, buscando apagar el frío que sentía su alma esa noche en las cálidas caricias del dueño de *La Fidanza*.

No había ventanas que dejaran paso a la luz de la luna en la celda que compartían Íñiguez y Montlaurèl. Los constructores de los sótanos del castillo pensaron que los prisioneros de Narbona no merecían saber si era de día o de noche, y ni siquiera la temperatura constituía una pista, pues parte de los cimientos se hundían en el lecho del río, de modo que algunas paredes chorreaban humedad y el frío era casi permanente. El moho recorría las paredes de piedra como una resbaladiza serpiente. Suelen contar los prisioneros que sobreviven al encierro que su temporada en el infierno tiene olor de putrefacción, y así era también en las mazmorras de Narbona. En un rincón había un orinal que nadie se había preocupado de vaciar. ¿A qué fin, si el destino de los que entraban y salían en esa celda siempre era el mismo: morir o desear estar muertos? Los dos hombres estaban sujetos por los tobillos con unos grilletes a la pared, y solo podían alejarse dos codos hacia las rejas de la estancia, que más que una celda era una jaula. En el suelo, frente a la pared opuesta a las rejas, había paja y serrín, como si alguien quisiera burlarse de los cautivos insinuando la silueta de un camastro. Una jarra contenía un líquido negruzco que Íñiguez había desechado al olisquearlo brevemente; había sido vino, tiempo atrás. El toledano miró a Montlaurèl, que estaba acuclillado, con las rodillas contra el pecho y la cabeza hundida.

—Amigo —dijo Íñiguez—. Hablemos o nos volveremos locos los dos.

—Me temo que eso es lo de menos —dijo Rotger, con amargura.

—¿Volverse loco? Diría yo que tiene su importancia —dijo Íñiguez.

—He matado a un hombre.

—Os lo agradezco de veras, porque si no ahora el muerto sería yo. —Íñiguez escrutó el rostro de su compañero de celda, dudoso de la pasta que estaba hecho el clérigo, y preguntó con delicadeza—: ¿Es vuestro primer muerto?

—No —Rotger sacudió la cabeza—, pero desde que me ordenaron obispo no había matado a nadie.

Los dos hombres guardaron silencio durante un breve momento y repentinamente se echaron a reír los dos. Sus carcajadas explotaron contra las paredes soñolientas y rebotaron por el pasadizo. Reían como solo pueden hacerlo los que saben que no les quedan muchas esperanzas: cuando la certeza del desastre es tan palpable que se convierte en un compañero de la comedia de la vida, las risas fluyen con más libertad. No había ningún guardia cerca y nadie les mandó callar; por eso siguieron riendo a gusto durante un buen rato. Por fin, Íñiguez se limpió las lágrimas y dijo, de buen humor:

—Monseñor, me alegro de compartir esta celda con vos.

—Y yo, amigo, me alegro de haberos salvado la vida.

—Cierto, el hombre que me atacaba no se hubiera conformado con menos —repuso Íñiguez.

—¿Quién era?

—Un animal.

—¿Y por qué os atacó?

—Porque le descubrí justo después de haber asaltado a una mujer.

Rotger abrió mucho los ojos.

—¿Fue él quien atacó a la señora Ermesenda?

—Así es.

—Entonces estamos salvados: la vizcondesa recompensará vuestra bravura.

—Eso sería espléndido —repuso cortésmente Íñiguez— pero improbable.

—¿Por qué?

—Porque nadie excepto yo puede dar fe de mi bravura —dijo con ironía el toledano— y sé por experiencia que se requieren numerosos testigos, y de abolengo irreprochable, para ganarse el agradecimiento de un noble.

—Pero yo vi cómo... —Rotger calló de repente. Íñiguez dijo:

—Exacto: vos, que estáis preso como yo, me visteis luchando contra otro hombre, o mejor dicho, a punto de morir bajo su espada, pero, más allá de eso, nada podéis afirmar en mi defensa. —Y añadió—: Aunque os agradezco la intención.

—Ermengarda de Narbona es una gobernante justa —dijo Rotger— y generosa.

—No lo dudo. Esperemos que además sea compasiva —apostilló Íñiguez. Vio la expresión del obispo y se sintió obligado a añadir—: De todos modos, vos no tenéis nada que temer. Habéis actuado como corresponde a un caballero. Os lo agradezco, de veras.

—No es nada. Estaba en mi alcoba cuando oí el ruido... —De repente Rotger recordó el grito de Isabeau al ver al toledano caído en el suelo y herido. Dijo—: Isabeau os conoce. Os llamó Íñiguez.

El toledano enarcó una ceja al escuchar el nombre de la *trobairitz* en labios del obispo. Estaba claro que Rotger no se había olvidado de la muchacha. Además, el obispo sabía que era una ladrona, o al menos eso sospechaba Isabeau, según lo que le había contado él a Salomón. Íñiguez calculó rápidamente que no corría peligro de hundirse en cárcel más profunda, si confesaba que él también era ladrón, porque desde donde estaban solo se iba a la horca; pero tampoco era hombre partidario de arriesgarse dos veces más de lo necesario. Con una sonrisa amplia como las mangas de un birlador, se presentó:

—Así me dicen: Íñiguez de Toledo, porque en esa hermosa villa nací.

—¿Y qué os trajo a Narbona desde Toledo? —preguntó Rotger.

—Tengo buenos amigos en esta ciudad.

—¿Isabeau de Fuòc es amiga vuestra?

Íñiguez carraspeó.

—Es mi pupila.

—Vuestra pupila —repitió Rotger.

—Una joven de notable talento.

El obispo de Montlaurèl tiró de los grilletes para acercarse todo cuanto pudo al toledano, y clavó sus ojos negros en el rostro del astuto ladrón, que comprendió que se había excedido. Una ocasión perdida de cerrar la boca, pensó Íñiguez. Otra más.

—¿Me estáis tomando el pelo?

—En absoluto.

—Sabréis entonces que esa joven me robó una joya muy preciada para mí.

Íñiguez guardó silencio.

—¡Contestadme! ¿Lo sabéis, verdad?

—Sí —admitió el toledano.

—Y que esta noche estaba de nuevo en mi dormitorio, donde me ha explicado que venía a devolvérmela.

—Arrepentida, sin duda —dijo Íñiguez agarrándose a la más mínima oportunidad.

—Me tomáis por un imbécil, definitivamente —exclamó Rotger.

El toledano chasqueó la lengua.

—Monseñor...

—¡Basta! Creo que más vale que nos callemos. No es momento de abrir la boca para decir necedades —exclamó Rotger exasperado, volviendo a tirar de sus grilletes. El ruido del hierro contra la piedra desató un tintineo lúgubre, como si fuera la risa de la Muerte.

El toledano se rascó la barbilla, pensativo. Estaban solos en aquella celda y Dios sabía cuánto tiempo tardarían sus amigos o sus enemigos en decidir su suerte. Más le valía no ponerse en contra al obispo: era el único interesado, como él, en largarse de allí lo antes posible. Cuando Íñiguez volvió a hablar, se jugó el todo por el todo:

—Os diré toda la verdad.

—Lo creeré cuando lo oiga —gruñó Rotger.

—Es complicado —explicó Íñiguez.

—Tenemos tiempo.

El obispo de Montlaurèl se cruzó de brazos y miró al toledano, expectante. Íñiguez suspiró. La noche iba a ser larga.

Cuando Petrus se alejó de su alcoba, después de las diarias abluciones, el amanecer aún no había rasgado el velo de la noche. El secretario no tenía por costumbre trabajar tan temprano, pero aquel día era distinto desde que la noche lo había cambiado todo. La vizcondesa le había mandado recado de que preparase misas para rezar por la pronta sanación de su hermana, y cuanto antes empezara su jornada, mejor. Y además estaba otro asunto mucho más delicado. Al mismo tiempo que rezaban por la recuperación de Ermesenda, también había que prepararse para lo peor: un entierro de Estado, en el cementerio privado de los vizcondes de Narbona, una misa y el sermón *de mortuis*. Eso significaba convocar a las plañideras, pagar a los artesanos para que labraran el ataúd más hermoso que se hubiera visto en Narbona, y sin que la vizcondesa lo supiera, o al menos sin que fuera obvio para ella, que no quería ni pensar en perder a su hermana. Mientras tanto, la catedral de Narbona tañiría las campanas, y Petrus, en nombre de la vizcondesa Ermengarda, emitiría edictos para cerrar provisionalmente tabernas y lugares festivos como los prostíbulos o las casas de juego, porque, durante unos días, Narbona tenía que postrarse de dolor igual que iba a hacerlo su dueña. Por eso, cuando vio al conde Raimundo de Tolosa de pie, esperando frente a la puerta de la sala donde de ordinario Petrus se pasaba el día recibiendo y emitiendo contratos, donaciones, acuerdos y pactos en nombre de la vizcondesa, no pudo evitar fruncir el ceño antes de preguntar:

—Conde, ¿en qué puedo ayudaros?

En realidad no tenía la menor gana de saber qué deseaba el conde; más bien temía cualquier cosa que pudiera salir de la boca de aquel hombre.

El conde de Tolosa le obsequió con una sonrisa que a Petrus se le antojó siniestra, y dijo:

—Una denuncia de la máxima gravedad, que me veo obligado a poner en vuestro conocimiento.

Era tan obvio que Tolosa gozaba con cada una de esas palabras, que Petrus no pudo evitar estremecerse.

—¿No creéis que las compensaciones por la muerte de vuestro soldado pueden esperar?

Cuando un soldado moría en tiempo de paz, y no se trataba de una reyerta de vino y mujeres, la ley dictaba que su superior o el señor a quien servía recibiera un buey, un caballo o una vaca a cambio de la vida del guerrero. En este caso, al tratarse de Lobar, que estaba a las órdenes del conde de Tolosa, y habida cuenta que la muerte había tenido lugar bajo el techo del palacio de Narbona, era la vizcondesa Ermengarda la que debía satisfacer el precio que Tolosa pusiera a la vida de su soldado. Petrus tenía pensado pagarle con una piara de cerdos, para al menos consolarse con la metáfora, pero, aun siendo el de Tolosa codicioso, era un poco pronto para venir a reclamarla. La hermana de la vizcondesa aún no había recobrado el conocimiento, y si lo que decía el prisionero Íñiguez era verdad, Lobar era el responsable de su situación. Si Ermesenda despertaba y corroboraba las palabras del toledano, no habría compensación, o más bien tendría que ser el de Tolosa el pagador. Y la integridad de una dama noble de Narbona, hermana de la vizcondesa, era mucho más valiosa que la de un mercenario. Quizás incluso valía una guerra. Tal vez por eso Tolosa tenía prisa por cobrar y largarse, pensó Petrus. Ojalá, porque cuanto más lejos estuviera, más a salvo vivirían en Narbona. Pero el conde lo desengañó:

—No me refiero a eso. Me han llegado noticias, señor, de que los prisioneros no solo son responsables del repugnante ataque contra la dama Ermesenda, sino que también profesan la herejía abyecta que recorre Lengadòc como una plaga de almas enfermas.

Petrus dominó su expresión pero se enderezó, alerta. Una acusación de herejía eran palabras mayores.

—Eso lo cambiaría todo, ¿o me equivoco? —dijo Tolosa sibilino, seguro de sí mismo.

—Tendréis pruebas de esas afirmaciones —replicó Petrus. Tenía la práctica certeza de que así era, porque la actitud del conde era insolente y soberbia, pero de todos modos su ánimo se hundió cuando oyó al conde de Tolosa responder:

—Por supuesto que sí. Documentos con el sello del obispo de Montlaurèl y la cruz de los perfectos, declaraciones que afirman la existencia de un principio del bien y otro del mal, que niegan la verdad de la comunión, y el testimonio de una persona cercana al obispo de Montlaurèl que puede dar fe acerca de su alma torcida. —Subrayó la palabra «obispo» como si la masticara para escupirla después.

Petrus entrecerró los ojos. Aunque nada deseaba menos, tuvo que seguir preguntando:

—¿Entonces, solicitáis que se celebre un juicio por herejía aquí en Narbona?

—En efecto —dijo el conde de Tolosa—. Aunque comprenderéis que me inquiete dejar en manos de los tribunales laicos o eclesiásticos de Narbona un asunto tan delicado.

—¿Qué queréis decir? —Petrus sintió un puño frío golpeándole la boca del estómago. Tenía la sensación de caminar al borde del abismo sin poder evitarlo, perfectamente consciente de que estaba obligado a seguir escuchando al conde Raimundo, y a mantener una conversación cuyas frases eran, todas y cada una, un paso más que empujaba a Narbona hacia el precipicio donde Tolosa esperaba, con las fauces abiertas, para devorarlos a todos.

—La vizcondesa estará al frente de cualquier tribunal laico, y si se convoca uno eclesiástico, el arzobispo Pons d'Arsac es la máxima autoridad en Narbona. —Raimundo de Tolosa se miró las yemas de los dedos y cuando levantó la vista, su boca sonreía, pero sus ojos no—. Dice la Biblia que «no cometerás injusticia en los juicios». Es un hecho que hace apenas un mes Narbona y Tolosa estaban enzarzadas en una disputa que hubiera podido terminar muy mal para ambos. En esas circunstancias, comprenderéis que solicite un juez o un tribunal ajeno a la ciudad.

—¿Estáis acusando a la vizcondesa o al arzobispo de no ser imparciales?

—Por supuesto, eso jamás saldría de mi boca —dijo Raimundo de Tolosa—. Pero hay otras razones: la vizcondesa debe estar abrumada por lo sucedido a su hermana. ¿Quién puede ser imparcial juzgando un daño cometido al ser más querido? No es menester pedirle que sea juez, además de parte.

—¿En quién estáis pensando? —preguntó Petrus.

Era consciente de que Tolosa no tendría inconveniente en descubrir su juego de una vez por todas: se consideraba ganador, a todas luces y a juzgar por su sonrisa satisfecha.

—Deberían ser personas irreprochables, lo más alejadas posible de la madriguera de Lengadòc —dijo Tolosa, como si en aquellas tierras solo vivieran las ratas y alimañas similares—. Quizás un representante del rey de Francia, de Inglaterra o del papa, acepte viajar a Narbona para poner fin a la repugnante laxitud con la que se ha tratado a los herejes hasta ahora. O se podría convocar un tribunal eclesiástico de obispos y arzobispos traídos desde fuera.

Todo el veneno que Tolosa llevaba dentro rebosaba, sin él pretenderlo o sin importarle, lo cual era aún más preocupante, en cada una de sus palabras. Petrus pensó furiosamente, estrujándose los sesos. Era imperioso evitar la injerencia de los reinos mayores en los asuntos del vizcondado. Esa había sido la obsesión de Ermengarda desde el principio de su gobierno, y por eso había jugado la partida de las alianzas con astucia. El problema es que Tolosa también lo había hecho. Raimundo de Tolosa había estado casado con la hermana del rey de Francia, y aunque las relaciones se habían enfriado desde que el enlace se anulara, contaba con la atención del monarca y de sus consejeros, que verían con buenos ojos la posibilidad de repartirse Narbona si esta caía conquistada bajo la acusación de ser una tierra infestada de herejes. Por otra parte, Raimundo había sabido nadar y guardar la ropa con el rey de Inglaterra, Enrique, que desde su matrimonio con Leonor de Aquitania sostenía que Tolosa le correspondía. Después de dos intentos infructuosos por parte de Enrique de conquistar Tolosa, Raimundo se había declarado vasallo del rey, lo que impedía *de facto* una nueva invasión inglesa de sus territorios. Ahora, si Enrique quería algo de Tolosa, solo tenía que pedírselo a Raimundo; aunque, por desgracia para el monarca inglés, no podía pedirle su condado entero. Pero eso garantizaba que, como su señor, Enrique prestaría oídos a cualquier reclamación de Raimundo de Tolosa. En cuanto al papa, vería con excelentes ojos un juicio público que expusiera a los herejes del sur de Francia, a tenor de lo debatido en el concilio de Letrán. Sería una manera excelente de dejar bien sentado que la prioridad del papado era la lucha contra la herejía. Petrus se pasó la mano por la frente; no sabía cuál de las alternativas era peor.

—Narbona es una tierra soberana... —empezó a decir Petrus.

—Si os negáis a mi razonable petición, no me quedará más remedio que creer que dais cobijo voluntario a la herejía que el último concilio acaba de condenar. —Raimundo se acercó al secretario y silabeó su amenaza con placer que no quería disimular—: Convocaré una liga de caballeros y señores fieles a Dios y a la única fe, pediré refuerzos a los reyes cristianos y arrasaré Narbona.

—Estáis hablando de una cruzada en tierra cristiana —dijo Petrus con voz temblorosa—. Esto es inaudito.

—Y no será necesario —dijo una voz a espaldas de ambos hombres.

Petrus y Raimundo se dieron la vuelta. La vizcondesa Ermengarda estaba de pie frente a ellos, pálida y hermosa, con un vestido blanco y sin una sola joya cubriéndole frente, garganta o brazos. En lugar de eso, un fino echarpe de seda gris caía sobre sus hombros. De su cintura pendía un rosario de cuentas talladas en rubíes que tintineaba cada vez que se movía, y contra la tela blanca semejaba un abrazo de lágrimas rojas. Continuó:

—Conde, me alarman las noticias que traéis —dijo con calma Ermengarda— y veo la sensatez de vuestra petición.

Raimundo de Tolosa hizo una mueca a medio camino entre la decepción y la satisfacción. Fuera cual fuese la decisión de la vizcondesa, ganaría de todos modos. Pero lamentaba perder la oportunidad de aplastar a su enemiga con una humillación pública como hubiera sido un tribunal designado por reyes y el papa. Inclinó la cabeza. Ermengarda prosiguió, mirando a su secretario con serenidad:

—Petrus, creo que tenemos la inmensa fortuna, sin duda designio de Dios, de contar entre nuestros muros con la presencia de un legado papal, de origen inglés y de reputación irreprochable, que satisfará la petición del conde de Tolosa para asegurar un juicio justo como el que requieren los horribles crímenes que se juzgarán. Id al encuentro del monje Walter Map y decidle que necesitamos de sus buenos oficios. ¿Estáis de acuerdo, conde, con mi propuesta? —terminó, volviéndose hacia Raimundo.

El conde guardó silencio durante unos instantes. Walter Map no era la elección que había imaginado. En primer lugar, el monje inglés quedaba fuera de su esfera de influencia, y por lo que había visto de él, juzgaría los hechos con ecuanimidad. Y por supuesto, la justicia al de Tolosa le importaba un ardite. Pero, por una vez, contaba con una casi absoluta seguridad de la victoria, pues las pruebas eran irrefutables. Era un detalle sin importancia si eran o no veraces, pues, donde se juegan tierras y riquezas, la partida se libra con dados cargados, cartas marcadas y lo que sea menester. Además, tampoco podía negarse, ya que como vasallo del rey inglés sería un desaire demasiado obvio rechazar a Map. Contempló el rostro de piel blanca de Ermengarda y volvió a reconocer en la vizcondesa una enemiga formidable. Ya se figuraba que no caería en su primera trampa, y que sabría evitar el enfrentamiento abierto con tal de ahorrarse una guerra costosa y sangrienta, pero no imaginaba que devolvería su primer ataque con tanta habilidad. La partida estaba en marcha, a pesar de todo. Chasqueó la lengua y dijo:

—Estoy satisfecho.

Y con esas palabras se retiró. Petrus miró a Ermengarda. Sintió una oleada de alivio al ver alejarse al conde de Tolosa, pero no pudo evitar murmurar:

—Habéis hecho una arriesgada apuesta, señora.

Ermengarda asintió y dijo:

—Lo sé bien. Petrus, ¿qué pensáis de ese monje? ¿Es hombre de bien o se plegará a lo que mande el de Tolosa?

—Por lo poco que le he tratado —repuso el escribano lentamente— creo que nos las tenemos con un hombre que cree en la justicia, y un vasallo leal a su señor.

—Lo primero me tranquiliza y lo segundo me llena de pavor —declaró Ermengarda.

—Pero sea como sea, lo único que puede deshacer este brete es... —Petrus se detuvo, turbado. Iba a decir que solamente si Ermesenda despertaba la situación se resolvería, pero no podía referirse a un desenlace tan deseado como un mero movimiento para superar el trance de la partida que libraban contra Tolosa. La vizcondesa se dio cuenta de lo que su escribano callaba, y apretó los labios. Era un buen servidor, y estaba pensando en la seguridad de Narbona. Cuando la estrategia se convierte en el aire que uno respira, los sentimientos a menudo deben hacerse a un lado y dejar paso solamente al frío cálculo. Así lo entendía Ermesenda, y alargó la mano, posándola en el hombro de Petrus, e inclinó la cabeza en señal muda de que no debía apenarse por el pensamiento calculador que había cruzado su mente.

—Voy a retirarme a descansar. Nos esperan días aciagos. Que Dios nos asista, porque si no logramos esquivar la trampa de Tolosa, vendrán tiempos oscuros para Narbona y para nuestra libertad.

10

La cofradía

Carmesinda cogió el pollo con destreza, evitando que las alas del asustado animal le dieran en la cara o que sus garras le arañaran los brazos. Había cocineras que preferían cortarles las patas antes, para evitarse ese riesgo, pero a la moza eso le parecía de una crueldad innecesaria. Bastaba con ser rápida. Con la mano derecha, acarició suavemente la piel y los cartílagos del cuello del animal, y con la izquierda, sin soltarlo, lo retorció brusca y limpiamente. El animal aleteó un par de veces y se quedó inerte, con el pico colgando a un lado como si fuera un muñeco de tela. La moza sonrió, satisfecha. Había aprendido a matar gallinas con la mejor maestra de la ciudad, la Brabançona, cuando servía con ella en el palacio de la vizcondesa. Recordaba sus gritos huraños y la mala baba que se gastaba la cocinera, pero también el amor con el que cocinaba pasteles de carne para sus muchachas con las sobras de los banquetes de los señores. Carmesinda jamás había comido tan bien como cuando vivía en el castillo. Levantó la vista y observó a la docena de cofrades, sentados en una larga mesa de madera que Salomón había mandado poner en medio del patio, al lado del pozo. Les habían servido frutas, pan y queso y unas cuantas jarras de cerveza, pero a diferencia de otras veces, esta vez los ladrones no estaban celebrando nada. Bebían de sus vasos con expresión sombría, y tal parecía un velatorio, en lugar de un encuentro de cofrades. Carmesinda frunció levemente el ceño al ver la cara de preocupación de su amo Salomón. Eso no era bueno. Llevaban casi dos horas deliberando y no parecía que la cosa fuera a terminar pronto. La moza se limpió con el cubo de agua que había sacado del pozo y se llevó el animal recién sacrificado hacia la cocina para preparar empanadas de pollo, rebozadas en miel, almendras y harina.

—¡Digo que cada palo aguante su vela! —exclamó furioso un hombre de expresión mezquina y ojos inyectados en sangre—. No sé quién es ese tipo y tampoco tenía ni idea de que la cofradía se había metido en este fregado.

—Esta cofradía está bajo mi mando, Pardazzi.

—¿Y te pareció que ir a por el tesoro de Narbona era buena idea? —dijo Pardazzi, en tono venenoso.

—Pues fíjate que sí —respondió Salomón con calma peligrosa.

—Entonces, ¡sal tú de este atolladero! Os habéis metido en la boca del lobo sin preguntar a nadie. No me parece que eso merezca que yo arriesgue mi cuello —replicó el otro, que a pesar de su apellido era portugués.

—La cofradía no funciona así —dijo Salomón—. Cuando caen chuzos de punta, arrimamos el hombro; y como todos sabéis, los beneficios de golpes como este se reparten entre todos los cofrades. Si la cosa hubiera salido bien, ahora serías rico, así que, ¡menos quejarte, Pardazzi!

—Cada minuto que pasa corremos el riesgo de que ese tipo nos delate a todos —señaló el portugués. Su mirada era oscura e Isabeau no pudo contenerse por más tiempo. Exclamó, enfadada:

—¡Íñiguez es incapaz de hacer eso! Antes se cortará la lengua.

—Pelirroja, no dudes que ahí dentro le harán eso y más —replicó Pardazzi, burlón.

—Incluso castrado, Íñiguez tendría más redaños que tú.

Pardazzi hizo ademán de ir contra Isabeau, pero ella se puso en pie y desenrolló su látigo con fiereza.

—Ven aquí, animal, que te enseñaré a callar —le retó la joven.

—¡Basta! —ordenó Salomón—. Lo hecho, hecho está. Ya hemos dado más vueltas que un caballo ciego en una noria. El tema es tal que así: hay un cofrade prisionero en las mazmorras de Narbona. ¿Quién vota por el rescate y quién no? A mano alzada, Pardazzi, aunque tú ya sé de qué lado clavarás tu daga.

Pardazzi mostró una sonrisa de dientes negruzcos y

roídos por el vino, los años y la mezquindad. Salomón se refería al sistema de votación de la cofradía, por el que siempre regían las desavenencias. El crío Joachim trazó con un pedazo de hollín una línea encima de la mesa, y en la cabecera una cruz hacia arriba y otra colocada boca abajo. La primera reunía los votos en contra de los cofrades, y la segunda los votos a favor. Pardazzi hizo una mueca siniestra mientras clavaba su daga en la columna de la cruz del no, sin añadir nada más. Isabeau lo miró con desprecio: aunque Íñiguez llevaba mucho tiempo sin pasar por Narbona, era uno de los cofrades más respetados, y Pardazzi le debía la vida en más de una reyerta. Pero la memoria de los favores pasados no pesaba para el portugués, a quien solamente importaba una sola vida, la suya. El gigantón del Tuerto se acercó a la mesa y clavó su daga en el sí, y Joachim también. Otros seis cofrades votaron que no y dos más se sumaron a la cuadrilla que había de rescatar a Íñiguez. Isabeau y Guerrejat clavaron también sus hierros con la misma determinación. Cuando todos hubieron desfilado frente a la mesa, Salomón contó los votos y declaró:

—Más en contra que a favor. ¡La cofradía ha hablado! Panda de ratas cobardes, así se coman vuestras entrañas los gusanos del infierno.

El judío se levantó y golpeó con su bastón el suelo de tierra del patio. Pardazzi chasqueó la lengua, satisfecho. Salomón se volvió con celeridad inaudita para la edad que tenía, y su voz tronó con energía:

Los cofrades fueron desfilando lentamente, por parejas o solos, hacia el interior de la posada. Salomón hizo una seña y Joachim se le acercó. Era un muchacho despierto, de ojos marrones y francos, y semblante serio. El judío le dijo:

—Muchacho, vete por las calles y cuéntame qué dicen.

El chico asintió y salió corriendo hacia la plaza del mercado, donde solían circular todas las noticias del día. Isabeau y Guerrejat se quedaron en la mesa. La joven tomó el pedazo de hollín y jugueteó durante unos momentos con él.

—Encontraremos otra manera, Salomón —dijo por fin.

—Pandilla de ratas sin madre... Pero las reglas de la cofradía son sagradas, pequeña.

Estiró la mano y la puso en el brazo del anciano. Salomón mostró su apergaminada sonrisa y repuso:

—Ni siquiera te he dado las gracias —dijo Isabeau.

—Preferiría con mucho que vaciases todas las bolsas de Lengadòc —dijo Salomón, con una mueca de amable codicia.

—Si salimos de esta, limpiaré las arcas de toda Narbona y más allá, para ti, viejo ladrón. Es una promesa —exclamó Isabeau, y sus ojos verdes resplandecían de esperanza por primera vez en mucho tiempo.

Las últimas horas, antes de que *La Fidanza* atracara y pudieran refugiarse en la Oca Roja, habían sido una agonía de dudas y angustiosa espera. Habían desembarcado en el muelle de Les Naus, y aunque solo se oían las ratas royendo los sacos de trigo de las alhóndigas, o los ruidos de los marineros fornicando con princesas de una sola noche, Isabeau y Guerrejat habían avanzado por entre los callejones cautelosamente, con lentitud infernal, para no despertar sospechas ni en los borrachos. Luego siguieron por la telaraña de vías hasta la Oca Roja, mirando continuamente a sus espaldas por si la guardia de la vizcondesa, mediante algún milagro o brujería, había sido capaz de seguirles hasta allí. No se quedó tranquila hasta alcanzar la calle de la Media Luna. Al llegar a la posada, Salomón y un par de criadas eran los únicos que estaban despiertos, y cuando el judío vio la cara de Isabeau supo que el golpe había ido mal. Lo que el viejo no podía imaginar era que no solamente habían tenido que irse de vacío, sino que por añadidura Íñiguez estaba preso.

—¿Dices que el de Montlaurèl mató a un hombre para salvar al toledano? ¿Y qué hacías tú, si puede saberse, en la alcoba del obispo? ¿Alguien sospechó de vosotros? —Salomón les había bombardeado con una batería de preguntas, escrutando sus rostros con sus vivaces y desconfiados ojillos. Cuando estuvo satisfecho con sus respuestas, o intuyó que había sacado todo lo que Isabeau iba a contarle de esa noche, decidió que debía convocar un pleno de la cofradía de ladrones.

—¿No podemos intentarlo nosotros, sin la cofradía? —preguntó Guerrejat. No había intervenido durante la sesión porque era uno de los cofrades menos conocidos, ya que pasaba la mitad del año en alta mar, y su voz no era influyente. Pero ahora, a solas con Salomón y la joven, añadió—: Isabeau y yo conocemos el castillo

—Vosotros dos estáis quemados —dijo Salomón, y alzó la mano antes de que Isabeau pudiera protestar—: No digo que no debáis volver, solo que tenemos que buscar la mejor forma de que no os reconozcan.

—¿Por qué no entrar como la primera vez, pasando por músicos o trovadores? —preguntó Guerrejat.

—O sobornamos a los guardias —sugirió Isabeau.

Salomón repuso, frunciendo el ceño como siempre que pensaba en gastar dinero.

—Eso ya lo doy por descontado: tendré que untar unas cuantas palmas —dijo—. Pero dudo que podáis utilizar la misma argucia para entrar en el castillo. Los alguaciles no son hachas, pero tampoco imbéciles. Y estarán con los ojos bien abiertos.

En ese momento, el joven Joachim entró corriendo, empujando de un golpe tan fuerte los portones del patio que daban a la calle de detrás de la Media Luna que las gallinas supervivientes se alborotaron en su corral como si ahora les tocara a ellas el turno de morir. Casi sin aliento, Joachim se plantó frente a Salomón, que exclamó:

—¡Válgame Dios! Has ido veloz como un zorro, muchacho. Respira, y dime qué pasa.

—¡Esta noche han apaleado a la señora Ermesenda! —anunció Joachim.

—¿Qué dices?

—¡Ermesenda, la hermana de la vizcondesa! —repitió Joachim.

Isabeau y Guerrejat se miraron, atónitos, y Salomón murmuró:

—Sigue, chico.

Joachim soltó una parrafada, solamente interrumpido por su respiración entrecortada:

—Me ha dicho Mercedes, la carnicera, que la cosa pasó ayer noche. Que tenía el cuerpo lleno de heridas y morados y que a la señora Ermesenda la habían forzado con violencia varias veces, que se echaba de ver por las marcas de la carne cuando la lavaban, a la pobre, para encamarla. No se sabe quién lo ha hecho, aunque han apresado a un extranjero y también al obispo de Montlaurèl, que dicen que ayer noche en las fiestas de la vizcondesa iba borracho y salido. También está muerto un soldado de Tolosa, y el ollero, que precisamente hoy se venía del castillo, me ha dicho que se murmura por lo bajo que el muerto es quien le hizo barbaridades a la señora Ermesenda, pero que el conde de Tolosa, que está que trina, acusa a los otros dos. Y eso no es todo.

—¿Ah, no? —dijo Salomón, pero el chico no percibió la ironía del judío.

—Que dicen que el obispo es de los herejes que come niños y trasunta con cabras, y el conde de Tolosa está armando escándalo y dice que son dos asesinos herejes, que puede demostrarlo y que hay que quemarlos. Van a convocar un tribunal, con latinajo, con permiso del papa nuevo para acusar, juzgar y sentenciar.

—¿Qué tribunal? —preguntó Salomón.

—*In-qui-si-tio* —repitió el chaval con esfuerzo.

Isabeau soltó una exclamación de horror mientras Salomón bajaba la cabeza, como si en lugar de oír el nombre del tribunal estuviera ya escuchando la sentencia que condenaba a su viejo amigo. Palmeó el hombro de Joachim distraídamente y le dio una moneda.

—Buen trabajo, chico.

El zagal se fue corriendo hacia la posada, contentísimo. El ánimo de los tres que dejó atrás era bien distinto. Salomón miró gravemente a Isabeau y a Guerrejat. La joven dijo:

—Herejía. Todo según lo previsto —murmuró—. Excepto que Íñiguez es uno de los acusados.

—Estarán vigilados día y noche —señaló Guerrejat.

—Ni todo mi dinero puede pagar a los alguaciles para que suelten a unos herejes —dijo Salomón.

—Y con lo de Ermesenda, las festividades se habrán suspendido —dijo Isabeau.

—Con *La Fidanza* no podremos ni acercarnos, esta vez —declaró Guerrejat—. Todos los accesos al castillo estarán bajo estrecha vigilancia, incluido el río.

Se quedaron en silencio durante unos instantes y de repente Isabeau dijo:

—Tengo una idea, Salomón. Tienes manera de mandar recado al castillo, ¿verdad?

—Miedo me das, muchacha.

—Escúchame.

Walter Map deseaba estar a leguas de distancia de Narbona. Miraba el horizonte fresco y azulado desde los ventanales de la sala principal del castillo de Narbona, con las manos entrelazadas a su espalda. Al otro lado de la sala, Petrus y la vizcondesa le observaban en silencio. Al cabo de unos minutos, Ermengarda dijo, impaciente:

—Estamos esperando, hermano Map.

—Juzgar si un hombre merece vivir o morir es grave tarea, señora. Decidir si soy merecedor de esa responsabilidad, también —replicó Walter sin darse la vuelta—. No os extrañe que me lleve tiempo dar una respuesta adecuada.

La vizcondesa apretó los labios y respondió:

—Tengo que atender a los señores de la comarca que vienen a presentarme sus respetos por lo sucedido.

Al pronunciar esas palabras, su voz no se quebró, pero Walter se giró. Su expresión era apenada y repuso, en tono más dulce:

—Perdonadme, señora. Sé que tenéis una herida abierta en el corazón.

—Que tardará en cerrarse —dijo Ermengarda, sus bellos ojos clavados en el monje—. Y no por ello me olvido de mis obligaciones. El conde de Tolosa nos exige respuesta y debemos dársela, o las consecuencias serán nefastas para Narbona.

—Y no solamente para nosotros —se apresuró a añadir Petrus, el escribano—. Tolosa es mal enemigo, incluso para un rey tan importante como el vuestro; ya lo sabéis por propia experiencia.

Walter Map endureció su expresión. La posición en que se encontraba era todo menos envidiable: como legado papal, era la autoridad más cercana a Roma que había en Narbona. Y por añadidura era un hombre de confianza del rey Enrique de Plantagenet, y Tolosa era vasallo del rey inglés, de modo que la pura verdad era que no había nadie más adecuado para juzgar el caso que él. Pero la mera idea de ser el primero en aplicar el canon del concilio que iba a permitir la creación de tribunales de la inquisición para erradicar la herejía le repugnaba. Al rey Enrique le hubiera gustado saber el brete en el que se encontraba: siempre le divertía ponerle en apuros. Suspiró.

—¿No sería más justo convocar un tribunal de sabios de la Iglesia? —dijo por fin—. Me honra vuestra petición, pero no soy un hombre versado en el derecho canónico y tal vez me pierda las sutilezas que puedan surgir durante la vista.

—¿De qué sutilezas habláis? —interrumpió Ermengarda—. Hay dos muertos y es menester condenar a los culpables. Solamente tenéis que cumplir con la justicia. Es tarea sencilla.

—La justicia nunca es sencilla, señora. Vos lo sabéis

y yo también —respondió Walter—. Si lo fuera, el mundo sería como el Paraíso que se describe en la Santa Biblia.

Ermengarda guardó silencio. Petrus aprovechó para intervenir:

—En verdad, tenéis razón. Lo más acorde a derecho sería pedirle al papa que convocara ese tribunal del que habláis.

—¿Entonces?

—El proceso sería mucho más largo —respondió la vizcondesa, tajante—. No pienso permitir que el ataque contra mi hermana quede sin castigo durante meses y meses.

—Por no hablar de la urgencia que siente el conde de Tolosa —apuntó Petrus.

—Las prisas son malas consejeras —dijo Walter. Empezaba a sentirse acorralado.

Ermengarda se levantó y se acercó al monje con la digna actitud de una emperatriz. Petrus no pudo evitar, aun en medio de la terrible situación, admirar a la dueña de Narbona. Desde que había compartido pupitre con ella, supo que poseía una inteligencia privilegiada, pero con el correr de los años se dio cuenta, además, de que las vicisitudes que había pasado a tan temprana edad habían dado forma a un carácter fuerte como el acero templado. La vizcondesa se aproximó al monje y se acercó a él al punto que sus largas mangas de seda blanca rozaban la casulla de lana marrón de Walter Map. Dijo:

—Hermano Map, vais a ser juez de esta causa. Pero

no solamente para poner fin a la zozobra que la herejía siembra en mi cristiana ciudad, sino porque Narbona, y la paz de Lengadòc, dependen de una sentencia que satisfaga a todas las partes implicadas. Y por mi honor que vais a dárnosla.

Se dio la vuelta sin esperar respuesta y dejó a Petrus y a Walter Map solos y en silencio. El secretario aventuró:

—¿Os parece bien que os instale en uno de los despachos de mi *scriptorium*? Imagino que tendréis necesidad de consultar las pruebas e interrogar a los prisioneros.

Walter miró a Petrus con una chispa de ironía en la mirada y declaró:

—Señor, difícilmente puedo desarrollar mi investigación frente a vuestra mesa. Los testigos quizá se sentirían un poco intimidados. —Alzó la mano para detener las protestas del otro, y añadió—: Pero hay algo más.

—¿De qué se trata? —inquirió Petrus, alerta.

El monje indicó uno de los bancos de piedra bajo los grandes ventanales del salón, y el secretario le siguió, intrigado. Walter miró significativamente hacia los criados que esperaban de pie cerca de la entrada, y los guardias que también custodiaban la estancia. Petrus hizo una seña y todos salieron, dejando al monje y al secretario a solas.

—Os escucho —dijo Petrus, frunciendo el ceño. Nada bueno, se le antojaba, podía salir de una conversación que precisaba tanta discreción. Se le erizaron los pelos del cogote cuando Walter Map extrajo dos pequeños rollos de su manga, ambos con el sello real de Inglaterra. De uno pendía el sello del nuevo papa, y el otro estaba marcado con cera negra y una cruz de ocho puntas. Era la cruz cátara.

—¡Hermano Map! ¿Qué es esto? —exclamó Petrus, persignándose.

—Hubiera preferido morir bajo la espada de un enemigo antes de que revelar esto —dijo Walter, impertérrito—, pero me habéis colocado en una posición que no me deja alternativa. Vais a soportar mi carga igual que yo, y vais a ayudarme a encontrar una solución que satisfaga a todos los implicados, como nos ha pedido la vizcondesa. A todos —repitió con intención.

—No lo entiendo. ¿Acaso sois...?

—¿Un hereje? —Walter suspiró y dijo—: Ojalá. Seguro que mi vida sería más fácil. Peligrosa, pero fácil. No, en la corte de Enrique de Plantagenet no caben los herejes. Seguramente habréis oído que desde Colonia llegó una misión de predicadores de la fe dual a nuestras costas.

Petrus asintió. Walter continuó:

—Entonces quizá también habréis oído cuál fue su destino. ¿No? Dejad que os lo aclare. Después de marcarles la cara con hierros candentes, los alguaciles del rey los desnudaron y los dejaron en libertad. En el invierno de Londres, sin una puerta que se abriera para acogerles, murieron todos de frío, hambre y sed.

Petrus miró fijamente al monje.

—¿Qué tratáis de decirme?

—Mi rey Enrique ha demostrado públicamente y sin asomo de duda que la herejía será erradicada de sus tierras. Y como sabéis, es un monarca que ha tenido sus dificultades con la Iglesia en tiempos recientes. Tampoco ignoráis que lleva dos intentos de recuperar Tolosa, pues considera que le corresponde, según las tierras que debía recibir a resultas de su matrimonio con la reina Leonor de Aquitania —explicó Walter.

—¿Qué tiene que ver todo eso con los cátaros?

—Al convocarse el concilio de Letrán, mi querido soberano —aquí la ironía fluyó libremente en el tono del monje—, pensó que era imperativo asistir, por dos motivos: el primero, para mejorar las relaciones con el nuevo papa y evitar una ignominia como la que sufrió con el santo Becket.

Petrus sabía perfectamente a qué se refería Walter: al asesinato de Thomas Becket a manos de varios caballeros afines al rey. Aunque el rey inglés siempre había jurado que no había matado al arzobispo de Canterbury, el papado no había levantado la excomunión del rey hasta que no hubo hecho penitencia, avanzando de rodillas durante varias leguas hasta el altar donde la sangre del ahora santo se había vertido.

—La segunda razón por la que me envió a Letrán fue más delicada —dijo Walter, señalando el segundo rollo, que llevaba el sello con la cruz de ocho puntas—. Mi rey es consciente de que en Lengadòc existe esa corriente proclive a unas creencias que la Iglesia, por decirlo suavemente, condena. Y se da la circunstancia de que lleva tiempo tratando de hacerse con el control de Tolosa, sin éxito. En fin, se encuentra ante la difícil disyuntiva de tender una mano mientras enarbola, con la otra, la espada y la cruz.

Walter hizo una pausa. Petrus abrió los ojos y dijo, incrédulo:

—¿Habéis venido a Lengadòc para proponer un trato a los cátaros en nombre del rey Enrique?

—De mi boca no han salido esas palabras —dijo amablemente Walter.

—Pero si el rey se ha significado contra los cátaros en Inglaterra, ¿qué le hace pensar que su propuesta se sostenga, aquí en Lengadòc? ¿Qué acuerdos creíbles podréis firmar en nombre de ese rey?

—No se trata de firmar pactos, conquistar ciudades ni de sellar acuerdos. Enrique de Plantagenet es un cristiano rey y solo pacta con reyes o con el papa. Pero también ha comprendido que cada país tiene sus... costumbres —dijo Walter delicadamente—. Mientras estas no viajen hasta Inglaterra, claro está.

—La herejía cátara está extendida más allá de la ciudad de Tolosa —advirtió Petrus, alarmado—. También aquí en Narbona hay gentes que profesan la religión dual. ¿Vuestro rey pretende también conquistar nuestra ciudad?

—Mi misión es ofrecer una oportunidad de paz y de prosperidad de Tolosa, bajo la protección del rey de Inglaterra. Vuestras gentes parecen felices y prósperas bajo la tutela de la vizcondesa Ermengarda.

—Es decir, que Enrique se conformaría con Tolosa.

Walter sonrió en silencio. Petrus siguió hablando, como si pensara en voz alta:

—Si sois el juez del primer tribunal eclesiástico que emite sentencia sobre una herejía, bajo los auspicios del papa, vuestra misión de paz y prosperidad —aquí el secretario no ocultó su ironía— se vería gravemente alterada. Es decir, que si condenáis a un par de cátaros a la hoguera, es dudoso que estos confíen en que vuestro rey no les persiga si alguna vez logra conquistar Tolosa, como ya lo hizo cuando arribaron a Inglaterra.

Walter se levantó, abriendo las manos y mostrando las palmas como si no tuviera nada que ocultar.

—Es un placer debatir con una mente tan lúcida como la vuestra, secretario Petrus.

—Pero entonces, ¿qué pensáis hacer? —preguntó este.

—Necesitamos una condena y una absolución. Esa, y no otra, es la única salida para que todos salgamos con bien de esta. —Y Walter hizo hincapié en la palabra «todos».

—Un reto para el mismísimo rey Salomón —murmuró Petrus.

—Sospecho que ni Salomón saldría airoso de este dilema —dijo Walter muy serio—. Porque si decidimos partir por la mitad a los prisioneros, como sugirió el sabio rey a las dos madres del infante en disputa, dudo que nadie en este castillo intervenga para detenernos.

Cuando Rotger terminó de escuchar la historia que Íñiguez le contó, bajó la cabeza y dijo:

—Estoy perdido, pues.

—Amigo, no os dejéis arrastrar por las circunstancias —replicó el toledano de buen humor. El sol se había levantado cálido esa mañana, lo presentía. Sobre todo porque las ratas se arracimaban en la pared opuesta frente a la celda, donde el sol y la luz, invisibles para los cautivos, debían calentar el otro lado del muro. Eso significaba que al otro lado había vida y una puerta que cruzar. Se sobresaltó al oír las roncas risotadas del obispo.

—¡Estáis loco de veras! Me acabáis de contar que esa muchacha a la que apenas conozco me odia desde que tiene uso de razón por algo que sucedió cuando yo mismo era un crío. Que ha buscado mi perdición y que lo ha logrado, a la vista está —dijo Rotger señalando la mugrienta celda en la que se encontraban—. ¿Qué puedo esperar sino la muerte? La única que podría salir en mi defensa y contar lo que sucedió la noche en que nos detuvieron esperará, de brazos cruzados, a verme arder en la hoguera.

—Isabeau no es así —dijo suavemente Íñiguez.

—¡Me importa un ardite cómo es!—exclamó Rotger.

—Digamos entonces que si bien no le importaría ver cómo bailáis con la horca, a mí no me abandonará.

—Moriré satisfecho —dijo Rotger con sarcasmo— sabiendo que estaréis sano y salvo brindando por mi alma.

—Prefiero brindar por los vivos.

—Tendréis que hacerlo por mí, porque dudo que salga vivo de aquí.

—La vizcondesa de Narbona no mandará a un obispo de Lengadòc a la horca fácilmente —replicó Íñiguez—. El extranjero aquí soy yo.

—A pesar de eso, no soy rico ni influyente. Me faltan el dinero y el tiempo para cultivar alianzas.

—Pero tendréis amigos a los que recurrir. Más que yo, al menos.

—Mejor pensad que tengo un buen puñado de vasallos que me traicionarán a la menor oportunidad de librarse de mí o entregar su lealtad a otro señor a cambio de dinero u otros privilegios —dijo Rotger con sorna—. En esta vida no hay amigos, solamente relaciones de servidumbre o de poder.

—Es cierto lo que decís, y también es mentira —dijo el toledano.

—¿Dónde habéis aprendido vuestras lecciones de vida, maese Íñiguez? —preguntó con ironía el obispo.

—No soy maestro de nada. Solo digo que ni tan oscura es esta celda, ni tan brillante el sol que hay afuera. Y que el desánimo es el mejor aliado de la desesperanza.

—Desesperanza —repitió Rotger—. Hermosa palabra para decir fracaso. Quien nada espera, nada pierde, ni tampoco nada gana. Es el más dulce de los engaños. Siempre pensé que valía más arriesgarse y perder que no jugar. Y ahora que he perdido...

—¿Habéis cambiado de opinión? —preguntó Íñiguez.

—No —dijo Rotger levantando la vista y mirando al toledano, como si acabara de descubrir que su temple era distinto y eso fuera una sorpresa para él—. Ahora que he perdido, lamento no haber jugado con más valentía. Lamento haber obedecido siempre a mi padre, plegándome a lo que mi familia exigía de mí y sin pensar un instante en mis propios deseos. Lamento no haber subido en mi montura cuando tuve quince años para galopar hasta el fin del horizonte y perder de vista Montlaurèl. Ese castillo y ese apellido serán mi perdición, y moriré por nada.

Hubo unos instantes de silencio al cabo de los cuales Íñiguez inquirió:

—Es pronto para darnos por muertos. Veamos, ¿confiáis en alguien?

Rotger sopesó la pregunta y dijo al cabo de unos instantes:

—Mi hermano. Es un simple, pero es bueno como el pan.

—¿Creéis que podéis esperar ayuda de él? —preguntó Íñiguez con cautela.

—No sé qué deciros. Siempre he sido yo el que ha

empuñado la espada en la familia, y dudo que tenga la menor idea de cómo organizar un rescate, si es que contabais con eso.

—Confieso que algo semejante estaba barruntando.

—¿Y por qué creéis que si me salvo yo, vos también saldréis libre? —preguntó Rotger con un brillo en los ojos.

El toledano le miró durante un momento, con las comisuras de los labios esbozando una suave sonrisa. Dijo:

—Porque he conocido pocos lugares mejores para forjar una amistad que la celda de una cárcel. Las tabernas de Marsella o de Sicilia, quizá; los lupanares del Támesis y las praderas en las que corren manadas de caballos salvajes, cerca de los bosques del Norte; y cuando era más joven y tenía más fe en la belleza de las letras, los *scriptorium* de los monasterios de los Alpes. —El toledano abrió las manos como si quisiera abarcar todos los lugares que acababa de enumerar y prosiguió—: A la vista está que aquí no hay vino, ni mujeres, ni caballos ni libros con los que saciar nuestros apetitos, amigo mío, así que estamos condenados a ser amigos, tan seguro como el hierro de nuestros grilletes, y eso garantiza que donde vayáis vos, iré yo, sea la horca o la libertad.

Rotger de Montlaurèl soltó una carcajada y dijo:

—Es una burlona existencia la que en menos de dos días me reduce a ser el amigo de un ladrón castellano.

—¿Ladrón? ¡Esa es una acusación muy grave, monseñor! —dijo Íñiguez, fingiendo ofensa.

—Isabeau es una ladrona, y si es vuestra pupila, vos también lo sóis. Si me nombráis vuestro amigo, no queráis engañarme como si no lo fuera —dijo Rotger.

—Hay cosas mucho peores que ser un ladrón castellano.

—¿Por ejemplo?

—Ser un ladrón francés.

Se oyeron unos pasos al fondo del largo pasillo que daba a la celda. Íñiguez y Rotger se miraron, y ambos contuvieron la esperanza como si el mero hecho de desear que llegara la libertad fuera demasiado peligroso. Un soldado llegó, acompañado de un hombre encapuchado. Para atraerles al extremo de las rejas donde estaba el recién llegado, el guardia las golpeó con la empuñadura de su espada.

—¡Venid aquí! —graznó.

Los dos presos obedecieron. El encapuchado avanzó hasta las rejas y se descubrió. El rostro odioso de Bertrand de Cirac y su larga cicatriz se dibujaron en la penumbra que rodeaba la celda. Al reconocerlo, Rotger se abalanzó contra las rejas y se agarró a las barras.

—¡Bertrand! ¿Has venido a sacarnos de aquí?

Cirac negó con la cabeza y esbozó una sonrisa malévola. Íñiguez permaneció retirado al fondo de la celda. No sabía si el hombre de la cicatriz le había visto durante su visita a la posada de la Oca Roja, pero prefería no arriesgarse. A tenor de lo que Isabeau le había contado de él, no cabía esperar nada bueno de Bertrand de Cirac. Lentamente, este por fin habló:

—Quiero que lo sepas —dijo Cirac, inclinándose hacia Rotger y señalando lentamente la cicatriz que ostentaba en la mejilla y el cuello. Su dedo índice recorrió la larga hendidura rosada—. Ahora, y después, cuando mueras. Quiero que sepas que he sido yo. Que fui yo quien acabó con la vida de tu padre, y que también me ocupé de tu hermano. Quiero decírtelo, he deseado este momento desde que llegué a Narbona, desde mucho antes: decirte que tu estirpe acabará contigo, porque los varones moriréis todos. Y en cuanto a Garsenda...

Amplió la sonrisa, y ya fueran las sombras de la mazmorra o la maldad que anidaba en su alma, Cirac jamás se pareció tanto a un animal carroñero como entonces.

Rotger deslizó sus manos por los barrotes como si fueran las de un muñeco de trapo. Fue la única señal que reveló cuán hondo había calado la herida de Cirac en él. Al cabo de un instante que se hizo eterno, replicó, entrecerrados los dientes:

—Voy a matarte con mis propias manos, alimaña repugnante, así tenga que pactar con el Diablo para que afloje estos grilletes, o pedirle que libere mi alma para venir a atormentarte desde el otro mundo. No descansaré, ni vivo ni muerto, hasta vengarles. Recuérdalo cuando exhales tu último aliento.

Hubo un breve silencio que solo rompieron el roer de las ratas, que con fruición devoraban cuanta musaraña o mosca cayera en sus hocicos. Rotger recordó todas las veces que había perdonado, por compasión, la vida de Bertrand, pudiendo segarla.

Cirac procedió a recitar fríamente una letanía monocorde que heló la sangre de Montlaurèl.

—He denunciado vuestras aberraciones a la vizcondesa de Narbona y al conde de Tolosa. No he podido soportar más el contacto con un hereje que se refocila en la blasfemia y en las prácticas diabólicas. Yacéis con hombres, devoráis criaturas y os hacéis llamar perfecto cuando sois perfecto pecador. Vuestra propia hermana me lo ha confesado. Y ahora, aplicaré el castigo que vuestra ignominiosa conducta merece. Preparaos, Montlaurèl. Voy a marcar vuestra carne igual que vos marcasteis la mía.

Hizo una seña, y un carcelero abrió la mazmorra, seguido de otros dos sirvientes que acarreaban un caldero con brasas encendidas donde se hundían, siniestras, unas tenazas de hierro.

—¡Ermesenda! ¡Hermana mía!

La vizcondesa se fundió en un fuerte abrazo con su hermana, que parpadeaba como si la suave luz de las velas fueran rayos de sol, y respiraba aún con dificultad. No era de extrañar, pensó Petrus: había pasado días sumida en las sombras del sueño profundo del que a veces no se despertaba. Cuando las sirvientas habían avisado a la Brabançona del milagro, esta se había apresurado a informar a Petrus, y en un santiamén Ermengarda de Narbona y él se presentaron en la habitación de la enferma. El escribano tosió con delicadeza:

—Mi señora, vuestra hermana está aún débil.

Ermengarda se limpió las lágrimas que corrían por sus mejillas y se apartó con cuidado.

—Sí, por supuesto. Tienes razón. Querida, perdóname.

Se le estranguló la voz al pronunciar esas palabras. Ermesenda sonrió con suavidad, y dijo, tragando saliva:

—Hermana... Tu afecto es el mejor bálsamo.

—Debes descansar, a pesar de eso.

Ermesenda se recostó entre los cojines, inspiró profundamente y miró a su hermana con fijeza antes de preguntar:

—¿Está... vivo?

Petrus y la vizcondesa cruzaron una mirada rápida. La recuperación de Ermesenda dependía de que su cuerpo sanara, y aún quedaban secuelas, como había certificado el médico: tenía una costilla rota y oprimiéndole el pecho, y por eso le costaba respirar o incorporarse. Su ánimo siempre había sido frágil, y era esencial que no se hundiera en la melancolía que era su naturaleza, y más ahora que corría el riesgo de recordar lo acaecido esa terrible noche.

Cautelosa, Ermengarda repuso:

—No debes preocuparte, *sòr miá*. Yo me ocuparé de todo, y se hará justicia. Te lo juro.

Los ojos de Ermesenda se llenaron de lágrimas, mientras asentía.

—Gracias, hermana.

—Los médicos dicen que es imperativo que reposéis y durmáis, para que el cuerpo recupere sus fuerzas, señora —intervino Petrus con delicadeza—. No queremos entreteneros más. Pero al saber que habíais despertado...

—Tenía que venir a verte —dijo Ermengarda, apretando la mano de su hermana con fuerza.

—He estado prisionera en un lugar horrible y oscuro, maese Petrus: mi cuerpo era una cárcel de la que mi mente no podía escapar —repuso Ermesenda—. Es bienvenida la luz y el amor que traéis. No os apenéis si retraso el momento de volver a cerrar los ojos.

—Querida... —La vizcondesa se abalanzó hacia su hermana de nuevo, dispuesta a fundirse en otro abrazo, pero se contuvo y repitió—: Petrus tiene razón: debes descansar y dejar que yo me ocupe de todo.

Se irguió, y contempló a Ermesenda reclinada.

—Siempre lo has hecho, hermana —repuso esta, agradecida—. Está bien. Seguiré tu consejo.

Ermengarda depositó un beso en la frente de su hermana y cerró la puerta con cuidado tras de sí. Petrus y ella caminaron unos pasos, alejándose del dormitorio de Ermesenda.

—Vamos, Petrus. Ha llegado el momento de tener una conversación con nuestros invitados.

—Mañana empieza el juicio, señora. ¿Creéis que es prudente? Si se descubre...

—El juicio de mañana atañe a la mujer que yace detrás de esa puerta, que es sangre de mi sangre. No pienso dejar nada al azar, y menos con una rata como Tolosa suelta por mi castillo.

—Como ordenéis, señora.

En silencio, las dos sombras avanzaron por los pasadizos, hundiéndose en la oscuridad y en las escalinatas que conducían a las mazmorras. Aquí las paredes de piedra eran rugosas, y los obreros que las habían colocado no se habían preocupado de pulirlas: a fin de cuentas, solo prisioneros y sus guardianes descenderían hasta las profundidades del palacio de Narbona, y ambos tenían la piel dura. Pero los borceguíes que se posaban en los escalones eran demasiado delicados, la capa gris que vestía la dueña era de fina lana tejida por los artesanos más hábiles, y las joyas que la vizcondesa de Narbona lucía en su cuello y en sus manos eran de oro labrado por dedos de orfebres dedicados. Nada parecía pertenecer a aquellas paredes húmedas y verdes. El amarillo metal resplandecía absurdamente contra el moho que lamía los recovecos de la escalera. Cada vez que revoloteaba al girar, la delicada tela de su vestido se manchaba de humedad y de barro. Ermengarda descendió sin darse cuenta de todo eso, hasta llegar a una de las salas más frías de su castillo, donde la Brabançona mandaba a sus criadas a pelar patatas cuando la exasperaban demasiado. Un buen número de muchachas había pasado largas horas llorando y temblando de frío, mientras soportaban el castigo impuesto por la tiránica cocinera, pero no fueron las lágrimas acumuladas en largas tardes de penitencia lo que hizo que Ermengarda se detuviera de repente. Si la vizcondesa se estremeció fue porque oyó de improviso los gritos desgarrados de un hombre. La tortura era lo único que podía explicar esos alaridos de dolor, los que emite una garganta cuando su carne se retuerce bajo las tenazas o se quiebra en el potro. Miró a Petrus, enarcando una ceja.

—¿Qué está pasando aquí?

—No lo sé, señora.

—Tú sabes todo lo que sucede en mi castillo, o deberías. Eso no es una respuesta aceptable.

Ermengarda apretó el paso, furiosa, hasta plantarse frente a la puerta del calabozo de donde emergían los gritos.

—¿Quién osa tocar a mis prisioneros? —exclamó, empujando la puerta entreabierta. La escena que la recibió era propia de un tormento de San Jacobo de la Vorágine: uno de los dos prisioneros estaba desnudo de cintura para arriba, y acababan de aplicarle un hierro candente en mitad del pecho. El desagradable olor de carne quemada todo lo invadía. El desgraciado, en el que Ermengarda reconoció a Montlaurèl, estaba aún consciente pero su cabeza pendía como un balancín. Había otras tres marcas similares en distintas zonas de su torso y del vientre. Ermengarda se volvió hacia el hombre que sostenía el hierro aún humeante y gritó, furiosa:

—¿Qué estáis haciendo? ¡Os ordeno que ceséis, animal!

Los dos soldados que estaban a su lado dieron un paso atrás, soltando al prisionero.

—¿Cirac? —dijo Petrus, incrédulo. Se volvió hacia la vizcondesa y murmuró—: Mi señora, este hombre conoce a Montlaurèl: casará con su hermana en unos días. Es Bertrand de Cirac.

El joven no despegó los labios. Estaba pálido y ceñudo, pero lo que más inquietaba a Petrus era que no parecía asustado.

—Sea quien sea, lo quiero entre rejas —ordenó Ermengarda, clavando la mirada en los dos guardias.

—Mi señora... —suplicó uno de ellos.

—¡Silencio! Más tarde le explicaréis a Petrus qué demonios hacíais aquí. Por el momento, encerradle.

Los pasos de la vizcondesa aún no se habían apagado cuando Petrus dijo, mirando a Cirac:

—Y ahora, vais a contarme quién os hizo creer que podíais imponeros a la autoridad de la dueña de este castillo. Ah, y no os dejéis engañar por mi tonsura, Cirac. Manejo las tenazas igual de bien que la pluma.

La Brabançona empujó la puerta de la taberna. Como sucede con todos los lugares de mala reputación, nadie se perdió detalle de su entrada, y nadie dio ninguna señal de prestarle la menor atención. «Panda de ratas de puerto, si os conoceré yo», se dijo para sus adentros. Hizo una seña a la muchacha que estaba sirviendo el vino, y esta le indicó la escalera hasta el segundo piso. Respirando pesadamente, porque ya no era joven como cuando ascendía los mismos peldaños con la agilidad de una gata, saludó:

—*Meu viehl* Salomón.

—*Bèla totjorn*, Brabançona. Siempre igual de bella.

—¡Zalamero! —exclamó la matrona, complacida y aposentándose frente al dueño de la Oca Roja—. ¿Qué quieres?

—¿El placer de verte no es suficiente?

—Para eso no habrías enviado a mi Carmesinda con esto —dijo ella, abriendo la palma de su mano y mostrando una delicada oca de hierro, del tamaño de un pulgar, pintada de ocre. Brabançona se inclinó hacia Salomón y añadió, con ternura—: *L'auca roja*, la llamada de la cofradía. ¿Tan grave es lo que vas a pedir, que tenías que convocarme como en los viejos tiempos?

—Es cuestión de vida o muerte —replicó el judío.

—Contigo siempre lo fue —dijo la Brabançona, y por un instante sus ojos resplandecieron como cuando era una muchacha que limpiaba mesas en la Oca Roja, veinte años atrás.

11

El juicio de Dios

—Mi señora... Mi señora Ermesenda.

La voz era suave, pero desconocida. No era la de su hermana, de eso estaba segura. Llevaba tantos días en la cama que le costaba distinguir el cansancio fruto de las heridas del que simplemente su cuerpo experimentaba, cautivo entre las sábanas y los dictámenes de los médicos. La mujer flotaba al lado de la cama, y llevaba un sencillo vestido de algodón oscuro. Debía de ser una de las criadas de la Brabançona.

—Tenéis que levantaros, mi señora.

Tenía razón, claro. Había mucho que hacer. Su viaje al convento, que había postergado solamente porque su hermana se lo había pedido. Ansiaba la paz y el recogimiento de las paredes de Fontfroide. Su hermana Ermengarda, que tanto la quería y cuidaba de ella, se pondría muy contenta cuando la viera sanada. Pronunció su nombre.

—Sí, mi señora. Vuestra hermana también os espera.

—Debo... Debo ir con ella.

—Tenéis que ser fuerte, mi señora Ermesenda.

—¿Fuerte?

—Debéis contar lo que sucedió.

—¿A quién?

—En el juicio, mi señora. Hay vidas en juego.

La mujer la miraba con ojos acuosos, como si contuviera las lágrimas. ¿Era posible que la criada estuviera llorando?

—¿Por qué lloráis?

—Por el dolor que sentisteis esa noche.

—No... no quiero recordar.

—Sin embargo, es lo justo.

En la pesadilla había un hombre, de aspecto lobuno y manos de hierro, más cruel que un animal. Un temblor imposible de reprimir sacudió a Ermesenda.

—No puedo...

—Los inocentes dependen de vos, señora. ¿Vais a dejarles morir?

—No, no. Eso nunca...

—Entonces, seguidme. Os conmino, mi señora.

La mujer avanzó unos pasos hacia la puerta y se dio la vuelta, implorando. Ermesenda hizo un esfuerzo supremo y se incorporó de la cama, siguiendo a la criada. Le extrañaba que Brabançona hubiera permitido que una mujer de pelo rojo sirviera en el castillo. Estaba mal visto, aunque a ella no le parecía que el color de los cabellos tuviera nada que ver con el color del alma de una persona.

Si apenas hacía una semana se habían engalanado paredes y mesas con los colores bermejo y oro para recibir al legado del rey de Inglaterra, hoy los tapices y las telas que vestían las piedras de Narbona eran oscuras, propias de un día solemne. No parecía el mismo lugar, ni tampoco la misma corte, a pesar de que eran muchos los presentes que habían gozado de la hospitalidad de la vizcondesa en la velada de hacía unos días. Los rostros también estaban teñidos de gravedad, y la propia vizcondesa había mudado sus ropas de fiesta por un severo atuendo con corpiño de seda gris y faldas y mangas de color azul profundo, casi negro. Ermengarda de Narbona posó su mirada tranquila sobre los asistentes, y sin dejar de observarlos, dijo en voz baja:

—¿Y bien?

Petrus se acercó a su dueña. Tenía profundas bolsas bajo los ojos, porque había pasado buena parte de la noche en vela, y porque lo que había hecho durante esas horas se sumaría a las múltiples razones por las cuales, lo sabía muy bien, el Paraíso le estaba vetado. Respondió en voz igualmente baja.

—Insiste en que Montlaurèl es un hereje, y que al torturarlo solamente cumplía órdenes.

—¿De...?

—Raimundo de Tolosa.

—¿Y los guardias?

—Sobornados. Ya están expulsados, fuera de la ciudad.

—Es inadmisible —murmuró Ermengarda—. Esa rata se permite mandar que torturen a mis prisioneros y que mis sirvientes me traicionen. En mi castillo, bajo mi propio techo. ¡Como si Narbona fuera suya, maldita sea!

Lo que más enfurecía a Ermengarda era su propia impotencia. Estaba atada de manos: cualquier acusación contra Raimundo de Tolosa significaría un enfrentamiento que la vizcondesa no podía permitirse, y que derivaría en un incidente diplomático o, peor aún, en contienda abierta y armada que no podría ganar. Petrus observó a los asistentes a los que se había permitido la entrada en el Gran Salón.

De pie o acomodados en las banquetas que habían hecho traer de la capilla privada del castillo permanecían los cortesanos, entre ellos Raimundo de Tolosa. Frente al sillón de Ermengarda, esculpido en madera y que presidía el recinto, Petrus había dispuesto al legado Walter Map y al arzobispo de Narbona, y en otra mesa más estrecha y alargada se habían instalado los tres escribanos que recogerían las actas del juicio. El de Tolosa contemplaba desafiante a la vizcondesa, sabedor de que un juicio por herejía entre los muros de Narbona era lo último que Ermengarda había deseado. Atraería la atención de la Iglesia y la reputación de su ciudad quedaría manchada, como un nido de depravación. Ambos sabían perfectamente lo que estaba en juego.

—No demoréis más. Cuanto antes empecemos, antes acabaremos con las ratas en mi ciudad —ordenó Ermengarda en voz alta, sosteniendo la mirada a Raimundo.

Petrus asintió e hizo una seña. Dos guardias abrieron las puertas, y otros dos hicieron entrar a tres prisioneros con grilletes en manos y pies. Andaban lentamente, como si les costase recordar que tenían piernas, que eran algo más que hombres presos por el hierro. Montlaurèl era el primero, Íñiguez el segundo y cerraba la hilera Cirac. El rostro de este último era el único que no presentaba rastros de golpes ni heridas. Petrus se había cuidado muy mucho de no dejar visibles las huellas de su interrogatorio al de Cirac. Al ver que este se encontraba entre los prisioneros, Tolosa no pudo evitar una mirada furtiva en dirección a la vizcondesa. Ermengarda inclinó la cabeza, como si le obsequiara con una muestra de cortesía, la cual el de Tolosa se vio obligado a corresponder con el mismo gesto. Para un observador inocente, el intercambio de saludos no tenía importancia, en cambio, si las miradas hubieran sido espadas, lo transcurrido entre Ermengarda y Tolosa sería un cruce de aceros en toda regla. Todos los presentes guardaron silencio mientras Petrus se ponía en pie y anunciaba:

—Después de los terribles sucesos que acontecieron entre las paredes del castillo de nuestra señora de Narbona, han llegado a nuestros oídos acusaciones gravísimas de herejía contra el obispo Rotger de Montlaurèl y el extranjero castellano Íñiguez dicho de Toledo. Sobre el tercer cautivo que juzgaremos hoy recae la sospecha de ser un traidor a Narbona, y también él deberá someterse al juicio de Dios. Es su denuncia la que pesa sobre el obispo y el extranjero de Toledo, pero este hecho singular no nos exime de investigar hasta lo más profundo si la herejía ha anidado en las raíces de nuestra tierra, para arrancarla con más ahínco. Y para dirimir cuáles son las almas puras y cuáles las negras, nuestro monseñor el arzobispo de Narbona y el legado Walter Map, recién llegado del concilio lateranense, y estimado consejero del cristiano rey Enrique de Inglaterra, oirán a las partes, estudiarán las pruebas y decidirán la sentencia y el castigo de los culpables.

Un río de murmullos azorados recorrió la sala. El arzobispo Pons estaba blanco como el rostro de una virgen. A su lado, Walter Map exhibía un semblante grave, y el que así lo quisiera podía leer en él el aciago destino de los reos. Habría culpables, no cabía duda: ningún juicio se saldaba con nada menos que una muerte o tortura horrenda. En verdad, el inglés se encontraba tan incómodo como el arzobispo de Narbona, y tan deseoso de encontrarse a mil millas de la ciudad como él. Pero los años en la corte de Enrique II habían enseñado a Map a convertir su rostro en una máscara lo más alejada posible de sus verdaderos pensamientos. Se hizo el silencio de nuevo en la sala de palacio, y solo quebrado por el rasgar aplicado de las plumas de los escribanos sobre los rollos de pergaminos que constituirían las actas del juicio. Ermesenda ordenó:

—Oiremos en primer lugar al señor Raimundo de Tolosa.

Si hubiera podido, habría escupido al pronunciar su nombre. Tolosa era el señor de más importancia en la corte, después de la vizcondesa, y había solicitado permiso para hablar. Ermesenda no podía negárselo. Las palabras que salieron de la boca del de Tolosa, sin embargo, no fueron las que ella esperaba. En lugar de una diatriba sobre la pecaminosa perdición que asolaba las calles de Narbona, el de Tolosa dijo:

—Una dama yace herida. La señora Ermesenda fue víctima de un animal horrendo, y de sus labios no hemos oído la verdad de lo que sucedió esa aciaga noche. —La vizcondesa le observó con mal disimulado desprecio. No confiaba en el de Tolosa, y el hecho de que mencionara a su hermana era una afrenta más en la pesadilla que amenazaba a Narbona. Este prosiguió—: Pero hay otra joven, pura e inocente, de quien sí podemos obtener un relato estremecedor y sincero, como siempre es la verdad en boca del que no ha pecado, y que sin duda convencerá a monseñor Pons y al legado Walter de quiénes deben pagar con su aliento las atrocidades cometidas durante sus vidas. Acercaos, niña. No tengáis miedo. Nada os sucederá mientras digáis la verdad.

Alargó la mano y entre los cortesanos se abrió un

pasillo del que emergió Garsenda, acompañada por un soldado de Tolosa. La hermana de Rotger de Montlaurèl tenía la cabeza baja y la piel blanca, como si alguien le hubiera arrancado los colores del sol y de las amapolas que teñían sus mejillas, cuando Petrus la había recibido en el castillo, apenas dos días ha. El escribano la estudió atentamente. Walter y él cruzaron una mirada suspicaz. Era cierto que su hermano llevaba días en la mazmorra de Narbona, y con eso hubiera bastado para que el ánimo más jovial se tiñera de luto. Pero había algo en su expresión, una pena terrible, que hizo estremecer a Petrus a su pesar. Dijo:

—Os escuchamos, dama Garsenda. Como dice el señor de Tolosa, no debéis temer nada.

Garsenda levantó la cabeza y miró temerosa a Cirac y a Tolosa. Uno de los escribanos, joven y barbilampiño, levantó la cabeza, con la pluma en alto, esperando para transcribir su declaración. También él se mostraba impresionado por la estampa de la desgraciada. Petrus esperó pacientemente, mientras Ermengarda permanecía erguida en su sillón.

—Soy Garsenda de Montlaurèl.

Hasta ese momento, Walter Map había reparado en que el obispo Rotger no daba señales de que lo que sucedía le conmoviera en lo más mínimo: si no le importaba que su vida pendiera de los hilos que se tejían esa mañana en la sala, o daba por hecho que ya había sido condenado de antemano, el inglés no lo sabía. Pero al oír la débil voz de Garsenda, Rotger levantó la cabeza como si acabara de caer en la cuenta de lo que sucedía, y en sus ojos solamente había un pozo de profunda tristeza, espejo de la que se pintaba en la cara de su hermana. No dijo nada, ni siquiera cuando el toledano se inclinó hacia él y le murmuró algo al oído. Solamente asintió, y siguió callado. La joven prosiguió, aunque a las claras estaba que le costaba proferir su parlamento.

—Mi hermano es el obispo de Montlaurèl. He venido frente a este tribunal de Dios para denunciar sus... pecados.

—Un momento —interrumpió Walter—. Muchacha, ¿eres también la prometida de Bertrand de Cirac, el tercer acusado?

—Así es —dijo Garsenda, con los ojos inundados en lágrimas y sin mirar a los prisioneros.

Walter se recostó en su silla, y con una indicación dio señas de que podía seguir hablando.

—Declaro que... mi hermano es un hereje, entregado a la depravación y a la perversidad.

—¿Cuáles eran sus prácticas? —inquirió Petrus.

—Cada noche yacía con mujeres y... con hombres.

—¿Practicaba la sodomía?

—Sí —repuso Garsenda cabizbaja.

—¿Y otras aberraciones?

—Sí.

—¿Cuáles?

—Sacrificaba infantes y comía su carne.

—¿Qué más?

—Coyuntaba con hembras de animales.

—¿Cuántas veces? ¿Una, dos?

—Muchas.

—¿Lo juráis por la salvación de vuestra alma inmortal?

—Sí. —El hilo de voz que salía de la garganta de Garsenda era tenue como una tela de araña.

—Cuando lo supisteis, ¿por qué no lo denunciasteis?

—Yo... No lo sé. Tenía... tenía miedo.

—¿Os amenazó?

—Sí. Sí, me dijo que me mataría, que me arrancaría los ojos si decía la verdad.

—¿Por qué habláis ahora?

—Mi futuro esposo me prometió que me protegería.

—Entonces, ¿refrendáis con vuestro testimonio las acusaciones de Bertrand de Cirac?

Garsenda dijo que sí con la cabeza, pero ninguna palabra salió de su boca. Se echó a llorar desconsoladamente, retorciéndose las manos y mirando alternativamente a Cirac y a Raimundo. La angustia tintaba su mirada, sus ojos eran los de una mujer presa de la más horrenda desazón. Asintió vigorosamente, una y otra vez, pero no logró pronunciar ni una palabra más. El de Tolosa declaró:

—Muchacha, no es menester que hables más. Has actuado bien.

Ermengarda, con el ceño fruncido, levantó la mano indicándole a Petrus que diera por terminado el interrogatorio. Este dijo:

—Está bien. Podéis retiraros.

Dos sirvientas acompañaron a Garsenda fuera de la sala.

—Seguiremos con el interrogatorio a los reos —anunció Petrus. Luego se acercó a Walter y a Pons, y bajando la voz, dijo—: ¿Qué opináis?

—Esa muchacha está aterrorizada —dijo Walter.

—Estoy de acuerdo. Actúa bajo las amenazas de Cirac o de Tolosa, o de ambos. —Y procedió a contarle la confesión que le había arrancado la noche anterior al primero.

—Difícilmente hallaremos una solución salomónica que satisfaga a vuestra dueña, Petrus —dijo Walter—. La condena es el único camino de la trampa a la que nos ha empujado Tolosa. Quizá podamos atenuar el castigo, a lo sumo.

—Aún no ha terminado el día —dijo Petrus, taciturno. La verdad, no obstante, era que compartía la opinión de Walter Map.

—Recemos por que Dios nos ilumine —dijo Pons, malinterpretando las palabras de Petrus.

Tanto Walter como Petrus habían vivido tiempo suficiente en la corte como para saber que Dios iluminaba únicamente las iglesias, y eso solamente los días de sol. Pero el juicio debía seguir adelante. Petrus se acercó a los guardias que vigilaban al obispo de Montlaurèl y al toledano, y ordenó:

—Bertrand de Cirac, adelantaos para que os escuche el tribunal. Hablad, y que Dios se apiade de vuestra alma si mentís.

Cirac avanzó lentamente, y al enfrentar la expresión impasible de Petrus recordó aún el rodillo de madera con el que este le había roto tres costillas durante la noche. Temblando, puso un pie tras el otro hasta colocarse delante de la mesa del arzobispo y de Walter. Cuando empezó a hablar, sin embargo, el odio que supuraba su voz pareció inyectarle una energía renovada, como si el fuego de su venganza engendrara en él fuerzas inusitadas.

—Declaro que Rotger de Montlaurèl es un hereje. Que conozco sus prácticas aberrantes y sacrílegas, que es un miembro de la Iglesia dicha de los perfectos, que son adoradores del Diablo y responsables de la muerte de niños y yacen con varones, hembras y animales. Que son culpables de eso doy fe, y lo sé porque Garsenda así me lo contó y, en cuanto tuve oportunidad, lo comprobé con mis propios ojos. ¡Así se caigan estos de mis cuencas si miento!

—¿Juráis por vuestra alma que decís la verdad?

—¡Lo juro!

La firmeza con la que terminó su declaración era convincente: un zumbido impresionado recorrió las filas de los presentes. Si a ello se sumaba que la propia hermana de Montlaurèl lo había acusado de las mismas bestialidades, era inevitable lo que Walter Map había anunciado con expresión lóbrega: que en Narbona se condenaría a un obispo de las tierras de Lengadòc como hereje, para vergüenza de la ciudad y de su vizcondesa. El futuro de las tierras de Narbona nunca volvería a ser el mismo, por no mencionar el destino negro que esperaba a los reos. Un ruido repentino distrajo la atención del interrogado y de Petrus: el tintero de uno de los escribanos se había volcado, y la tinta caía como sangre negra sobre el suelo de piedra de la sala. El escribano más joven levantó la mirada, aterrado por la interrupción que había causado, sin duda debido a su falta de costumbre. Se levantó apresuradamente para arreglar el desaguisado, mientras Petrus volvía a centrar su atención en el segundo reo.

—Rotger de Montlaurèl, el tribunal de Dios os escucha. Hablad en vuestra defensa.

—Nada tengo que decir excepto que las acusaciones que pesan sobre mí son mentira.

—¿Negáis ser un hereje?

—Lo niego.

—¿Negáis practicar la sodomía?

—Lo niego.

—¿Negáis la ingesta de carne humana?

—Lo niego.

—¿Negáis a vuestra hermana?

Montlaurèl tragó saliva y sin quebrarse su voz, dijo:

—No puedo negarla, porque es sangre de mi sangre, pero lo que dice no es cierto.

—¿Acusáis a vuestra hermana de jurar en falso?

Rotger guardó silencio. Lágrimas rodaron por sus mejillas, pero nada dijo.

—¿Negáis la acusación de Bertrand de Cirac? —Insistió Petrus.

—Niego a esa rata y niego sus mentiras.

Petrus asintió, y llamó al tercer acusado.

—Íñiguez de Toledo, adelantaos para que os escuche el tribunal de Dios.

Algunos estiraron el cuello para ver mejor al hombre, entrado en años pero no en carnes, que se adelantó con aplomo, como si no estuviera a las puertas de una muerte casi certera. «Si la música manda baile, al menos que nos halle con el espinazo recto», era una de las frases que Íñiguez solía repetirse, tanto si tenía frente a sí a un sarraceno como si se hallaba recorriendo los yermos campos de la meseta castellana, en busca de un lugar donde cobijarse.

—¿Negáis la acusación que pesa sobre vos?

—No soy un santo, pero no soy ningún hereje, amigo mío —replicó con sencillez el toledano—. Simplemente, no puedo permanecer quieto ante la desgracia de los débiles.

—Explicaos —dijo Petrus.

—Vi a un animal que estaba violentando a una dama inocente. He sabido después que esa dama es la hermana de la propia vizcondesa de Narbona. Me maldigo por no haber intervenido antes, y también por ser anciano y débil. De no ser así, no hubiera necesitado la ayuda del buen señor de Montlaurèl, que sin dudarlo clavó su acero en las carnes putrefactas de la rata en cuestión. De nada más soy culpable, sino de aplastar a una alimaña, y de hacerlo demasiado lentamente.

—¡Basta! —saltó el de Tolosa—. El muerto era un

soldado de mi mesnada, y no permitiré que se mancille su nombre. Es inaudita tal insolencia, y en un reo de herejía. ¡Exijo que le hagáis callar!

Se volvió hacia Ermengarda, y el brillo de sus ojos era triunfante, en lugar de indignado. Tolosa estaba gozando del espectáculo de sus propias añagazas, en el que todos eran marionetas de su voluntad. Ermengarda, consciente de ello, estaba pálida de ira. Declaró, conteniéndose:

—El interrogatorio ha de desentrañar la verdad de las mentiras, mi señor de Tolosa. Ya llegará el momento de callar.

—Esperaré ese momento con fruición, vizcondesa.

—¡Señora! —gritó Petrus, señalando una aparición en el umbral del Gran Salón—. ¡Mirad!

—¡Ermesenda! —exclamó la vizcondesa, incrédula. Su hermana, con la mirada enfebrecida y apenas cubierta por un camisón de lino, estaba en pie contemplando el tribunal—. ¡Petrus, por el amor de Dios!

Sin perder un instante, el escribano obedeció la súplica de la vizcondesa, tomó una de las capas que los cortesanos habían amontonado en los bancos y se apresuró a cubrir a la hermana de la vizcondesa, que se aferró a su brazo murmurando:

—Debo hablar... He venido para eso.

—Mi señora, estáis delirando. Aún no estáis repuesta. ¿Quién ha permitido que...?

—No importa. —Ermesenda aún tenía los labios agrietados por las largas jornadas de reposo, pero se irguió y prosiguió—: Hay vidas inocentes... Debo hablar. Acompañadme, Petrus.

Raimundo de Tolosa torció el gesto, furioso. Hasta el momento, todo había ido según lo previsto, exceptuando a lo sumo la captura de Bertrand de Cirac. Aunque, al menos, el de Cirac había mantenido su acusación contra Montlaurèl durante el interrogatorio, y que se lo llevara el Diablo si finalmente también lo condenaban a la hoguera o al potro de tortura. A Tolosa le importaba poco, mientras Montlaurèl y Narbona se hundieran en el pozo de la calumnia que tan cuidadosamente había construido. Pero la aparición de Ermesenda era inesperada, y a un hombre como él no le gustaban las sorpresas. Ermesenda diría la verdad, a buen seguro, y la verdad era lo último que Tolosa necesitaba.

Petrus instaló a Ermesenda en un sillón, cuidando de que estuviera cómoda. Ermengarda dijo:

—Estás muy débil, hermana. Deberías...

—Mi señora —interrumpió Ermesenda, dirigiéndose ceremoniosamente a su hermana—, he venido a prestar mi testimonio.

—Señora Ermesenda —dijo Walter Map—, ¿sabéis que este tribunal de Dios se ha reunido para juzgar la herejía y traición de los tres acusados aquí presentes, el obispo de Montlaurèl, el dicho Íñiguez de Toledo y Bertrand de Cirac? ¿Queréis con vuestro testimonio arrojar luz sobre esta cuestión?

Ermesenda giró su delicado cuello hacia los tres reos y los estudió atentamente. Contempló el semblante anegado en lágrimas de Montlaurèl, la expresión amable y, al mismo tiempo, astuta del toledano y la cicatriz palpitante del joven Cirac. Apartó la vista después de mirarlos largo rato y repuso:

—Así es.

—Entonces, hablad, señora, y callen todos para escucharos —dijo Walter Map.

Ermesenda inspiró profundamente y dijo:

—Hace tres noches me encontraba en mi recámara. Estaba arrodillada, rezando mis plegarias nocturnas cuando oí unos fuertes golpes en mi puerta. Naturalmente, me levanté y la abrí. No corría peligro en el castillo de mi hermana —dijo, abriendo las manos y sonriendo como si dijera una simpleza—. En el umbral había un hombre alto y de mirada feroz. Llevaba el escudo de Tolosa en la sobrevesta.

—¡Un momento! —interrumpió Tolosa.

—¡Silencio! —ordenó Ermengarda, furiosa—. Mi hermana terminará su relato, ¡vive Dios! Y os juro que si volvéis a interrumpirla...

Raimundo dio un paso adelante, lívido.

—Mi señor de Tolosa —intercedió Walter Map—, estamos aquí precisamente a petición vuestra. La dama Ermesenda, a la vista está, ha hecho un esfuerzo ímprobo para venir a nuestro encuentro. ¿No hemos de prestar oídos a tan dulce y desgraciada dama?

Raimundo apretó los labios.

—Por supuesto —replicó. Su expresión decía todo lo contrario, y si el infierno tuviera ventanas, serían parecidas a las pupilas del de Tolosa. Petrus apretó el brazo de Ermesenda, que había entrecerrado los ojos durante el incidente. La mujer retomó el hilo de su narración:

—Entró en la habitación. Cerró la puerta tras él, no respondió a mis preguntas. No entendía qué quería... Hasta que lo hizo obvio. Yo traté... Intenté... —Un sollozo trepó hasta su garganta, pero Ermesenda se dominó—. No pude. Su fuerza era incalculable, imposible de vencer, como si fuera una montaña. Sin duda su corazón estaba hecho de piedra. Los golpes... El dolor era insoportable. Lo único que pude hacer fue gritar, gritar lo más fuerte que pude. Por mi garganta salía toda mi impotencia y mi dolor. Entonces la puerta se abrió y apareció ese hombre. —Señaló a Íñiguez—. Nada dijo. Vio lo que sucedía, enarboló la espada y se abalanzó sobre él. Me aparté o caí al suelo, no recuerdo. Resbalé. La sangre... Busqué refugio tras la cama. Lo vi todo. El monstruo llevaba las de ganar, a pesar de que mi defensor trataba por todos los medios de contenerlo. Estaba todo perdido, hasta que llegó el segundo espadachín —dijo, señalando a Montlaurèl—. Era más fuerte, más joven. Entre los dos vencieron al gigante, y el recién llegado le clavó la espada en medio del cuerpo. Ya no recuerdo nada más. Perdí el conocimiento en cuanto vi que le abatían.

—Mi señora Ermesenda... No quiero ofenderos —dijo Walter Map con cautela—. Debo pediros, sin embargo, que juréis por vuestra alma inmortal que habéis dicho la verdad.

—Lo juro —respondió presta Ermesenda— y no es ofensa ninguna. Para esto he venido.

—Suficiente —ordenó la vizcondesa de Narbona, levantándose. Su expresión era severa, quizá porque luchaba por contener la emoción que sentía al ver a su hermana allí, recuperada y sin embargo frágil como una gota de lluvia—. Petrus, que acompañen a mi hermana a su recámara. Necesita descansar. —Descendió del estrado donde estaba su sillón y se acercó a Ermesenda. Inclinándose hacia ella, añadió afectuosamente, en voz baja de tal suerte que solamente ella pudiera oírla—: *Aimada sòr*, te quiero. Por lo que más quieras, retírate y descansa esta noche.

—Tenía que venir, Ermesenda —susurró su hermana—. Por los que son inocentes.

—Siempre has tenido el corazón más puro, querida hermana mía —dijo Ermengarda, con los ojos brillantes.

Cuando su hermana se hubo retirado, un silencio casi sepulcral cayó sobre todos los presentes, y no pocas miradas se fijaban en Raimundo de Tolosa. Este comprendió que debía mover ficha o habría perdido definitivamente su partida contra Narbona.

—¡Cuántos crímenes anidan bajo estos techos, mi señora de Narbona! —exclamó decidido—. El que acaba de contarnos vuestra dulce hermana sin duda es horrendo, y por el crimen abyecto de mi soldado os compensaré, os lo juro, en la medida que lo deseéis. Pedidme molinos, rebaños, dinero... ¡Todo será vuestro! Me humillo frente a vos también, para limpiar la deshonra que vuestra hermana ha sufrido. —Y en efecto, el Tolosa se dejó caer de rodillas frente a Ermengarda, pero, cuando este levantó la mirada, sus ojos eran tan fríos como los de la propia vizcondesa. Dos enemigos a muerte no cambian de un instante al otro, como no mudan de piel dos lobos de la noche a la mañana—. Pero hay pecados contra la Iglesia aún por castigar, mi señora. Pues si bien los reos son inocentes del ataque contra vuestra hermana, no lo son del cargo de herejía contra la Santa Madre Iglesia. Ni hay ninguna prueba que les exima de ser culpables de las aberraciones que Bertrand de Cirac ha denunciado, ni tampoco hay nadie que haya alzado la voz contra él. Es inocente de cualquier otro pecado, excepto del exceso de celo en el combate de lo abyecto. El tribunal de Dios ha de seguir adelante con su misión, mi señora.

El tono siniestro de Tolosa hizo parpadear a Íñiguez, que todavía estaba conmovido por la visión de la desgraciada dama Ermesenda. Se las había tenido con un buen puñado de peligros, pero lo cierto era que jamás le habían acusado de herejía, y los grilletes que antaño habían mordido su piel eran por acusaciones más leves, de las que había logrado escabullirse con una pizca de suerte, un puñado de maravedíes y algo de habilidad con las palabras. Pero esta vez, el castellano estaba convencido de que iban a terminar en la mazmorra de Narbona, y eso si es que tenían suerte. Si se producía el peor desenlace, el viaje habría terminado para él en aquella hermosa ciudad, tan distinta de su Toledo natal. Lo único que lamentaba era no haber podido despedirse de Isabeau, la muchacha tozuda que si no era su hija de carne, lo era en espíritu. Entrecerró los ojos, y al abrirlos le pareció verla frente a él, erguida y valiente como el primer día, cuando de niña le había rogado que la llevara a ver la muerte de su madre. Íñiguez tragó saliva. No era dado a las visiones. Parpadeó y quiso frotarse los ojos, pero los grilletes se lo impedían. Un codazo de Montlaurèl se clavó en sus maltrechas costillas. El obispo tiraba frenéticamente de su manga, y señalaba al mismo lugar donde Íñiguez creía ver a la muchacha. Antes de que ninguno de los dos pudiera decir nada, la figura habló:

—Yo sí tengo algo que decir al respecto.

Petrus levantó la mirada. Una mujer joven de pelo rojo como el fuego. Frunció el ceño. ¿Dónde la había visto antes? Había sido hacía muy poco, apenas unos instantes... Se dio una palmada en la frente, giró el cuello y, en efecto, en la mesa faltaba el joven barbilampiño que había volcado el tintero. No cabía duda.

—¡El escribano! —exclamó.

—La *trobairitz* —murmuró Walter Map.

—¿Quién eres, muchacha, y cuál es tu papel en este juicio? —inquirió Ermengarda de Narbona.

—Me dicen Isabeau de Fuòc y soy trovadora... Y ladrona. Vengo a contar lo que sé frente a este tribunal de Dios.

Todos los ojos observaban a la muchacha, fascinados por su belleza y por su actitud decidida. Walter Map dijo:

—Habla, muchacha. Tienes la protección de este tribunal.

La joven le miró y en sus ojos verdes había una mezcla de desconsuelo y de desafío.

—Nada me importa vuestro tribunal. He venido para vengarme.

Contempló a los tres reos. Rotger de Montlaurèl ya no era el terrateniente poderoso al que había ido a robar hacía tantas lunas. La suciedad de las mazmorras ocultaba sus facciones rectas, las lágrimas secas surcaban sus mejillas; pero sus ojos negros escudriñaban a Isabeau con el mismo deseo y furia que el primer día. La *trobairitz* siempre le había deslumbrado, por su belleza y también por el fuego que latía en su alma, y quizá por eso, se dijo amargamente, le había cegado, también.

—Su venganza. Eso es todo lo que le importa —murmuró.

—Nada sabes de Isabeau, si eso es lo que piensas —replicó Íñiguez, con la voz rota de emoción.

—He venido a confesaros mis pecados: que mi amante y yo hemos yacido entre llamas demoníacas, que la mentira está enroscada en su lengua y que ha sido su ingenio el que ha movido los hilos de la acusación de dos hombres inocentes.

—¿De quién hablas?

Isabeau volvió la vista en dirección a los reos, no sin antes detener la mirada en Tolosa. Este se movió imperceptiblemente, tenso, pero la muchacha siguió hacia donde estaban los reos y levantó un dedo, señalando a Bertrand de Cirac.

—¡Él!

—¡Mientes! ¡Arpía, demonio! —chilló Cirac, tratando de abalanzarse sobre ella.

—¿Tienes pruebas de lo que dices, Isabeau de Fuòc?

—Sí.

Como un mazazo cayó la sílaba.

—¿Dónde? —exigió el de Tolosa.

—En la habitación de Bertrand de Cirac. Buscad y encontraréis.

Petrus se acercó a la joven:

—Habla. ¿Qué encontraremos allí?

—Mi amante no sabe escribir, pero yo sí.

—¿Y qué importa eso?

—Muchas veces me pedía que preparara juramentos de perfección, misas diabólicas, donaciones a su nombre procedentes de los bienes de Montlaurèl, todo en nombre de la fe pagana que profesábamos.

—¿Y tú...?

—Cumplía con sus deseos. Lo hubiera dado todo por él —dijo Isabeau, mirando hacia los reos. Esbozó una sonrisa amarga—. Todo era mentira. Lo supe cuando acusó al obispo de herejía.

—¿Mentira?

—Todo lo hacía por conseguir sus tierras. También fue entonces cuando descubrí que pensaba casarse con su hermana, que me engañaba, y no solamente a mí.

—¿Qué queréis decir?

Isabeau se volvió hacia el tribunal, miró desafiante a Ermengarda, Walter y Petrus, y exclamó:

—Traicionaba también la pureza de nuestra fe sagrada, la única que puede luchar contra la podredumbre de Roma.

Walter Map se levantó lentamente y cruzó una mirada con Petrus, asintiendo.

—Creo que ya es suficiente.

—Maldita sea, muchacha —murmuró Íñiguez en voz baja.

—¿Qué es esto? ¡Es una inconsciente, está loca! —susurró Montlaurèl.

—Al contrario. Sabe muy bien lo que está haciendo —repuso Íñiguez. Montlaurèl le miró, inquisitivo, y el toledano dijo, simplemente—: Esa inconsciente, como tú dices, acaba de salvarnos la vida.

Hacía frío en la mazmorra, pero Isabeau había dormido a la intemperie más de una vez. No había ninguna luz, porque los condenados a muerte no tenían derecho a la más mínima esperanza. Si habían de morir, ¿para qué recordar las formas de los objetos, las sombras dibujadas en las paredes, los trazos de la luna sobre sus pieles ateridas? El futuro no era nada, y nada habían de ver. Podía oír la respiración de Cirac en la otra celda, sus sollozos que eran estallidos en medio del silencio; la conmiseración de un monstruo hacia su propia desgracia. No le despertaba la menor compasión, por supuesto, pero quizás era porque, desde la confesión, Isabeau se había sumido en un letargo, casi una premonición de lo que había de venir cuando su vida se apagara. Cuando pensaba en Íñiguez y Salomón, una aguja de angustia se clavaba en su garganta, y amenazaba con ahogarla si no gritaba. No iba a hacerlo, claro. No con Cirac al lado, no durante la noche más larga de su corta vida. Una ráfaga de hielo la envolvió, como si el aire fuera un prisionero más y trepara, desesperado, en busca de una salida al exterior.

—No sirve de nada —dijo en voz alta—. Solo queda esperar el amanecer.

Hubo un silencio en los llantos y, súbitamente, la voz de Cirac volvió a serpentear hacia ella.

—Traidora, ¡todo es culpa tuya! ¿Por qué, maldita? ¿Por qué lo has hecho?

Isabeau se volvió hacia la pared, dándole la espalda al veneno de Cirac y sin molestarse en contestarle. Íñiguez ya no corría peligro, y Rotger de Montlaurèl tampoco. Al toledano Isabeau le debía la vida diez veces, por todas las que le había salvado de morir cuando viajaban juntos por España. Su deuda con él estaba saldada. Íñiguez estaría furioso, a buen seguro. Sonrió. Pero con Montlaurèl... Era distinto. Le extrañaba la sensación de paz que experimentaba al haberle salvado la vida a un hombre que había jurado odiar, un apellido que durante tantas noches se había clavado con amargura en su lengua. Como si su cuerpo se hubiera abierto en canal, y una mano invisible hubiera movido sus órganos, cambiando de sitio el corazón, y transformando su calculada venganza en el sacrificio final. ¿Por qué? La pregunta de Cirac resonaba como un eco en su cabeza, y tampoco ella sabía la respuesta. Quizá porque era inocente, quizá porque eran sus mentiras lo que había llevado a Montlaurèl al borde de la muerte. Los ojos del obispo eran azules como los de su padre, pero no despedían la misma frialdad. Eran espejos honestos de un alma que no era pura, pero no estaba podrida. Había sido incapaz de asesinarle a sangre fría. Se estremeció y cerró los ojos. En su mente se formó la imagen de una mujer, de rostro dulce y cabellos rojos como los suyos. Sus labios se movían como si quisieran hablar, pero ningún sonido salía de ellos. Tendió los brazos hacia ella, y fue como si la envolviera en el más cálido de los mantos. Isabeau se recostó contra la pared de piedra y deseó que el amanecer tardase una eternidad en llegar.

12

Las dos hogueras

—¡Por todos los demonios!

Siguieron bebiendo en silencio, sombríos los rostros. Era de noche, y por primera vez en muchos años la posada de la Oca Roja estaba cerrada a cal y canto, y vacía excepto por los tres hombres.

—¿Cómo pude dejarme engañar por esa mocosa? —exclamó el judío—. Me dijo que tenía un plan infalible.

—Y tenía razón, lo era. Solo que no te dijo que su bonito cuello iba en el envite —dijo Guerrejat.

—La cofradía no puede intervenir —dijo Salomón—. Es demasiado arriesgado.

—Maldita bribona —dijo Íñiguez, su voz estrangulada por la emoción—. Jamás me lo perdonaré.

—¡Ya está bien! —exclamó Guerrejat, dando un puñetazo sobre la mesa. Los demás le miraron, abatidos—. No podemos permitirnos el lujo de perder más tiempo. La muchacha nos ha tomado el pelo. ¿Cómo vamos a sacarla de ahí?

—¿De las mazmorras de Narbona? Ni con un ejército podríamos sacarla de allí —dijo Salomón.

—No vamos a dejar que quemen viva a Isabeau —dijo Guerrejat, muy lentamente, como si estuviera enunciando una verdad, como que el sol calentaba o la lluvia mojaba—. Entonces, ¿cuál es la alternativa?

—Un momento, muchacho... —empezó Íñiguez.

Se oyeron unos golpes en la puerta. Salomón la abrió y dejó pasar a Joachim y al Tuerto, acarreando un pesado tonel, que depositaron con sumo cuidado al lado de la puerta. El judío y los dos recién llegados empezaron a conversar en voz baja.

—Por supuesto que no vamos a dejar que muera —continuó Íñiguez, clavando sus ojos en Guerrejat—. ¿De qué crees que estamos hechos? Aquí las amistades son de hierro o no son. Y mi cuello sigue unido a este viejo tronco porque la insensata de Isabeau se ha jugado el suyo por mí. Así que no vuelvas a insultarme, si quieres seguir respirando.

—De acuerdo —dijo Guerrejat, y trató de añadir—: Es solo que...

Se pasó la mano por la frente, sin decir más.

—Muchacho, no estoy ciego —dijo Íñiguez—. Ya lo sé. Lo llevas escrito en la cara.

Guerrejat bajó la cabeza, y apuró un largo trago de vino. Masculló:

—Maldito y bendito el día en que me crucé en su camino.

—Eso, marinero, lo hemos dicho todos alguna vez —dijo Íñiguez dándole una palmada en la espalda.

Salomón se volvió hacia ellos.

—Será mañana, en la plaza del mercado. Tenemos mucho que hacer.

—¿Qué es eso? —preguntó Guerrejat, señalando con el mentón el barril que custodiaban Joachim y el Tuerto.

—Es oro y es fuego, capitán —dijo Salomón, misterioso.

Guerrejat escudriñó el barril y dijo:

—Espera... Es parte de la carga que hemos traído hasta aquí en *La Fidanza*.

—Así es.

—¿Qué dices? ¡Eres una rata, Salomón! —dijo Íñiguez, echándose a reír.

Guerrejat lo miró, sin entender, cuando de repente la puerta de la Oca Roja volvió a retumbar a golpes.

—¿Esperáis a alguien más? —dijo Guerrejat.

—No —replicó Íñiguez, llevándose la mano a la empuñadura de la espada.

A una señal de Salomón, Joachim abrió la puerta. El Tuerto esperaba detrás de la puerta, armado con un garrote. La figura que entró en la Oca Roja era alta, e iba embozada. Cuando reveló su rostro, Guerrejat se puso en pie lentamente y escupió al suelo, antes de desenvainar su espada.

—¿Has venido a morir? Por tu culpa, Isabeau...

—Lo sé, y he venido a pagar mi deuda —dijo Rotger de Montlaurèl, y volviéndose hacia Íñiguez, añadió—: ¿O es que vais sobrados de brazos y espadas?

El toledano se rascó la mejilla y cruzó una elocuente mirada con Salomón. Este se encogió de hombros.

—¿Qué dices, pirata? —Íñiguez se volvió hacia Guerrejat.

—Si ella muere, él también —dijo este, señalando a Montlaurèl.

—Trato hecho —dijo el obispo, tendiendo su mano.

Guerrejat la aceptó, con el ceño aún fruncido. Los cuatro hombres se miraron en silencio y un trueno selló la noche.

Walter Map contempló el paisaje que se divisaba desde la ventana de su hermosa estancia en el castillo de Narbona. El cielo soleado que le había recibido apenas unos días antes se había cubierto de nubarrones grises y amenazaba con lluvia. Era un final apropiado para los aciagos días que había pasado en la ciudad. Ansiaba regresar a sus propios cielos manchados, los de su Inglaterra natal, y a la corte de su rey Enrique. No traía buenas noticias: Lengadòc seguía sin pertenecer al inglés, así que rezaría para que este se hubiera distraído con alguna otra conquista. Hasta la próxima vez.

—Entonces, ¿partiréis hoy mismo? —dijo Petrus a sus espaldas.

—Así es —dijo Walter Map—. ¿Cuándo...?

—Dentro de dos horas —repuso Petrus.

—Sí, decididamente. Prefiero no estar aquí.

—Espero que transmitáis a vuestro rey la lealtad de Narbona hacia la Iglesia de Roma —dijo el escribano.

—Descuidad, así lo haré. Y despedidme de vuestra señora, también.

Los dos guardaron un incómodo silencio. Walter se volvió hacia Petrus y preguntó:

—¿Por qué creéis que lo hizo?

Petrus se encogió de hombros.

—Lo ignoro. Nada sé de ella, ni de cuáles son sus motivos. Solo sé que nos ha evitado un grave incidente diplomático.

—Y vamos a recompensarla segando su vida —concluyó Walter.

—Después de lo que dijo, frente a toda la corte, con Tolosa allí... No podíamos hacer otra cosa.

—Lo sé. Estaba firmando su condena, y la muchacha también lo sabía —dijo Walter, volviendo a mirar por la ventana—. Y a pesar de todo, se acusó. Para salvar a los reos y arrastrar a Cirac con ella.

—Una mujer singular, sin duda.

—Ignoráis hasta qué punto, amigo Petrus —dijo el inglés, mientras dibujaba en su recuerdo la figura esbelta de la *trobairitz* entonando una melodía, la primera noche que la vio en Montlaurèl—. Ignoráis hasta qué punto.

Petrus guardó un prudente silencio y añadió:

—Os agradecemos vuestra generosidad, legado Map.

—Ha sido un privilegio haberos conocido, maese Petrus.

Y así, los dos hombres se despidieron sin decirse más, como sucede cuando a la gravedad de lo vivido no le hace falta añadirle la liviandad de las palabras.

La muchedumbre se agolpaba en la plaza de Narbona. No habría mercado ese día: el único color que teñiría las calles sería el rojo incandescente del fuego, y los cascotes grises de las calles adyacentes resplandecerían a la lumbre de las llamas. Después, un puñado de sirvientes del castillo recorría la plaza arrojando hojas de menta y peladuras de limones, para que el persistente olor de madera y carne quemada no permaneciera flotando en el aire hasta el día siguiente. Si no, nadie vendría a instalar su parada de productos como era costumbre, y los desagradables efluvios de la ejecución de los herejes ascenderían hasta el castillo.

Desde un estrado elevado, Ermengarda de Narbona contemplaba las dos hogueras que empezaban a tomar forma. Los guardias se afanaban colocando la leña en sendas pilas separadas por tres brazos de distancia, y en el centro de las mismas un tronco se erigía siniestro. Ermengarda se debatía entre la ira y la melancolía. Era la primera vez que en su ciudad se ajusticiaban herejes, o al menos era la primera vez desde que ella era vizcondesa. Trató de no demostrar la tristeza que sentía frente a sus ciudadanos. No era el día adecuado para mostrar debilidad. Y estaba furiosa, también, por supuesto. A su lado estaba Raimundo de Tolosa, que había ejercido su derecho a asistir a la ejecución, en tanto que uno de los señores más poderosos de la región. Ermengarda hubiera preferido verlo partir, igual que se había despedido del inglés, y arrostrar sola con la responsabilidad de presenciar cómo se consumían dos vidas a causa de la decisión del tribunal. Si bien no era juez del mismo, era su ciudad la que sería testigo de las horrendas muertes. Y sin duda Dios había decidido que su castigo sería mayor si tenía que soportar la escena con Tolosa a su lado, pensó con amargura. Era consciente de que habían sido sus intrigas las que la habían empujado hasta ese final. Como si este hubiera oído sus pensamientos, dijo:

—Me congratulo de que se haya hecho justicia, mi señora de Narbona.

Si Petrus hubiera estado a su lado, Ermengarda habría recordado que la prudencia era la mejor respuesta. Pero los últimos días habían sido un cúmulo tal de problemas y desgracias, empezando por el horror que su hermana había sufrido a manos de un lacayo de Tolosa, que la vizcondesa de Narbona se había cansado de tener paciencia. Se giró hacia el sillón que ocupaba el de Tolosa y espetó:

—¿Justicia? Dos personas van a morir hoy aquí.

—Dos herejes, querréis decir —dijo Tolosa con una sonrisa de lobo.

—Herejes o no, eso solo lo sabe Dios.

—Vizcondesa, atribuiré vuestras palabras a la emoción natural de que vuestra hermana se haya recuperado —dijo Tolosa, amenazador—. El tribunal ha declarado culpables a los dos herejes que hoy encontrarán su final. Hemos limpiado la lacra que corría el riesgo de infectar vuestros dominios, y también los míos. Y lo que más complace es que nuestros destinos siguen ligados.

—¿Qué queréis decir?

—La lucha contra la herejía, vizcondesa Ermengarda. Tolosa siempre estará a vuestro lado para ayudaros.

Su nombre en labios de su enemigo era un latigazo difícil de soportar. Le hubiera gustado que Petrus estuviera allí, pero le había encomendado que supervisara los detalles de la ejecución personalmente, después de despedir formalmente al legado Walter Map, que regresaba a la corte de su rey Enrique. Tolosa tenía razón, por mucho que a Ermengarda le irritara. Cierto era que no había sido Rotger de Montlaurèl el que terminaría atado a uno de los postes: eso habría sido motivo sobrado para que el rey inglés, o cualquier otro señor con un ejército lo bastante grande, ocupara Narbona bajo pretexto de limpiarla de herejes. Pero aun así se había celebrado un juicio por *inquisitio* entre sus muros, reciente aún el concilio, y la sospecha teñiría el nombre de su ciudad durante los años venideros. Si hasta la fecha Narbona había conseguido mantenerse independiente de los grandes reinos con dificultades, de ahora en adelante sería una tarea digna de Hércules. Ermengarda chasqueó la lengua, furiosa: porque lo estaba y porque no podía exteriorizarlo como hubiera deseado, clavando un puñal en las entrañas a Tolosa.

—¿Os sentís mal, mi señora? —preguntó Tolosa, con fingida preocupación.

—En absoluto, conde —replicó Ermengarda gélida.

—Ya traen a los reos. Pronto todo habrá terminado —replicó el otro, y Ermengarda se estremeció sin poder evitarlo. Contempló a Petrus, serio y abriendo la procesión de clérigos que encabezaba la ejecución. Tras ellos, seis guardias custodiaban a los dos cautivos. Un par de criados cerraban la hilera, recogiendo como podían las verduras y podredumbres que el gentío arrojaba a los que iban a morir. Le apenaba ver a su pueblo, normalmente tranquilo y atareado en sus diarios quehaceres, desatarse con tanta inquina contra los condenados. Siempre, en un rincón del alma de hombres y mujeres, anida la capacidad para la crueldad. Petrus se colocó frente a los dos postes, y observó mientras los guardias ataban a la muchacha del pelo rojo y al de Cirac a cada uno de ellos, encima de la plataforma bajo la cual se habían colocado las ramas y troncos que habían de arder. Los dos criados corrieron de nuevo hacia el castillo y trajeron de vuelta sendas antorchas, casi tan grandes como ellos, ante cuyo paso la multitud se apartó asustada. Un trueno saludó la llegada del fuego, y las nubes del cielo se tornaron de un color gris mortecino. Gruesas gotas de agua empezaron a manchar los tejados.

—No nos conviene —murmuró Íñiguez. La capucha le cubría la mitad del rostro, pero desde su escondite divisaba perfectamente el rostro blanco de Isabeau y sus cabellos rojos, recortados contra la piedra oscura de la muralla de Narbona, la que daba al río y contra la cual se había erigido la plataforma de las dos hogueras. Estaban en uno de los establos donde los visitantes del mercado dejaban sus monturas mientras recorrían las paradas en día de mercado. Hoy venían a contemplar el espectáculo. Al lado de los tres hombres, los animales permanecían quietos, masticando briznas de hierba fresca. Montlaurèl preguntó, en voz baja:

—¿El qué?

—La tormenta.

—¿Cómo que no? Si encienden esas teas, Isabeau estará perdida —exclamó Guerrejat—. En cambio, un buen diluvio creará confusión, podremos incluso acercarnos más fácilmente, además de...

Íñiguez sacudió la cabeza.

—Si la lluvia apaga el fuego, los guardias les abrirán en canal para que tengan una muerte igualmente lenta y horrenda. Y si atacamos cuerpo a cuerpo, también. Nos conviene un cielo claro y despejado —dijo, señalando con la cabeza las aljabas que llevaban ocultas bajo las capas— para que estas cumplan su función.

Se volvió hacia los dos hombres y explicó:

—Las puntas de las flechas que llevamos están untadas con una sustancia que prende y arde como el fuego. Salomón y yo la conocimos en las Cruzadas, cuando...

—¡Dios santo! Ese hijo de mil ratas... —exclamó Guerrejat—. ¿He transportado fuego sarraceno en mi barco, sin saberlo?

—¿Fuego sarraceno? ¿Qué es eso? —preguntó Montlaurèl.

—También lo conocen como fuego griego. Es un líquido negro y pegajoso que huele a azufre y quema durante días y días, una vez prendido. Si se hubiera encendido en *La Fidanza*, mi barco se habría quemado y lo habría perdido todo —dijo el capitán, furioso—. En cuanto vuelva a ver a Salomón le retorceré el cuello.

—Ahora no es el momento. Y sobre todo, habla más bajo o los caballos se pondrán nerviosos —atajó Íñiguez, aunque un brillo burlón asomó en sus ojos—. En todo caso, felicítate porque sigues vivo, pirata. Además, tenemos cosas más importantes entre manos.

—Tienes razón —asintió Guerrejat.

—Cuando empecemos a disparar las flechas, estas caerán como una lluvia de fuego sobre las buenas gentes de Narbona. Y mientras en el castillo tratan de apagar el fuego en la plaza, nosotros liberaremos a la muchacha.

—Pero no habrá manera de crear ninguna distracción con la tormenta —concluyó Montlaurèl—. Nadie teme al agua.

—Exacto. Por eso tenemos que darnos prisa —dijo Íñiguez.

—Pues parece que Dios no está hoy de nuestra parte —dijo Guerrejat, señalando las nubes negras que empezaron a descargar sobre la ciudad. Así era: tal y como había anticipado el toledano, el torrente de agua empezó a manar durante unos instantes, dispersando a la multitud. En un abrir y cerrar de ojos, la plaza quedó vacía excepto por los porches de las tiendas, bajo los que se resguardaban los que aún tenían curiosidad por ver la ejecución. Cuando al cabo de unos momentos el aguacero parecía amainar, los guardias se apresuraron a encender las hogueras bajo las plataformas de madera donde estaban presos Isabeau y Cirac. La gente seguía dispersa, y cualquier intento de aproximarse a la tarima era inútil. El fuego, a pesar de la lluvia recién caída, empezó a arder, resguardado por los tablones de madera.

—¡Maldición! —murmuró Íñiguez, mirando al cielo—. ¿Tantos son mis pecados que has decidido castigarme, hijo de la gran perra, obligándome a ver cómo muere la chiquilla? ¿Es que no te bastó con llevarte a la madre?

El cielo volvió a rugir y los caballos relincharon, nerviosos. Guerrejat los miró.

—¿Piensas lo mismo que yo, pirata? —dijo Montlaurèl.

—¡Por una vez, así es! —asintió el otro.

Un ruido atronador rasgó el cielo, y un rayo de luz descendió desde las nubes. El relámpago se torció como una espada rota y cayó sobre Cirac, cuyo cuerpo se contorsionó como si le estuvieran azotando cien látigos. Un alarido nació y murió en unos instantes, cuando la garganta del prisionero ni siquiera logró formar el último estertor. El repugnante olor a carne quemada no tardó en invadir la plaza. Petrus se santiguó y ordenó a los criados que soltaran las cuerdas que aún sostenían el cuerpo inerme y carbonizado de Cirac al poste. Su cicatriz ya no existía: toda su cabeza se había fundido en una masa sanguinolenta asquerosa, y uno de los ojos pendía de la cuenca vacía. En el poste de al lado, Isabeau seguía atada, incapaz de desasirse. Las llamas empezaban a ascender por la plataforma y amenazaban con devorarla. El cielo era negro como los ojos de un demonio. Petrus miró a la muchacha. Pronto empezaría a respirar con dificultad a causa del humo de la hoguera. Con un poco de suerte, moriría asfixiada antes de conocer el horrible suplicio de su carne quemándose cuando aún estaba viva. El escribano recordó la melodía angelical con la que había regalado a los cortesanos de Narbona hacía unos días. «Isabeau de Fuòc», había dicho. Del fuego y en el fuego perecería esa dulce voz. Se llevó a la boca un paño húmedo, para soportar el hedor de la carne chamuscada del cuerpo de Cirac. De repente, un gran estrépito se desencadenó sobre la tarima. Dos caballos negros, encabritados, se habían subido encima, hasta casi rozar la hoguera. Los animales estaban desquiciados por el miedo a la tormenta y al fuego, pero merced a su dominio de las monturas, los jinetes habían logrado colocarse a ambos lados de Isabeau.

Ambos iban embozados y llevaban capas oscuras. Un tercer atacante mantenía a raya a los cuatro guardias con su espada. Antes de que nadie pudiera reaccionar, una lluvia de flechas cayó sobre la tarima, en una línea recta frente a la hoguera. Cada una de ellas encendía un pequeño fuego, de humo verde y olor de azufre, y al cabo de unos instantes, eran tantos los proyectiles que habían logrado crear una cortina de humo y fuego que se mezclaba con las llamas de la hoguera. Petrus miró hacia el lugar de donde provenían las flechas. Creyó ver una figura agazapada en el tejado de la casa que hacía esquina con la muralla, pero la sombra se fundió con el cielo oscuro, como si Dios hubiera decidido pintarlo todo de negro en ese día aciago para Narbona. El crepitar de la madera de la tarima se hizo más intenso, y el escribano dio un paso atrás.

Isabeau tenía miedo a la muerte, y por eso mantenía los ojos cerrados. Recordó en ese momento a su madre, su rostro en apariencia tranquilo hasta que Íñiguez no le había permitido mirarla más, suponía que a partir del momento en que ni siquiera el amor fue capaz de mantener la ficción de que no había dolor mientras se consumía en la hoguera. Ella no tenía a quién mirar entre la multitud. Todos eran extraños, y ninguno merecía que hiciera ese esfuerzo: que abriera los ojos pese al dolor. ¿Por qué iba a hacerlo? ¿Para ver llamas y madera crepitando, ahogándola? El sabor acre del humo se pegaba a su lengua, trepaba por su garganta como si quisiera darle el último beso, el más amargo.

—¡No!

La palabra brotó de un lugar distante y cercano a la vez, entre el mundo que estaba dispuesta a abandonar y el que la arrastraba hacia el final. El olor de cuero mojado, un chorro de respiración caliente, cascos nerviosos contra la madera golpearon sus sentidos y se impusieron al calor de las llamas bajo sus pies, al humo asfixiante que se enroscaba a su alrededor. Un caballo. Su mente despertó del letargo venenoso en el que estaba cayendo. La voz de un hombre. Abrió los ojos, y vio la mirada azul de Montlaurèl clavada en los suyos mientras segaba las cuerdas que la ataban al poste. Le dolían las muñecas y los antebrazos, su carne erizada y sensible, ardiente y fría a la vez. El obispo se inclinó hacia ella y susurró:

—Vamos, *trobairitz*. No ha llegado aún tu hora.

Sin perder un segundo, la envolvió en su capa negra y la arrojó con fuerza sobre el caballo que permanecía al lado de la hoguera, relinchando sin cesar, enloquecido de miedo. Las flechas clavadas en la tarima seguían consumiéndose y mordiendo las tablas de madera como animales hambrientos. Desorientada, Isabeau siguió con la mirada el brazo que sostenía las riendas del animal, y que era lo único que lo mantenía en su sitio entre las dos hogueras. Vio a Guerrejat. Al mirarla, el semblante del capitán se suavizó pero permaneció tenso, sin dejar de vigilar más allá de la tarima. Enarcó una ceja y exclamó:

—¡Montlaurèl! ¡En las almenas...!

Inmediatamente, un silbido surcó los aires, como

abejas furiosas, y el obispo se llevó la mano al hombro derecho. Una flecha lo atravesaba de parte a parte y la sangre empezaba a manar abundante, empapando su sobrevesta de cuero.

—¡Vamos, maldita sea! —dijo entre dientes. Se subió al segundo caballo y ambos jinetes espolearon sus monturas, que corrieron veloces como Pegasos, deseosos de alejarse de las llamas que devoraban la tarima. Los dos corceles desaparecieron por una de las callejuelas de la plaza, y Petrus buscó con la mirada al tercer cómplice, pero este también se había desvanecido entre la humareda. El escribano se volvió y miró hacia arriba, en dirección a la vizcondesa Ermengarda, que estaba en pie. En el rostro de su dueña Petrus creyó leer una mezcla de incredulidad y alivio.

—Parece que teníais razón, después de todo, conde —dijo Ermengarda, sin volverse y con la mirada clavada en la tarima vacía que se venía abajo, devorada por las llamas.

—¿Cómo? —preguntó Tolosa, irritado.

—Se ha hecho justicia hoy en Narbona —replicó la vizcondesa.

El rostro de Raimundo se oscureció, igual que el cielo gris.

—La insolencia se paga cara, mi señora. —Y añadió, girándose antes de partir—: Hasta la próxima, Ermengarda. No dudéis que nos volveremos a encontrar.

—Aquí estaré, conde —replicó serena la vizcondesa—. Siempre aquí, entre vos y mi pueblo.

Epílogo

Libertad

La posada de la Oca Roja había vuelto a la normalidad. Un genovés se peleaba con un veneciano, acusándole de hacer trampas a las cartas, y un par de ladronzuelos de poca monta desvalijaban a los que, distraídos, atendían a la reyerta. Carmesinda repartía sonrisas y cerveza con las mejillas más sonrosadas de Narbona, y en una mesa el Tuerto y Joachim saciaban el hambre y la sed con pareja voracidad a pesar de sus distintos tamaños. Frente a la puerta, Guerrejat daba vueltas como un leopardo inquieto, mientras Salomón e Íñiguez lo contemplaban desde una mesa de la sala, disimulando ambos una sonrisa a medio camino entre la burla y, Dios no lo quisiera, el afecto.

—¿Crees que podrá aguantar? —preguntó Salomón.

—¿Tú podrías? —dijo Íñiguez, señalando la ventana.

El judío se encogió de hombros, observando las dos figuras recortadas contra la luz nocturna que teñía el callejón de la Media Luna como un mar de escamas de plata. Montlaurèl llevaba el brazo derecho en un cabestrillo. Isabeau puso la mano con delicadeza sobre la herida.

—¿Duele?

—Sí. —Dejó pasar un instante antes de añadir—: Pero te lo debía.

—No, soy yo quien...

—La noche que Cirac me torturó, cuando vomitaba su odio contra mí al mismo tiempo que me quemaba la piel, me habló de tu madre. De cómo te habías convertido en su cómplice porque también querías verme muerto, a mí y a todos los que llevasen nuestro apellido —dijo Rotger de Montlaurèl—. Siento lo que le pasó a tu madre. Tenías motivos más que suficientes para desear que todos los Montlaurèl termináramos muertos.

—Tú no tienes la culpa —dijo Isabeau—. Nunca la tuviste, y a punto ha estado de costarte la vida.

—Pero no fue así. —Como ella no respondiera, prosiguió—: Te acusaste delante de un tribunal de la Inquisición, *trobairitz*. ¿Por qué lo hiciste?

Isabeau miró la herida de Montlaurèl y retiró la mano. Respondió:

—No hubiera sido justo. Ni para ti, ni para Íñiguez.

—Entiendo.

Hubo un silencio breve, e Isabeau chasqueó la lengua.

—¿Y ahora? ¿Qué harás?

—Debo cuidar de mi hermana Garsenda —dijo Montlaurèl frunciendo el ceño—. Está mal. Ese monstruo la hizo sufrir lo indecible y no sé cómo... La llevaré de vuelta a casa. Allí trataré de que recupere algo de paz. Y en cuanto a mí, quizá me convierta en un terrateniente poderoso —añadió sonriendo—: Quién sabe, *trobairitz*. Tal vez vuelvas a cantar para mí, algún día.

—Dudo que nuestros caminos vuelvan a cruzarse —sonrió Isabeau.

—Supongo que prefieres la vida que te ofrecen ellos —dijo Montlaurèl, señalando la posada.

Isabeau miró hacia la puerta y se volvió hacia él.

—Son como yo. Hemos nacido para la misma vida. —Inspiró y prosiguió—: Hay personas que siempre serán distintas. Serán moros y cristianos, judíos o gentiles, de familias enfrentadas, o viajeros que solamente se verán al cruzar un puente, desde el otro lado del río. Les separa un abismo desde antes de que nacieran. Se miran, a pesar de todo, y esa mirada... No se olvida. —La muchacha siguió luchando por encontrar la manera de expresarse, mientras Montlaurèl la escuchaba sin perder palabra—. Pero será eso, una mirada nada más. Un momento hermoso, como si trataras de atrapar luz de luna entre los dedos. Durará lo mismo. ¿Entiendes lo que...?

No pudo terminar la frase. El beso de Montlaurèl era impaciente porque sabía que estaba robándolo, y a pesar de eso tuvo el sabor de las cosas dulces, las que llegan y se van antes de que uno pueda olvidarlas. Isabeau se dejó encantar por ese beso, el que no se habían dado aún, el que no volverían a darse nunca más.

—Tienes suerte de que ya no eres obispo —murmuró Isabeau, apartándose.

—Ventajas de haber sido acusado de herejía. Y tú tienes el pelo rojo más hermoso que he soñado jamás —dijo él, sin dejar de mirarla.

Dio un paso hacia atrás y luego otro. Se giró y se subió al caballo con un gruñido de dolor, y se despidió:

—Hasta nunca, entonces, *trobairitz*.

—Hasta nunca, Montlaurèl.

Los cascos del caballo negro hirieron los charcos del callejón. Isabeau se envolvió en la gruesa capa negra y se volvió hacia la posada. El griterío de la vida y de las peleas rebosaba por las ventanas, igual que la luz de las antorchas y las canciones de los que estaban demasiado embriagados como para tenerse en pie. Era su mundo, el de Íñiguez y Salomón, el de la cofradía de los ladrones. Inspiró profundamente y empujó la puerta de par en par. Guerrejat estaba apoyado contra una de las mesas de la entrada, cruzado de brazos. En sus ojos verde mar había un brillo indescifrable.

—¿Me esperabas? —preguntó Isabeau.

—Siempre que tú quieras.

—Eso puede ser mucho tiempo, o muy poco.

—Tendrá que ser mucho, o nada —dijo el capitán, enderezándose—. *La Fidanza* sale mañana hacia Constantinopla.

—¿Qué? —Isabeau levantó la mirada.

—Esos dos perros de ahí —dijo Guerrejat, señalando a Salomón e Íñiguez, que les devolvieron el gesto levantando sus jarras de cerveza, risueños— han alquilado mi barco para comerciar con los genoveses y los venecianos, que tienen el monopolio de especias en la ciudad. Dicen que hay buen dinero en el negocio. He aceptado la propuesta.

—Que tengas buen viaje —dijo la muchacha, dándole la espalda.

No era la primera ni la última vez que perdía algo. Esta vez, quizá, dolería un poco más. Un mundo de distancia, no verle nunca más. Nadie se moría por eso, y mientras permaneciera viva habría vencido. Fue la primera lección que Íñiguez le enseñó.

—¡Un momento! —exclamó Guerrejat, agarrándola del brazo—. No tan deprisa. Voy a contratar tripulación para el viaje. Me llevaré a Joachim, el jovenzuelo. Y había pensado que quizá querrías venir. Es una ciudad inmensa, y allí hay mucho que hacer. Podríamos pasar los meses más cálidos en una casita cerca del puerto, mientras esperamos a que lleguen las mercancías. Y luego, regresar aquí para cobrar nuestros beneficios.

Isabeau se dio la vuelta y miró al capitán boquiabierta.

—¿Y yo qué haría? ¿Entonar melodías mientras cruzamos el *Mare Nostrum*? ¿Entretenerte cuando se te antoje?

—Si quieres hacerlo, no te lo impediré —dijo Guerrejat suavemente.

—Te lo repito: que tengas un buen viaje.

—Espera, ¡demonio! Estaba bromeando.

Isabeau enarcó una ceja, expectante.

—Necesito un socio de confianza, alguien que sepa de cuentas y se ocupe de los libros, que sepa...

Hubo un silencio e Isabeau adivinó:

—Alguien que sepa escribir.

—Exacto. —El capitán ladeó la cabeza y preguntó—: Bien, ¿qué dices?

—Que acepto, con una condición.

—¿Cuál?

—Que seamos socios a partes iguales.

—Espera un momento...

—La confianza es una cualidad que escasea y que debe recompensarse bien —declaró Isabeau, brillándole los ojos—. ¿No estás de acuerdo? Mi lealtad tiene un precio.

—Por ese precio, sí que podrías cantarme algo a la luz de la luna —rezongó Guerrejat.

—Tal vez lo haga, si te portas bien.

—Trato hecho —dijo Guerrejat, tendiendo su mano.

Isabeau la observó y negó con la cabeza:

—No es así como sello los tratos que de verdad importan, capitán.

Guerrejat la miró sin comprender durante un instante, y de repente su expresión pasó de la sorpresa a la tranquilidad.

—¿Esas tenemos, *trobairitz*?

—Como eres mi socio, puedes llamarme Isabeau —dijo ella antes de fundirse en un beso con el capitán.

Desde el otro lado de la sala, Íñiguez y Salomón brindaron al verlos.

—Criaste bien a la pequeña, toledano —dijo Salomón, enjugándose una lágrima.

—Fue ella quien me obligó a sentar la cabeza —dijo este, melancólico—. De no ser porque tenía que cuidarla, me hubieran rebanado el cuello mil veces. Viejo amigo, ¡qué tiempos...!

El judío le interrumpió sin ceremonias y se levantó.

—Si me disculpas... Tengo una invitada.

Íñiguez siguió la mirada del judío y vio que una matrona de aspecto impresionante acababa de hacer su entrada en la posada. La Brabançona recorrió la mirada por entre los que bebían y gozaban, hasta encontrar a Salomón. Entonces, su rostro se suavizó con la sonrisa más dulce que quepa imaginar, y pareció como si se hubiera transformado en una jovencita de veinte años. El propio Salomón avanzaba hacia ella con el paso de un gañán, y no el de un anciano ladrón atacado de reuma.

Íñiguez sonrió para sus adentros, y de un trago apuró la cerveza que tenía en la jarra.

—Carmesinda, ¡otra ronda para la cofradía! Corre de mi cargo. —E Íñiguez añadió, para sí—: Que no todos los días escapa uno de las garras de la justicia, salva a su ahijada de una muerte horrenda, recibe un buen puñado de monedas de toda una vizcondesa y se queda con la perla negra de un ex obispo agradecido.

Mientras los borrachos vitoreaban la generosidad de Íñiguez, este miró en la bolsa que colgaba de su cintura, y allí, entre las monedas de oro de la vizcondesa de Narbona, resplandecía, oscura y misteriosa, la perla negra de Montlaurèl.